ein Ullstein Buch

ein Ullstein Buch
Nr. 20388
im Verlag Ullstein GmbH,
Frankfurt/M – Berlin – Wien
Titel der Originalausgabe:
Gudsgjafapula
Aus dem Isländischen übersetzt
von Bruno Kress

Ungekürzte Ausgabe

Umschlagentwurf:
Hansbernd Lindemann
Umschlagfoto: Bernd Kappelmeyer

Printed in Germany 1983
Druck und Verarbeitung:
Clausen & Bosse, Leck
ISBN 3 548 20388 4

Januar 1984

Vom selben Autor
in der Reihe der
Ullstein Bücher:

Das wiedergefundene
Paradies (20103)
Atomstation (20115)
Auf der Hauswiese (20138)
Das Fischkonzert (20307)

CIP-Kurztitelaufnahme
der Deutschen Bibliothek

Laxness, Halldór:
Die Litanei von den Gottesgaben:
Roman / Halldór Laxness. [Aus d.
Isländ. übers. von Bruno Kress].
– Ungekürzte Ausg. – Frankfurt/M;
Berlin; Wien: Ullstein, 1984.
(Ullstein-Buch; Nr. 20388)
Einheitssacht.: Gudsgjafapula ⟨dt.⟩
ISBN 3-548-20388-4
NE: GT

Halldór
Laxness

Die Litanei von den Gottesgaben

Roman

ein Ullstein Buch

1

Ein Frühlingsmorgen in Kopenhagen

Im Frühling 1920, um die Monatswende Mai/Juni, ungefähr zur gleichen Zeit, als die Dänen vorhatten, ihren König abzusetzen, da hatte ich etwas ganz anderes vor; am Morgen war ich in Kopenhagen angekommen, von Norden aus Jämtland und Tröndelag, wohin ich eine Reise unternommen hatte, um mich im Vogelhandel umzutun; denn obwohl ich wie viele meiner Landsleute Dichter war, so erkannte ich doch früh, daß es gut wäre, mit Vögeln zu handeln. Nun stand ich auf dem Rathausplatz und wartete auf die Straßenbahn, um zu dem alten Ehepaar nach Vanlöse zu fahren; unablässig hatte ich davon geträumt, dort für vier Kronen im Monat eine Bleibe zu kriegen; einen anderen Zufluchtsort hatte ich sonst nicht. Wie ich da so auf dem Bürgersteig stand, kam ein wahrer Riese auf mich zu, in einer Aufmachung, die damals bei besseren Leuten Mode war und aus einem steifen Hut, einem Cutaway und einem Ebenholzstock mit einem Knauf aus Elfenbein bestand. Damals trugen alle guten Isländer einen Cutaway, doch heutzutage dient dieses Kleidungsstück vorwiegend Staatsoberhäuptern bei vormittäglichen Zeremonien, wozu auch Blasmusik gehört. Jedweder Mann, der sich heute auf dem Rathausplatz in Kopenhagen in einem Cutaway sehen ließe, ohne von einer teils bewaffneten, teils Trompete schmetternden Kompanie Soldaten begleitet zu sein, würde ohne weiteres für einen linken

Sektierer, Rauschgiftsüchtigen oder Hippie gehalten werden.

Dieser Mann trug zu dem Cutaway ein braunes Khakihemd, was sonst nicht üblich war. Er dachte offensichtlich über etwas Besonderes nach, sah vor sich hin und preßte den Ebenholzstock auf ganz bestimmte Art mit dem Ellenbogen an den Körper, die Hand hatte er dabei in der Hosentasche. Mit der anderen rauchte er eine Zigarette. Er kniff die Augen zusammen, wie es Spieler an sich haben, und obwohl er an etwas anderes dachte als das, was ihn umgab, machte er keineswegs einen sorgenvollen Eindruck. Plötzlich erkannte ich den Mann wieder, wartete nicht mehr auf die Straßenbahn nach Vanlöse, trat ihm in den Weg und sagte „guten Tag“ auf isländisch.

„Nein so was, guten Tag“, sagte der Mann und hörte auf zu denken. „Wie geht's, wie steht's? Zigarette gefällig?“

Für einen Burschen zwischen vierzehn und zwanzig war es wahrhaftig keine geringe Ehre, wenn ihm ein großer Herr in einem Cutaway auf dem Rathausplatz in Kopenhagen eine Zigarette anbot. Als er mir die Zigarette gegeben hatte, fragte er: „Läuft an der Universität alles nach Wunsch? Ist es nicht eine recht gute Stätte?“

Da blieb mir wirklich das Wort im Halse stecken.

„Tja, ich weiß nicht einmal, was die Universität ist“, sagte er. „Etwa das Ding mit den zwei Spitztürmen?“

„Nein, das müßte eher der Dom von Roskilde sein.“

„Tja, da hast du recht. Eine verdammt schöne Kirche. Doch ehe ich es vergesse, was treibst du denn so?“

„Ich befasse mich ein wenig mit Vogelhandel“, erwiderte ich.

„Nein so was, sei mir willkommen“, sagte der Mann im Cutaway und reichte mir die Hand. „Da sind wir Kollegen. Ich befasse mich nämlich mit Heringshandel. Ich hoffe, du machst auch gute Geschäfte."

„Diesen Winter war mit Vögeln nicht viel los, am ehesten noch mit Kanarienvögeln. Wenn keine Vögel auf dem Markt sind, versuche ich ein bißchen für die Zeitungen hier zu schreiben."

„Tja, du bist tüchtig, muß ich sagen. Kannst Dänisch und alles. Femogtyve Öre. Es freut mich, deine Bekanntschaft zu machen. Ich heiße Bersi Hjalmarsson. Hier ist meine Visitenkarte. Mein Unternehmen heißt Nordsild, die Telegrammadresse ist Icelandbear, der Ort Djupvik. Besuche mich, wenn du Zeit hast."

Ich antwortete: „Zum Glück sind mir die Dinge noch nicht so weit entrückt, daß ich Islandsbersi nicht kenne. Wenn ich so berühmt wäre wie du, dann wäre es keine Kunst zu leben. Du bist bestimmt der berühmteste aller Isländer, die jetzt mit Hering zu tun haben. Außerdem erinnere ich mich an dich privat. Als ich ein kleiner Junge war, da hattest du einen Garten; du verkauftest meiner Pflegemutter einen Sack Kohlrüben."

Er umfaßte meine Schultern mit der Hand, mit der er die Zigarette hielt, drückte mich an sich und zog mich mit. „Ja so was, sei mir herzlich willkommen. Ich bin nämlich ein Kohlrübenmann, der mit Hering handelt. Ganz wie du, du handelst mit Vögeln und bist in Wirklichkeit aber ein Dichter. Vielleicht ein großer Dichter. Verdammt guter Junge. Hör mal, wenn es mal keine Kanarienvögel gibt, dann solltest du dich daranmachen, meine Biographie zu schreiben. So mußt du anfangen: Islandsbersi stammte väterlicherseits von berühmten Kohlrüben ab. Als ich damals in Dänemark Gärtnergehilfe war und auf Fünen Rüben pflanzte, da bekam man fünfundzwanzig Kronen im Monat, und wenn die Wäsche bezahlt war, blieben einundzwanzig übrig; das reichte für einmal Kopenhagen hin und zurück, für ein Beefsteak mit Spiegelei, eine Flasche Schnaps und eine dreiundsiebzig Jahre alte Hure in der Laxegade. Dann gibst du das Buch in Island und Dänemark heraus, auf jeden Fall aber in Schweden, wo das Geld wächst. Du kassierst selber alles, was einkommt, und erhältst bei mir Rabatt und wirst Millionär.“

Wir setzten uns vor ein Café unweit des Tivoli: Fassade eines einfachen Hauses, wie kleine Kinder sie zeichnen. Je ein Fenster zu beiden Seiten der Tür, zwei Tische auf dem Bürgersteig; nichts Lebendes; Gardinen innen vor den Fenstern, von der Sonne vergilbt. Unmöglich, hineinzusehen. Befand sich überhaupt etwas in dem Haus, oder war die Fassade nur Kulisse? Mitten im Lärm der Großstadt war es hier still wie auf einer Bergeshöhe. Man plazierte sich selbst mitten in diese Szenerie, setzte sich auf einen Stuhl an einen Tisch mit Decke und begann Theater zu spielen. Ein gleichgültiger Wirt brachte schließlich zwei Flaschen Bier, wie die Maurer sie trinken. „Warte, Freund, wir wollen wetten“, sagte mein Spender zum Wirt. Doch der Mann hatte an einem solchen Handel kein Interesse, fand ihn auch durchaus nicht spaßig.

„Nimm dir ein Bier auf meine Kosten“, sagte mein Spender zu dem Mann. Doch der ging wieder zur Tür hinein, hinter der sich vielleicht nichts befand, und machte sie hinter sich zu. Wir saßen da draußen in der Sonne, seltsam allein. Von hier gesehen, hatten die Menschen, die die Straße entlanggingen, etwas Unwirkliches.

„Er denkt, wir sind Esel“, sagte mein Spender. „Das denken die Dänen immer von den Isländern und die Isländer von den Dänen. Also, wer letzter wird, die Flasche in einem Zug leer zu machen, bezahlt eine Krone!“

Wir küßten die Bierflaschen inmitten der Einöde. Ich

blieb weit hinter ihm zurück und verschluckte mich obendrein auch noch, und eine Krone besaß ich nicht.

„Du mußt eine Krone bezahlen“, sagte mein Spender. „Wer verliert, muß eine Krone bezahlen.“

Ich suchte in meinen Taschen und fand nur dreiundachtzig Öre. Islandsbersi amüsierte sich königlich. Dann zog er eine Brieftasche mit seinem Monogramm in Gold hervor und reichte sie mir.

„Nimm, soviel du brauchst.“

Ich, der Gast: „Dürfte ich dich um siebzehn Öre anpumpen, die mir an der Wette fehlen?“

„Du bist ein feiner Junge“, sagte er und legte die offene Brieftasche vor mich hin; sie war vollgestopft mit jenen gelbbraunen Hundertkronenscheinen, die damals in Dänemark in Umlauf waren. „Nimm, sagen wir, tausend.“

„Erst wenn ich mit der Biographie fertig bin“, sagte der Biograph.

„Du gefällst mir, komm jetzt einfach mit mir mit. Ich erwarte Schweden.“

2

Derselbe Frühlingsmorgen. Schweden

Wir verließen jenes sonderbare Café, und er hatte wie zuvor seinen Spazierstock zwischen Ellenbogen und Körper geklemmt; ich bin diesem Mann oft begegnet, doch nie habe ich gesehen, daß er seinen Stock auf das Pflaster stieß; er bildete stets mit seiner Person einen Winkel von dreißig Grad, bezogen auf die Wirbelsäule.

Wir hatten nicht weit zu gehen. Er wohnte im Hotel „Pallas“. Ich hatte diesen Ort bisher nur von ferne betrachtet, in meiner Jugend trieben dort Isländer kaum ihr

Unwesen, es sei denn der eine oder andere Politiker, der nicht selber die Rechnung zu bezahlen brauchte. „Wohnst du hier?“ fragte ich, als ich einen Blick in die Hotelhalle geworfen hatte: alles in weißem Marmor, blankem Messing und rotem Plüsch.

„Erlaube mir, dich dem Portier vorzustellen“, sagte er. „Wie heißt du doch gleich? Sag ihm, daß du an meiner Biographie arbeitest.“

Er zog eine Banknote von einigem Wert aus der Hosentasche und gab sie dem Portier. Auch der Treppenaufgang ganz in Marmor. Und es rutschte mir heraus: „Deine Kohlrüben haben sich gelohnt.“

„Das geht auf Kosten von Witwen und Waisen“, sagte er. „Ich habe alles aus diesen Leuten herausgesogen.“

Er bewohnte ein Appartement im ersten Stock. Die Schritte erstarben in den Teppichen. Die Sessel in den Zimmern waren für Leute gedacht, die über ein vierfaches Gesäß zum Sitzen verfügten. Tische und Schränke, Truhen und Schatullen glänzten wie wohlgenährtes Großvieh im Sonnenlicht, das sich zwischen faltenreichen roten Vorhängen hereinzwängte. Er zeigte auf einen niedrigen Tisch vor dem Sofa und sagte: „Auf diesen Tisch sollen heute vier Millionen schwedische Kronen kommen.“ Hinter dem Salon lag sein Schlafzimmer; eine niedrige Tür neben dem Bad führte in die Kammer des Sekretärs.

„Es macht sich oft genug bezahlt, den Sekretär des Nachts gleich bei der Hand zu haben. Doch im Moment ist er nicht da. Ich habe ihn vor ein paar Tagen nach Holland geschickt, so 'ne Betonkähne zu kaufen. Du kannst da übernachten, wenn du willst.“

„Das ist ganz unnötig“, sagte ich.

„Hast du irgendwo eine Bleibe?“ fragte er.

„Doch, doch, mein Koffer ist auf dem Bahnhof. Ich

kenne auch ein altes Ehepaar in Vanlöse, bei denen ich billig unterkommen kann."

„Bleib gleich hier", sagte er. „Wenn du meine Biographie schreiben willst, mußt du sehen, wie ich lebe."

Er warf einen Blick aus dem Fenster und sagte: „Nun ja, sie kommen, geh du rasch in die Kammer und laß die Tür halb offen, dann hörst du alles, was gesprochen wird, und kannst es in meine Biographie aufnehmen."

Mit einem Seitenblick sah ich drei Männer hereinkommen; sie hatten irgendwie keine Gesichter, zwei schienen etliche Wirbel zuviel zu haben, der dritte war ein dicker Mann mit roten Backen und beschlagener Brille, vielleicht ein Jurist; zumindest taugte er dazu, die Aktentasche zu tragen; sie war vollgestopft. Islandsbersi schlug ihnen auf ihre langen Rücken, puffte mit der Faust auf den Schmerbauch des Kleinen und bediente sich dabei einer Sprache, die ich nicht konnte; doch verstand ich auf Grund volkstümlicher vergleichender Grammatik ein und das andere Wort. Das Ganze machte den Gästen augenscheinlich keinen Spaß, sie krümmten sich ein wenig unter den Schlägen. Er forderte sie auf, sich in die Sessel um den Tisch zu setzen, doch sie wollten lieber stehen, außer dem Dicken.

„Nun, alte Knaben, was wollt ihr trinken?"

Sie sagten, sie müßten sich beeilen, sie wollten in einer halben Stunde noch die Fähre nach Malmö erreichen.

„Einen Islandcocktail?" fragte er.

„Nein, danke für das großartige Angebot, Herr Grossist", sagten sie, und der kleine Dicke nahm rasch die Papiere aus seiner Tasche und breitete sie auf dem Tisch aus.

Bersi Hjalmarsson bestand darauf, daß sie sich bewirten ließen, und holte aus dem Wandschrank einen Arm voller Flaschen sowie hohe Gläser und stellte sie zwischen die Papiere auf den Tisch.

„Ich sehe, ihr seid heute in bester Stimmung, Jungs", sagte er.

Doch sie waren durchaus nicht gutgelaunt, eigentlich gänzlich unempfänglich für Spaß. Er begann, Bier in die Gläser zu gießen und sagte dann: „Jetzt sagen wir prost, alle zusammen."

„Man prostet nicht mit Bier", sagten sie.

„Wer tut das angeblich nicht?" fragte er.

„Es ist eine völlig unbekannte Methode", sagten die langen Schweden. „Zeugt nicht von gutem Benehmen!"

„Das meine ich nun gerade nicht, vielleicht . . .", sagte der Dicke, ein wenig entschuldigend, und fügte zur Erläuterung hinzu: „Es ist im allgemeinen här i Sverge nicht Brauch, mit etwas unter zwölf Prozent zu prosten. Solche Art Getränke rechnet man zu Speise und Trank."

„Das Prosten ist eine ernste Sache, Herr Grossist", sagten die langen Schweden. „Prosten ist zumindest etwas, das man nicht nur so ohnehin tut."

„Mit Bier zu prosten ist ungefähr so, als würde sich einer eine Scheibe Roggenbrot in den Mund stopfen und dabei sagen ‚Lang lebe der König!'" sagte der dicke Schwede zum Zweck weiterer Erklärung.

„Ich proste mit Bier", sagte Islandsbersi. „Prost!"

Die Männer erhoben die Gläser nicht, er aber leerte seines.

Als nächstes ergriff Bersi eine Flasche Kognak und dann eine Flasche Whisky und goß von jedem einen Schuß in das Bier. Die Gläser liefen über. Die Schweden sahen diesem Tun unbewegt zu.

„Trinkt, Jungs", sagte Bersi.

Sie antworteten, es wäre überdies auch nicht die Tageszeit für starke Getränke.

„Wir machen das Getränk wieder schwächer", sagte

Islandsbersi, entkorkte eine Flasche Rotwein und schenkte weiter in die vollen Gläser ein, so daß die Papiere fast in der Flut ertranken. Der Cocktail sah aus wie Rinderharn. Die Schweden waren blaß. „Prost", sagte Islandsbersi.

„Haben die Isländer nie Alkohol kennengelernt?" fragten die Schweden.

„Nein", sagte Islandsbersi, „wir verstehen uns nicht auf Alkohol, wissen nicht, was es mit Alkohol auf sich hat. Kein ehrlicher Isländer versteht zu trinken. Doch wir trauen uns zu, jeden beliebigen Schweden unter den Tisch zu saufen."

Dann führte Bersi das große Milchglas zum Mund und leerte es bis auf den Grund. Die langen Schweden flohen in eine Ecke. Der Dicke blieb sitzen. Als die Langen die Sprache wiedererlangt hatten, baten sie den Kleinen, dem Grossisten den Brief mit ihren Weisungen aus Stockholm vorzulesen. Der dicke Mann angelte ein Papier hervor und begann zu lesen.

Islandsbersi fiel ihm sogleich ins Wort: „Keine Apostelpredigten hier! Sagt einfach, wieviel ihr jetzt bietet."

„Er versteht den Text nicht", sagte der Dicke und hörte auf zu lesen.

Bersi: „Tja, wieviel bietet ihr jetzt?"

Sie sagten: „Fünfundneunzig und einen halben. Keinen Bruchteil eines Öre mehr."

„Das habt ihr neulich auch gesagt, und trotzdem habt ihr euch um einen halben Öre gesteigert", sagte Bersi Hjalmarsson. „Meine Ordern besagen: keinen halben Öre unter vier Millionen schwedischen für die ganze Partie, vierzigtausend Fässer."

„Fünfundneunzig und einen halben Öre pro Faß, äußerstes Angebot", sagten sie.

„Warum einen halben Öre? Nie einen Öre entzweibeißen, sagen wir in Island."

Der dicke Mann sah auf seine Uhr und gab sich einen Ruck. „Nur noch zehn Minuten, bis die Fähre ablegt." Er packte die halbnassen Papiere schleunigst ein.

„Wir kommen morgen wieder, um uns zu verabschieden", sagte der längste, „und wenn die Bank des Grossisten und seine Kompagnons es sich nicht anders überlegt haben, dann wenigstens zu dem Zweck, um eine förmliche Erklärung über den Ausgang der Verhandlung abzugeben."

„Wir sehen uns nächste Woche wieder", sagte Islandsbersi, begleitete sie kameradschaftlich zur Tür und klopfte ihnen auf die Schulter: „Stets erfreut, euch zu sehen. Verdammt nette Jungs! Schade, daß wir keine Zeit haben, in den ‚Rüpel' oder ins ‚Messer' zu gehen oder auch nur ins Tivoli."

Während Islandsbersi unten zwischen all dem Marmor seine Gäste verabschiedete, trat ich aus der Sekretärskammer heraus. Keine schwedischen Millionen auf dem Tisch, nur drei Milchgläser zum Überlaufen gefüllt mit Islandcocktail; das vierte hatte der Hausherr, wie bereits gesagt, selbst bis auf den Grund geleert.

3

Frühlingstag in Kopenhagen

Nachdem er die Gäste verabschiedet hatte, kam Islandsbersi zurück. Er sah mich geistesabwesend an, vielleicht hatte er vergessen, wer dieser schmale Jüngling nun eigentlich war, der da so herumsaß, bis ich sagte: „Ich glaube gehört zu haben, daß du Rüben verkaufen wolltest."

„Ja, apropos", sagte er, ohne mir direkt zu antworten. „Rüben. Du bist Dichter. Jetzt will ich dir einen Vers beibringen. Er lautet so:

(Melodie: Mag gefrieren heißer Quell)

Dieser Teil hat keine Eil,
Aufwärts steil geht's eine Meil,
Bricht der Keil und reißt das Seil,
Macht das Beil es wieder heil."

Ich verstand den Vers nicht recht.

„Findest du ihn trotzdem nicht gut?"

„Ich finde tatsächlich keinen Vers gut, wenn er nicht so deutlich ist, daß man ihn kritisieren kann."

Islandsbersi: „Dann werde ich dir einen anderen Vers beibringen. ‚Am schlechten Fenster aus Gnadenbalg' – hast du den jemals gehört?"

Auch den Vers hatte ich nie gehört.

Er reichte mir eins von den drei Milchgläsern, die dort immer noch bis zum Rand voll mit Islandcocktail standen. „Prost", sagte er und stieß mit mir an. Ich tat so als ob und steckte die Zunge hinein. Das Getränk will ich lieber nicht näher beschreiben. Er lachte in sich hinein; soweit ich sehen konnte, bebte sein Schmerbauch. „Jetzt hör mal gut zu", sagte er.

(Mit eigener Melodie)

„Am schlechten Fenster aus Gnadenbalg
die heisere Alte Vorgarn zieht;
Gesangbuchverse laut sie greint,
ißt aus dem Breinapf auf den Knien.

Was sagst du dazu?"

Ich bat ihn, den Vers zu wiederholen, und das tat er.

Dann führte er wieder das große übervolle Glas an die Lippen und leerte es in einem Zug.

„Es ist ein sonderbarer Vers", sagte ich „vielleicht nicht direkt Kitsch, doch ich bezweifle, daß er unanfechtbar ist. Ich verstehe zum Beispiel nicht, warum das Dachfenster schlecht sein soll, auch wenn es aus einem Gnadenbalg ist. Gnadenbalg – das ist doch die Fruchtblase von Kälbern? Die Frau ist heiser, wie es sich gehört. Doch warum wird sie Alte genannt? Sie zieht Vorgarn. Als ich noch klein war, daheim in Island, sah ich zu, wie meine Pflegemutter Vorgarn zog mit den Fingern. Spinnbare Längen machte sie aus gekämmter Wolle, die sie auf dem Schoß hielt und in Klängen oder Schlägen ablegte. Das Vorgarn konnte beliebig lang sein, während gewöhnliche gekämmte Wolle hinsichtlich der Länge unterschiedlich ausfällt, so daß die Spinnerin jedesmal ein wenig aufgehalten wird, wenn sie eine neue Kämmung nimmt. Vorgarn hingegen kann man pausenlos spinnen. Außer der Wolle also, welche die Frau auf ihren Knien zu Vorgarn zieht, hält sie das Gesangbuch in den Händen und singt daraus. Weiter ißt sie aus einem mit Brei gefüllten Holznapf, den sie, wie es Brauch ist, auf den Knien hält. Ich begreife nicht, wie die Frau das Gesangbuch auf den Knien haben kann, während sie Brei aus dem Napf ißt, den sie auch auf den Knien hat, und das zur gleichen Zeit, in der sie Wolle auf ihrem Schoß zu Vorgarn zieht. Um all das zugleich zu tun, hätte die Frau wohl sechs Hände und drei Schöße haben müssen. Außerdem ist mir nicht klar, wie die Frau singen oder ‚greinen' kann, während sie Brei ißt."

„Prost", sagte Islandsbersi.

Als ich aufblickte, wurde mir klar, daß er meinen Vortrag nicht vernommen hatte, sondern an etwas anderes gedacht hatte – „hör mal, du kannst deinen Rest ins Waschbecken kippen, wenn du willst; du bist anscheinend schon betrunken."

Dann leerte er, ohne abzusetzen, das Glas, das noch voll dagestanden hatte. Ich war heilfroh, meines wegkippen zu dürfen. Jedenfalls war nicht zu bemerken, daß dieses Gesöff eine nennenswerte Wirkung auf Islandsbersi ausübte; nur daß er ein bißchen blasser wurde und sein Gesicht sich glättete; seine Augen bekamen einen weißen Glanz.

Ich hielt es jetzt für ratsam, aufzubrechen, damit ich nicht Gefahr lief, daß der Kohlrübenkaufmann meiner Kindheit mich etwa in den Heringshandel hineinzog, denn Heringe habe ich wie die meisten meiner Landsleute immer für mieses Zeug gehalten; Näheres darüber später. Am besten war, ich brachte jetzt meinen Koffer vom Bahnhof zu dem alten Ehepaar, das in Vanlöse wohnte. Vor allen Dingen mußte ich mir irgendwie Bargeld verschaffen. Mir kam in den Sinn, meine beiden Redakteure, die mir gelegentlich Artikel abnahmen, um Hilfe anzugehen; ich würde ihnen einen Reisebericht über Jämtland und Tröndelag vom Standpunkt des Vogelhandels aus anbieten und, falls möglich, das Honorar dafür im voraus kassieren.

Bei der einen Zeitung war noch keine ansprechbare Person auf den Beinen, und bei der anderen fiel ich dem Sekretär des Redakteurs in die Hände, und bekanntlich sind die Zweithöchsten überall die schlimmsten. Der Mann sagte mir, daß bereits verschiedene Dänen vor mir Schweden und Norwegen bereist und über das Thema geschrieben hätten – „mit Verlaub, wie alt sind Sie?" Ich war achtzehn Jahre und sagte, mir sei nicht bekannt, daß dänische Journalisten über diese Länder vom Standpunkt der Vögel geschrieben hätten, und ich meinte sogar, daß mein Standpunkt eine Wende in den vorherrschenden Ansichten über diese Länder herbeiführen könne. Er hingegen wollte einen Artikel darüber, was die Schweden und Norweger jetzt zur Politik der Dänen in Schleswig meinten und wie diese Völker voraussichtlich reagieren würden, wenn die Dänen ihren König absetzten. Ich sagte, er meine wohl politische Geschichte, wie sie in den Schulen gelehrt würde, und daß mich die Geschichten über Könige und Politiker und die ganzen Auseinandersetzungen nicht interessierten und daß solch langweiliges Zeug nicht geduldet werden sollte, weder in den Schulen noch in den Zeitungen; die wahre Weltgeschichte sei hingegen die Geschichte des Vogels auf der Erde.

„Ja, man kann gut hören, daß Sie erst achtzehn sind", sagte er.

Außerdem interessiere sich ein Isländer wie ich wenig dafür, was Schweden und Norweger über Schleswig usw. dächten, sagte ich. Der Mann zahlte mir dennoch dreißig Kronen aus, die ich bei der Zeitung seit dem Winter guthatte.

Jeder, der auch nur ein bißchen Erfahrung im Handel hat, kennt die folgende Gesetzmäßigkeit: wenn man etwas braucht, ist es nicht zu haben. An den Tagen, an denen einem Kanarienvögel fehlen, gibt es in der ganzen Stadt keinen einzigen Kanarienvogel. Braucht man hingegen einen Adler, dann ist die Stadt voller Kanarienvögel. An diesem Tag war in ganz Kopenhagen kein Zimmerchen zu haben, weil ich eins brauchte. An einer Stelle war ich allerdings dem Ziel ganz nahe. Eine gutherzige, etwas korpulente Frau hatte ein „Zimmer mit Morgenkaffee" annonciert, doch als ich dann bei ihr nachfragte, kam es mir ganz so vor, als habe sie geweint. Sie bat um Entschuldigung und klagte, daß alles durcheinandergeraten sei: Im letzten Augenblick hätte der Mieter davon Abstand genommen, auszuziehen, obwohl er mit der Miete für fast ein Jahr im

Rückstand war. Ich fragte, ob es nicht möglich sei, solche Leute auf die Straße zu setzen.

„Nein, leider", sagte die Frau. Statt die Miete zu zahlen, hatte er sich entschlossen, die Frau zu heiraten. „Wir haben uns heute nacht verlobt", sagte sie.

„Können Sie sich nicht ebensogut mit mir verloben?" fragte ich.

Die Frau betrachtete mich von oben bis unten, und die Tränen rannen; sie kam zu dem Ergebnis, daß ich zu jung und sie zu alt sei. Mir tat das auch ein bißchen leid. „Es ist besser, einen Mann zu heiraten, der so alt ist, daß keine mehr mit ihm anbändeln will", sagte die Frau.

Ich fragte dann, ob das Zimmer nun nicht von selbst frei würde, wenn sie heirateten.

„Hier gibt es nur meine gute Stube und dieses Schlafzimmer, nichts weiter."

„Wie ich sehe, ist Ihr Vogelbauer leer. Wo ist der Vogel?"

Die Frau trocknete sich eine Träne und sagte schluchzend: „Er ließ ihn heute morgen heraus. Er hat den Vogel immer gehaßt, und heute morgen hat er ihn rausgelassen. Den ganzen Tag habe ich das Vogelbauer betrachtet und geheult."

„Sie sollten es mir verkaufen", sagte ich. „Ich bin nämlich Vogelhändler, und ständig fehlen einem Bauer."

Diese Frau, die alles zugleich war – korpulent, gutherzig und klug –, schenkte mir das Vogelbauer und verabschiedete mich weinend.

Die zweite Annonce, in der „Logis gegen Aushilfe in einem Buchvertriebsunternehmen" geboten wurde, konnte womöglich in Betracht kommen. Doch was war Buchvertrieb? Diese Frau nun war zum Glück kein kleines Kind mehr, ansonsten will ich weiter nichts sagen, als daß ihre

Pläne auf mich Eindruck machten. Sie nahm die brennende Zigarette nicht aus dem Mund und grüßte nicht zurück, obwohl ich guten Tag sagte, und maß mich über die Türschwelle hinweg mit ihrem Blick; sie kniff die Augen zusammen. Ich sagte, ich sei in Wohnungsschwierigkeiten, und sie ließ mich herein und bot mir in der Stube einen Stuhl an.

„Was soll ich mit Ihnen anfangen", sagte die Frau ein wenig heiser. „Sind Sie noch Kind oder schon Mann?"

Ich nannte mein Alter, und sie sagte: „Allmächtiger Gott!" Dann fragte sie teilnahmslos nach meiner Nationalität, meiner Bildung und meinem Stand. Sie war ziemlich mager und hatte, wie es Frauen zur Zierde tun, ein paar lose Haarsträhnen auf der Stirn hängen; man hätte sie für eine unglückliche Künstlerin halten können. Der Rauch von der Zigarette stieg ihr in die Augen, denn sie nahm sie nicht aus dem Mund; deshalb konnte sie auch immer nur ein Auge aufmachen. Es war, als ob sie einen aus einem Gesträuch, um nicht zu sagen, aus finsterem Wald, ansah. Wie es bei Frauen der Fall ist, die wie sie früher einmal für geschäftstüchtig gegolten hatten, später aber mehr und mehr in Schwierigkeiten geraten waren, spielte sie die würdige Dame, die sich mit dem Unvermeidbaren zufriedengibt und geistesabwesend oder gar schlafwandlerisch daherschreitet, so daß man nicht recht weiß, ob sie hört, was man sagt.

Ich sagte ihr, daß ich bei der Vogelzentrale gut angeschrieben sei und für die Zentrale Vögel verkaufe. Da rief sie wieder den Allmächtigen an, dieses Mal leise. Als ich aber sagte, daß ich mitunter für Zeitungen schreibe, gefiel ihr das weit besser. Es stimmte auch mehr mit ihren Plänen überein; sie fragte, ob ich mich nicht bereit finden könne, auf Österbro eine Buchhandlung in Gemeinschaft mit ihr und bei gleicher Gewinnbeteiligung zu eröffnen. Ich sagte, ich brauche Bedenkzeit.

„Ach, wie angegriffen Sie aussehen", sagte die Frau und dachte jetzt ein wenig menschlich. „Ich bin sicher, Sie haben Hunger." (Sie tritt zu mir und betrachtet mein Haar.) „Sie haben blondes Haar. Kommen Sie mit in die Küche. Ich mache Ihnen ein Beefsteak mit Ei, während Sie sich die Sache überlegen."

Sie tat so viel Zwiebel in die Pfanne, daß mir die Augen tränten und ich vor lauter Dunst kaum Luft holen konnte. Dann öffnete sie das Fenster, legte für mich in der Küchenecke ein Tischtuch auf den Tisch und machte eine Flasche Bier auf.

„Was wollen Sie mit diesem leeren Vogelbauer?" fragte die Frau.

„Sie können es behalten", sagte ich.

„Als ob mir der Sinn gerade danach steht", sagte die Frau.

Schließlich hatte ich gegessen, stand auf und verbeugte mich.

Als wir durch den Korridor gingen, öffnete sie eine Tür halb und sagte: „Möchten Sie sich nicht ein wenig hier ins Bett legen, während Sie sich die Sache durch den Kopf gehen lassen, bitte schön. Ich werde Sie wecken, wenn der Kaffee fertig ist."

„Leider habe ich es heute eilig", sagte ich. „Die Arbeit wartet. Doch ich hoffe, Sie sind so gut, dieses Vogelbauer zur Erinnerung an mich anzunehmen."

„Was soll ich mit einem Vogelbauer?" sagte die Frau und hob die Stimme, als hätte sie ihre Rolle nicht mehr im Griff. Sie sah mich entgeistert mit weit aufgerissenen Augen an.

„Ich komme wieder, wenn wir die Buchhandlung gründen“, sagte ich. „Und dann schenke ich Ihnen einen Vogel für den Käfig.“

Doch sie wollte mir unter allen Umständen für das Bauer fünf Kronen bezahlen. Dann verabschiedete ich mich ehrerbietig.

4

Frühlingsabend in Kopenhagen

Der Portier im „Pallas“: „Oben beim Grossisten ist eine isländische Fete im Gange. Sind Sie eingeladen, mit Verlaub?“

Als ich an der Tür des Appartements klingelte, kam ein dänischsprechender Mann zur Tür; er trug Gamaschen, nannte seinen Namen, schlug die Hacken zusammen und verbeugte sich: „Baron Poul Gottfredsen von Hofsos, Sekretär, bin heute gerade aus Holland zurück.“

Ich stellte mich vor und sagte, ich sei heute gerade aus Schweden gekommen und hätte bei einem alten Ehepaar in Vanlöse übernachten wollen, doch es sei verreist.

„Der Grossist erwartet Sie“, sagte der Sekretär, „Sie können in meinem Bett schlafen, denn ich bleibe von Punkt null Uhr bis Punkt zwölf Uhr in der Stadt.“ (Notabene: Von Mitternacht bis Mittag. – Ich hatte bisher noch nie die Uhrzeit in solcher Weise angeben hören, doch inzwischen ist es in der ganzen Welt Brauch.)

Es war eine Art Pärchenball, auf dem die Herren allerdings nicht mit den Damen tanzten, sondern auf Florteppichen saßen und sie umgefaßt hielten. Die Männer schienen mir Landsleute zu sein, einige kannte ich vom Sehen; die Mädchen konnten von überallher sein, zum Teil waren es sogar Isländerinnen. Sie sangen folgendes:

(Melodie: Es war auf Frederiksberg, es war im Mai)

„Es war zur Frühlingszeit,
die See lag blank;
ich traf die schönste Maid,
und sie war schlank.
Die Liebe heiß mich plagt',
die nie vergeht,
doch ab und zu versagt.
So ist's mal, seht!"

Islandsbersi saß allein in einer Ecke und genehmigte sich einen. Ein Mann widmete sich nicht seiner Dame, sondern disputierte mit Bersi bzw. hielt Reden, die er ständig mit eigenem Gelächter unterbrach, das nicht von etwas Spaßigem herzurühren schien, am allerwenigsten von seinen Witzen, die allerdings auch kein anderer verstand. Vielleicht lachte er über sich selbst und hatte sich damit abgefunden, in einer bürgerlichen Gesellschaft mit den Wölfen zu heulen. Er sagte, wir alle hätten Islandsbersi gern, trotzdem er ein Kapitalist ist. Hahaha. „Voulez-vous Faß rollen, sagte man zu den Franzmännern daheim in Reykjavik, als ich aufwuchs; und wir reagierten dieses Frühjahr schnell, als Bersi uns eines Tages im ‚Messer' sagte: ‚Voulez-vous Faß rollen, weil die Sonne die Fässer von der falschen Seite bescheint' – hahahahaha. Jetzt haben wir für dich seit Ostern in einem fort Faß gerollt, sowohl in Christianshavn wie draußen auf Amager und sonstwo, aus reiner kleinbürgerlicher Vaterlandsliebe, ohne buchstäblich auch nur einmal den Tarif der Hilfsarbeitergewerkschaft ‚Morgenröte' zu erwähnen, geschweige denn mehr. Und jetzt, da du uns hier im ‚Pallas' eine Party gibst, einzig aus dem Anlaß, daß wir morgen früh um fünf Uhr aufhören sollen, Faß zu rollen, und weil du nicht mehr daran verdient hast als wir selber und das Kapital wiederum seine Unfähigkeit bewiesen hat, haha, da versprechen wir dir, daß wir dich nach der Revolution zum ersten Heringskommissar des Arbeiterstaats in Island machen werden“ (Hahaha mit Husten und Atemnot) „auf dein Wohl, und es lebe die Revolution und la russkaja sozialistitscheskaja sowjetskaja federatiwnaja respublika!“ Damit leerte der Sprecher sein Glas.

Islandsbersi: „Du bist so gut wie in Rußland gewesen, und ich bin so gut wie in Rußland gewesen; wir sprachen beide mit Litwinow, als er im vergangenen Winter hier war. Ich habe noch nie mit einem so dicken und verdrehten Mann geredet; außer mit mir selbst. Ich bot ihm vierzigtausend Fässer an, später erst zahlbar, nach einem Jahr, nach zwei Jahren, zehn Jahren, nie: Hering für vier Millionen schwedische Kronen für ein hungerndes Volk, bitte schön, ohne weitere Verpflichtung. Er wollte die Sache nicht einmal besprechen. Der Mann findet einmal ein schnelles Ende bei sich zu Hause.“

Der Bolschewik lachte, wie Bolschewiken eben über die kindliche Einfalt der Bürger lachen. Ein Mann, der was von der Sache verstand, rief dazwischen: „Bekanntlich besteht auf der Ostsee Blockade gegen Rußland. Vielleicht war auch nicht leicht mit Hering vergangenen Winter um die Kola-Halbinsel herumzukommen. Geht vielleicht noch immer schlecht. Wie man hört, ist die See dort unrein. Außerdem braucht man im Russischen noch nicht ‚la‘, wie es der Redner tat!“

Ein Gast rief: „Wo doch Litwinow vier Millionen schwedische Kronen in den Wind schlug – willst du nicht versuchen, sie mir zu schenken?“

Bersi: „Bitte sehr, mein Guter, sie gehören dir, sobald du es sagst.“

Der Gast: „Du mußt garantieren, daß es gutes Geld ist."

Bersi: „Hast du es denn noch nicht begriffen, mein Lieber, daß Geld Teufelsdreck ist? Hering dagegen, mein Bester, ist etwas Gutes."

Der Gast: „So ein Esel wie du, Bersi, sollte daheim in Island bleiben und zum ‚Morgenröte'-Tarif arbeiten."

Bersi: „Danke, Freund. Nicht, weil ich nicht wüßte, daß alle ‚Morgenröte'-Arbeiter freien Zugang zum Himmelreich haben. Doch leider, Island wird von einer Bank in London flottgehalten, Island kann morgen untergehen, wenn die in London es wollen. Es ist nicht genug, daß alle Schauerleute Heilige sind. Es muß auch Kapitalisten geben."

„Staatskapitalisten", verbesserte der Bolschewik.

Bersi: „Ja, das meinte ich. Irgendwelche Kapitalistenarschlöcher muß es geben. Auf irgend etwas muß man doch sitzen. Gotti hat in einem Buch gelesen – Gotti, was war das noch, was du gelesen hast?"

Der Baron: „In Island haben in tausend Jahren insgesamt zwei Millionen Menschen gelebt. Ein bestimmtes Gebiet im Meer nördlich und östlich von der Küste beherbergt einhundertfünfzig Millionen Tonnen Hering in einem Jahrzehnt, dreihundert Millionen in zwei. Das hat man in Holland ausgerechnet."

Islandsbersi: „Seht mal Gotti an, er weiß alles."

Jetzt lachte der Bolschewik nicht mehr allein – wenn auch am lautesten –, sondern die ganze Gesellschaft außer den Mädchen. Sie wußten nicht recht, wovon die Rede war, oder fanden nicht die Pointe in derlei Witzen; dennoch fragte eine dazwischen: „Gehört denn Islandsbersi wirklich der ganze Hering?"

Der „Morgenröte"-Anhänger: „Aller Gewinn, der größer ist als der ‚Morgenröte'-Lohn, stammt aus der Ausplünderung von Witwen und Waisen."

Islandsbersi: „Ja und ob! Wir plündern Witwen aus. Meine gingen voriges Jahr von Djupvik ohne Lohn nach Hause. Wir baten sie, sich bis zum Frühjahr zu gedulden. Jetzt kommt schon der Sommer. Vielleicht erhalten sie diesen Sommer auch keinen Lohn. Vielleicht bekommen sie erst in fünfundzwanzig Jahren Lohn. Die in London geben keinen Kredit auf Witwen; der liebe Gott auch nicht. Sagtest du Waisen? Gut, daß du davon sprichst; ich habe ein ganzes Haus voll. Islandsbersi ist selber eine Waise von Geburt an; wer hat mir die Wange gestreichelt? Uns Waisen wird nur gesagt: ‚Haltet 's Maul!' Alles in Ordnung mit uns. Prost! Kein Gequatsche mehr. Begrapscht lieber die Mädchen."

„Ich denke, ich gehe jetzt", sagte ein Mädchen, das ziemlich gebildet war, und stand vom Fußboden auf. „Solches Gerede paßt mir nicht."

Andere Mädchen schlugen in dieselbe Kerbe. Die jungen Männer kümmerten sich nicht um die entstandene Unruhe, doch als sie die Gläser hoben, lächelten sie ein wenig trübe. Der Bolschewik lachte weiter. Seine Gunna konnte sich auch eines Lächelns nicht erwehren über dieses auf bürgerlichen Gesellschaften übliche Geschwätz, wo so naiv und ins Blaue hinein dahergeredet wurde.

„Es ist eine Schande, seine eigenen mittellosen Landsleute in Kopenhagen, bettelarme Menschen, Blut beim Fässerrollen schwitzen zu lassen, ohne mit einem Wort die Bezahlung zu erwähnen, geschweige denn mehr. So etwas kann nur einem Isländer einfallen", sagte das Mädchen.

Islandsbersi, doppelt so schwer wie andere Leute, stand auf und ging auf das Mädchen zu; er zog seine Brieftasche, und ehe das Mädchen sich dessen versah, stand sie mit der Brieftasche in Händen da, auf welche die Buchstaben B. H. in Gold geprägt waren.

„Bitte, meine Liebe, die Brieftasche gehört dir, du kannst sie behalten“, sagte er. „Ich weiß, du teilst brüderlich, so daß es sich morgen jeder leisten kann, sich zu betrinken.“ (Setzt sich wieder und nimmt einen Schluck.)

Nun hätte es nahegelegen, daß eine so treffliche Frau das erniedrigende Geschenk sofort zurückgab. Das trat jedoch nicht ein. Statt dessen maß sie die Gesellschaft mit ihren Blicken und fragte, ob sich hier drinnen niemand schäme, von einem Heringsgrossisten aus Island als offenkundiger Feigling und Dummkopf abgestempelt zu werden. Sollten wir uns denn auf Islandsbersi stürzen und ihn verprügeln? Es war ein Weib wie aus der Saga vom weisen Njal. Doch als sich keine Njala zutrug, wandte sich die Frau ihrem Kavalier zu und sagte: „Womit habe ich das verdient, daß du Bauernlümmel dich erdreistest, eine Dame in die Gesellschaft von Hafengesindel einzuladen! Es geschähe dir recht, wenn ich dir einen Fußtritt verpaßte.“

Sie tat jedoch nichts dergleichen, sondern begnügte sich damit, ihrem Liebhaber mit der mit Monogramm versehenen Brieftasche Bersi Hjalmarssons eine runterzuhauen und sie danach auf den Fußboden zu schleudern; die Brieftasche wurde von Männern in Verwahrung genommen, die weniger zu Großtaten aufgelegt waren als diese Frau; damit scheidet sie aus unserer Geschichte aus.

Nun begannen einige darauf anzuspielen, daß man doch zum Spaß mal nachsehen sollte, wieviel sich in der Tasche befand. Verträgliche Leute entschieden, es sei selbstverständlich, ein gutgemeintes Geschenk dankbar anzunehmen und es aufzuteilen, wie es der Spender bestimmt hätte. Bersi Hjalmarsson nippte weiter an seinem Whisky, während das Geld aus seiner Brieftasche gezählt wurde. Es waren siebenunddreißig dänische Hundertkronenscheine. Manchen schien ihr künftiger Anteil ziemlich klein.

Bersi Hjalmarsson versuchte die Leute zu trösten: „Die Welt ist nun einmal nicht größer als so – ein Hotelzimmer, in dem vierzehn Gäste sitzen, außer dem Gastgeber und Nassauern; und dreitausendsiebenhundert Kronen ist alles Geld, das auf der Welt existiert, und morgen ist Weltuntergang."

Der Bolschewik lehnte es für sich und Gunna ab, Anteil an dem Geld zu haben; er sagte, der Egalitarianismus sei kein Sozialismus, sondern Menschewikengefasel für Kleinbürger, Dummköpfe und Klatschweiber. Lenin sei kein Nivellist. „Außerdem scheint mir, daß ich hier Eschatologisten vor mir habe."

Frage: „Was sind das für Leute?"

Antwort: „Das sind die Lehrer vom Weltende."

Jetzt war guter Rat teuer.

Einer fragte, was man denn mit dem Geld anfangen sollte, und ein anderer antwortete: „Schnaps kaufen."

„Genug Whisky im Schrank", sagte der Baron von Hofsos; er zählte bei der Aufteilung ebensowenig mit wie ich; doch andere Leute zählten mit und galten für anteilberechtigt.

„Brot kaufen", sagte einer der Eschatologisten.

„Sind nicht genug Schnitten da, Gotti?" fragte Islandsbersi.

„Vielleicht nicht für alle Ewigkeit", sagte der Baron, „doch wenn die Welt morgen früh untergeht, reicht es allemal."

Ein reizendes Mädchen bekam eine nette Idee: „Könnten wir nicht einen Laden eröffnen und mit Textilien handeln? Die Jungen hier haben alle schlechte Anzüge an. Keiner trägt einen Cutaway, nur Bersi Hjalmarsson. Wenn es hier einen Kleiderladen gäbe, würde ich meinem Schieter einen Cutaway und längsgestreifte Hosen kaufen."

Bersi Hjalmarsson sprang wieder auf, fuhr aus dem Cutaway und rollte ihn zusammen; dann wollte er auch noch die Hosen ausziehen.

Den meisten bereitete es großes Vergnügen, doch einige fanden das Ganze nicht besonders, so auch der Bolschewik und sein Mädchen; sie sagten, wenn der Marxismus mit der Weltenendetheologie und dem Nivellismus vermischt würde, dann wäre es besser, Kleinbürger statt Bolschewiken einzuladen; sie lachten nicht mehr, waren mit ihrem Latein am Ende, verabschiedeten sich höflich. Doch der Abend ging weiter.

Ein rechnerisch begabter Dogmatiker sagte, er möchte sich erlauben, darauf hinzuweisen, daß zur Zeit der Schenkung sechzehn Personen im Zimmer anwesend waren, mit Ausnahme des Spenders. Jetzt seien zwei gegangen. Hingegen wäre eine unerwartete Person (der Erzähler) hinzugekommen, außer dem Baron; „mit Verlaub, zählen sie mit?"

„Ich bin ein Nassauer", sagte der, welcher Vogelhändler und Dichter in einer Person war.

Der Baron: „Ich zähle nie mit. Ich bin ein dänischer Adliger. Mein Großvater und Urgroßvater hatten Handelsfilialen in Hofsos."

Der Rechner: „Es muß trotzdem aufgeteilt werden. Durch welche Zahl sollen wir teilen, Bersi Hjalmarsson?"

Islandsbersi war von dieser Lösung so begeistert, daß er vergaß, seine Hosen auszuziehen und sie dem Mädchen zu geben. Er trat zu dem Nivellisten, legte ihm die Hand auf die Schulter und sagte:

„Jetzt sollst du einen schönen Vers hören, Freund. Ich rezitiere ihn einmal. Wenn du ihn behältst, sollst du eine Krone bekommen; wenn nicht, bekomme ich eine Krone."

„Der Vers ist womöglich so schwer, daß es sich nicht lohnt, ihn in Akkord zu nehmen", sagte der Nivellist.

Bersi: „Du legst deine Krone dorthin, und ich lege meine Krone hierhin; und jetzt rezitiere ich den Vers.

(Mit eigener Melodie)

Zogen zwei Kerle hinaus, um zu hacken,
Taten sich aber nicht sonderlich placken;
Glaubten das Glück mit Händen zu packen,
Gingen sie beide weg, um zu kacken.

Konntest du ihn lernen?" Nein, der Mann hatte den Vers nicht so schnell behalten können und entschuldigte sich damit, daß es sich um verfluchten Kitsch handle und keine ordentlichen Stabreime vorhanden seien, so daß Bersi Hjalmarsson die Krone an sich nahm und sie als Reingewinn des Tages in die Tasche steckte.

Dieser Abend wäre wahrscheinlich noch lange nicht zu Ende gegangen, wenn nicht ein später Gast die Tür leise geöffnet und vorsichtig hineingespäht hätte in dem Vorsatz, niemanden zu wecken. Doch jetzt sah die Person, daß man hier nicht schlief, und stieß die Tür ganz auf. Eine Frau war mitten ins Zimmer getreten, blickte sich um und sah, daß Islandsbersi fast die Hosen ausgezogen hatte. Bei diesem Anblick war die Frau baff und vergaß zu grüßen. Sie hatte ihre Kapuze unter dem Kinn festgeknotet und streifte sie jetzt ab; sie hatte glattes, in der Mitte gescheiteltes Haar, wie es Jungfrau Maria in der Renaissance hatte, nachdem sie des byzantinischen Kopfputzes verlustig gegangen war. Ich denke, Bersi Hjalmarsson hatte noch nicht bemerkt, daß die Frau da war, doch jetzt hörte er ihre Stimme hinter sich und beeilte sich, die Hosen wieder hochzuziehen. Die Unbekannte, erstaunt, nahezu flüsternd:

„Herr Bersi Hjalmarsson!"

Es wurde totenstill, und die Isländer überlief ein kalter Schauder, als sie hörten, daß ihr Landsmann mit „Herr" angeredet wurde, was bekanntlich nur in ausländischen Hintertreppenromanen vorkommt. Die Frauen fielen ihren Kavalieren um den Hals und fragten: „O Gott, ist es seine Frau?" Islandsbersi trat auf die Frau zu und küßte sie. Die Frau blieb unerschütterlich. Er stellte sie seinen Gästen vor: „Das ist Hnulla."

Der Baron warf ein: „Tja, das können wir hier in Dänemark nicht aussprechen, Nulle, weiter bringen wir es nicht."

Hnulla rührte weder Hand noch Fuß, starrte nur auf Islandsbersi, bis sie zum zweitenmal vorwurfsvoll, schmerzerfüllt und sprachlos sagte:

„Herr Bersi Hjalmarsson!"

Islandsbersi fuhr fort, die Frau vorzustellen: „Meine Fanghüterin aus Djupvik."

Außer dem Baron verstand keiner das Wort, denn er war Däne und hatte das Isländische nicht geschenkt bekommen wie wir anderen, er hatte es lernen müssen.

„Seine Fanghüterin?" fragte der Nivellist und dachte nur daran, daß gleichmäßig geteilt werden müßte. „Sollen wir also durch dreizehn teilen?"

„Herr Bersi Hjalmarsson", sagte die Frau in dem Ton, den man bei der dritten Warnung anzuschlagen pflegt und der bedeutet, daß es jetzt allerhöchste Zeit ist, etwas zu unternehmen.

Irgendwie schien den Gästen die amüsante Abendstunde vorbei zu sein, und sie verzogen sich. Viele verabschiedeten sich auf die französische Art. Der eine oder andere bedankte sich und sagte: „Ich möchte gern auf dich zählen können, Bersi." Er sagte: „Danke, daß ihr für mich Fässer gerollt habt", und schob sie zur Tür hinaus, wenn sie Anstalten machten zu diskutieren. Einige Damen zeigten auf den Gastgeber, während sie rückwärts hinausgingen, und sagten: „Hi, hi – auf Islandsbess!" Als die Gäste gegangen waren, stand die Wirtschafterin noch immer mitten im Zimmer.

5

Spaziergang in den Morgen

Hier endet der Bericht von einer amüsanten Abendstunde; im modernen Isländischen (oder Norwegischen) würde man sie wohl eine interessante Begebenheit nennen; alle gingen angeheitert nach Hause, einige mit Geld in der Tasche. Der Baron hatte im Zimmer aufzuräumen begonnen, als sein Blick auf die Uhr fiel und er bemerkte, daß es für den „Rüpel", wo man des Nachts oft Lulu-Fado tanzte, bald zu spät sein würde – und er eilte davon.

Es war ein ausgezeichnetes Hotel, manche sagen, das feinste Hotel in Skandinavien; die Vorsehung war mir hold, mich an diesem Ort – wenn auch nur eine Nacht – schlafen zu lassen, als künftigen Biographen berühmter Leute, wo ich bisher nur als Vogelhändler und Dichterling an unbedeutenden Orten geschlafen hatte. Leider habe ich mir nicht notiert, was ich geträumt habe, wozu man in Island verpflichtet ist, wenn man eine Übernachtung in der Fremde schildert. Eines war jedoch sicher, daß ich keineswegs genug geträumt hatte, als ich geweckt wurde. Die

Sonne strengte sich an, durch die schweren Vorhänge zu scheinen. Die Frau vom Abend zuvor war zu mir hereingekommen.

Sie gehörte zu jenen Frauen, die sans bagage reisen, wie es in der Hotelsprache heißt; sie führen höchstens eine Zahnbürste mit sich; hoffentlich hatte diese Frau die ihre nicht vergessen, denn sie hatte große und gute Zähne. Sie sagte nicht guten Tag. Ich sagte auch nicht guten Tag.

„Was tun Sie hier?" fragte die Frau.

Ich sagte, ich hätte geschlafen.

„Was denken Sie sich eigentlich?" fragte die Frau.

Ich traute mich nicht, diese merkwürdige Frage zu beantworten. Weiter wollte die Frau nichts wissen.

„Wie spät ist es?" fragte ich, denn ich hatte keine Uhr, sie auch nicht. Doch hatte sie soviel Verstand, die Vorhänge hochzuheben und auf die Uhr am Rathausturm zu blicken, die ich vergessen hatte. Ich glaube, es war gegen halb sieben, und der Hufschlag der Brauereipferde auf der leeren Straße hörte sich an wie ein Trommelsolo, als die Frau die Vorhänge aufzog; die Sonne kam ganz herein; doch als die Frau wieder zuzog, blieb von der Sonne nur ein roter Schein in den Plüschvorhängen; die Trommel auf der Straße bekam einen Dämpfer.

Es war kein Stuhl da. Sie setzte sich ans Fußende des Bettes mit den bloßen Fersen auf dem kalten Fußboden und riß die Kiefer zu einem langen Gähnen auf.

Der Erzähler: „Mit Verlaub, was hat Sie hergeführt?"

Die Frau: „Was geht Sie das an?"

Der Erzähler: „Mit Verlaub, sind Sie mit Bersi Hjalmarsson verheiratet?"

„Das bin ich bisher nicht gewesen", sagte die Frau, lehnte sich zurück und gähnte wieder und reckte sich zum Zeichen, daß die Lebensgeister sich regten. Sie war ohne

Zweifel übernächtigt, denn die feinen Haargefäße auf ihren Wangen zeichneten sich ab. Als sie gegähnt hatte, knirschte sie mit ihren großen Zähnen. Sie dachte nicht daran, ihr Röckchen weiter nach unten über die Schenkel zu ziehen, wo sie doch sozusagen bei einem Mann auf der Bettkante saß. Ich hoffte, daß sie keinen Geschlechtstrieb hätte; ihre Frisur schien mir darauf hinzudeuten – keine Spur einer Welle noch Locke; doch so verhielt es sich nicht.

„Dann sind Sie vielleicht gar nicht verheiratet?" fragte ich.

„Mein Mann ist ein Held im Nordland. Alle Weibsleute liegen wie Zwetschgen ihm zu Füßen." (Großes Gähnen.) „Sein Boot, das er mit zwei Verwandten teilt, das ist kein Heringsboot, es ist ein Fischfangboot, sie fangen oft hunderttausend auf einer Tour. Doch ich bin bloß ein Weib, und obwohl ich es dreimal in der Woche mit einem Mann habe, den ich liebe, wobei ich froh bin, damit wegzukommen, gehe ich zu einem anderen Mann hin, der mich anekelt und ich ihn und der es zudem mit keinem anderen Geschöpf als seiner Frau zu tun gehabt hat."

Es stellte sich heraus, daß Bersi Hjalmarsson dieser Frau im Nordland ein Hotel geschenkt hatte, an dem Fjord oder der Bucht, wo er Heringsfischerei betrieb. Sie hatte in den Baracken bei seinen Heringsleuten als Wirtschafterin angefangen und wurde Fanghüterin genannt – dabei handelt es sich um ein veraltetes Wort. Nunmehr war er ein so großer Mann geworden, daß er ein Hotel für sich allein haben mußte und es mit seinem Anhang bevölkerte, Heringshändlern und mancherlei Direktoren von jener Art, die sich um den Hering zusammenscharen, nicht zu vergessen die Staatsbeamten und Bankdirektoren, von denen manche ganze Sommer dort zubrachten, sowie dem Redakteur der Zeitung und allerhand besseren Leuten, Schwindlern und Ausländern, „deren Namen ich nie aussprechen kann“, sagte die Frau, „alle müssen Braten und geschmuggelten Branntwein bekommen, und ich, eine einfache Frauensperson, habe nicht einmal gelernt, ordentlich Schellfisch zu kochen, und bin Direktorin eines Hotels in einer Goldstadt geworden. Es ist komisch, wenn man meint, es reiche aus zu sagen, ‚bitte, hier schenke ich dir ein Hotel, betreibe es auf Weltniveau, auf Wiedersehen, ich gehe!‘ “

Frage: „Was haben Sie jetzt vor?“

Antwort: „Ich verlange von ihm, daß er mich auf die Hochschule in Sorø schickt.“

„Sorø, gibt es da jetzt auch eine Hochschule?“

„Es kann gut sein, daß es nur eine Haushaltsschule ist“, sagte die Frau, „mir ist es egal, jeder kann sie nennen, wie er will. Bei diesem verdammten Bersi Hjalmarsson stehe ich jetzt ohne einen Öre da; ich habe nicht einmal etwas zu essen bekommen, seit ich aus Island abreiste; und als ich ankam, schnarchte er schon, und als ich aufwachte, hatte er sich bereits verdrückt.“

Die arme Frau war über Bergen hergereist; zu jener Zeit brauchte man von Island dorthin reichlich zwei Tage und zwei Nächte, und von dort fuhr man mit dem Zug nach Kopenhagen. Ich lud sie feierlich zum Frühstück ein. Sie ging in ihr Zimmer, zog sich an und kam wieder mit der Kapuze, an der nur die goldene Borte fehlte, um wie die einer byzantinischen Madonna auszusehen.

Wir hatten Glück, vor sieben Uhr hinauszukommen, bevor der Tagesportier den Nachtportier in der Pförtnerloge abgelöst hatte. Nachtportiers in Hotels sind nämlich in ihrem Privatleben Doktoren der Philosophie, wenn nicht gar Genies, und denken über die Quantentheorie nach, während Leute ohne Gepäck den rechten Augenblick abpassen, um sich vor der allgemeinen Aufstehenszeit aus einem feinen Hotel zu stehlen. Diese Portiers fragen nicht danach, wie manche Personen wohl hineingekommen sind, geschweige denn, daß sie sie der Polizei übergeben und ins Gefängnis bringen lassen, wohin solche Leute nach Hotelbestimmungen gehören.

Draußen begegneten wir bleichen Männern auf dem Weg zu einer unerfreulichen Arbeit, ihre Augenränder waren von der Plackerei gerötet, sie räusperten sich und spuckten auf die Straße. Die Straßenbahnen nahmen die Kurven mit ohrenzerreißendem Quietschen, Eisen gegen Eisen; zu dieser Tageszeit, da noch kein größerer Lärm eingesetzt hatte, war es durch die ganze Stadt zu hören. Die Mähnen und Kötenzöpfe der rußfarbenen Brauereipferde wallten mit goldigem und seidenem Schimmer, wie sie im Morgenschein dahintrotteten.

Wir klopften an die Türen berühmter Lokale wie das „Industri", das „Vifil", die „Bodega" und den „Regenschirm", doch überall krochen Reinemachefrauen auf allen vieren mit ihren Schrubberbürsten über Flure und Schwellen und lächelten schweigend zu unseren Wünschen.

Der Ort in der Einöde, an dem diese Geschichte ihren Anfang genommen hat, er allein war geöffnet; die Tische waren auf den Bürgersteig gebracht, je einer vor beiden Fenstern; vielleicht hatten sie die ganze Nacht dort gestanden. Am Vortag hatte ich gedacht, die Fassade dieses Cafés im Herzen der Stadt sei bloße Kulisse, und nichts wäre dahinter, und das Unternehmen bestünde aus nichts weiter als diesen beiden weißgedeckten Tischen inmitten des Sandsturms der Wüste. Doch jetzt konnte man irgendwo dahinten einen Streit vernehmen, mal „mit sonderbarer, dunkler Männerstimme", mal mit schrillen Mädchenschreien, begleitet von einem Saiteninstrument; alles erinnerte an den berühmten Auftritt in der steinernen Gruft in der Oper „Aida".

Endlich zeigte sich der Wirt in seiner weißen, frischgewaschenen Jacke wie gestern morgen. Ihm schien es ziemlich egal zu sein, ob wir da waren oder nicht. Geschäft schien hier keine Rolle zu spielen. Die Frau sagte, sie möchte Roggenbrot und Ei. Ich fragte nach dem Frühstücksangebot.

„Bier", sagte der Mann feierlich.

Er ähnelte tatsächlich ein wenig dem Papst, wenn dieser Patron die Fragen beantwortet, die der Menschheit am Herzen liegen.

„Davon muß ich bloß pullern", sagte die Frau.

Als von seiten der Gaststätte jegliche Auskunft ausblieb, nannte ich Roggenbrot und Ei. Der Mann schüttelte den Kopf.

„Haben Sie dann nicht Kaffee und Kuchen da?" fragte ich.

„Ich will mal nachsehen", sagte der Mann. Nach langen Bemühungen brachte er dicken Blümchenkaffee und Milch, die nicht ausgesprochen sauer war, doch etwas abgestanden, und zu gerinnen begann.

„Will der Satanskerl einem nichts zum Kaffee bringen?" sagte die Frau.

Es mag unglaublich erscheinen, doch dieser herzlose Papst kam wieder und brachte zwei warme und duftende Stück Plunder, sozusagen direkt aus dem Ofen; man kann nicht umhin, die Entwicklung der Menschheit zu bestaunen – daß man schon alle die Gelees, Konfitüren und farbigen Zuckerglasuren erfunden hatte, die man braucht, um dieses Gebäck zu fabrizieren. Als wir den Mann wieder zu fassen bekamen und mehr Plunderstücke verlangten, antwortete er kurz und bündig: „Es sind keine mehr da."

Wir saßen noch eine Weile nachdenklich bei dem schlechten Kaffee. Da unterbrach die Frau unvermittelt das Schweigen.

„Warum will man unbedingt mit irgendeinem verdammten Kerl fremdgehen, wenn man mit einem eleganten Mann und Helden verheiratet ist?"

„Das ist eigentümlich, ich habe manchmal auch schon darüber nachgedacht", sagte ich.

„Nein, ich werde verrückt", sagte die Frau. „Haben Sie wirklich darüber nachgedacht? Mit Verlaub, wie alt sind Sie?"

„Ich bin gerade nicht sonderlich alt", sagte ich. „Doch ich habe über diese Frage oft nachgedacht; ich habe sogar vor, darüber ein Buch zu schreiben. Vielleicht werde ich das Problem für Sie noch lösen – mit der Zeit."

Die Frau: „Vielleicht kaufe ich das Buch, obwohl ich Sie gar nicht kenne; aber das ist doch ziemlich ungewiß, Sie scheinen mir nämlich nicht besonders intelligent, Sie entschuldigen, doch wahrscheinlich sind Sie kaum dümmer als ich. Wie heißt das Buch, mit Verlaub? Kommt es nach Djupvik?"

„Das Buch heißt: ‚Die Götter im Heiratsgarten', und es kommt bestimmt nach Djupvik", sagte ich. „Und damit notiere ich einen Käufer. Das Glück verfolgt mich."

„‚Die Götter im Heimatsgarten'", wiederholte die Frau, nicht ganz korrekt. „Himmel, ist das ein idiotischer Titel für ein Buch. Soll so ein Buch mir den Weg weisen? Welche Antwort willst du mir auf meine Frage geben: Ich habe einen jungen und schönen Mann und dennoch ..." (mit steigendem Nachdruck) „warum, warum, warum ...?"

„In den ‚Göttern im Heiratsgarten' denke ich, das Problem auf die Weise zu lösen, daß alle mit allen verkehren, bis alle von allen genug haben."

„Und was dann?"

„Dann ist die Geschichte zu Ende."

„Nein, so ein Buch kaufe ich nie", sagte die Frau. „Ich habe es Ihnen gleich angesehen, daß Sie bloß durchschnittlich intelligent sind. Aber das macht nichts. Wenigstens sind Sie intelligenter als ich. Wollen wir nicht gehen? Dieser widerwärtige Mann beobachtet uns."

Worüber ich mich am meisten wunderte, war, daß der Mann von dem Radau mit lyrischer Begleitung unberührt blieb, der aus dem Haus nach außen drang oder, wenn es kein Haus sein sollte, von unten aus der Erde. Nie hätte ich mir träumen lassen, daß es auf dem Rathausplatz in Dänemark ein solches Lokal gab.

Doch als ich mein Dings von Brieftasche zog und bezahlen wollte, da fand ich mein Geld nicht. Ich schaute in die Fächer auf beiden Seiten, es konnte doch nicht sein, kein Öre.

„Hast du kein Geld?" fragte die Frau.

„Ich kann es mir nicht erklären, hier müßten fünfunddreißig Kronen stecken", sagte ich.

„Wie kommen Sie zu Geld?"

„Ich bekam dreißig Kronen Honorar für Artikel ausgezahlt. Dann habe ich einer Frau ein Vogelbauer für fünf Kronen verkauft."

„Ein Vogelbauer", sagte sie. „Einer Frau! Das muß eine etwas komische Frau gewesen sein."

Diese Frau hier hatte bisher die ganze Zeit unserer Bekanntschaft nicht einmal gelacht, obwohl ich ahnte, daß sie dafür geeignete Zähne haben mußte. Vielleicht war sie seit dem Morgen nahe daran gewesen, über diesen Jüngling laut aufzulachen, der sie mit großer Geste zum Frühstück eingeladen hatte und bereit war, für sie das Problem des Fremdgehens mit einem Buch zu lösen, und jetzt krönte er das Ganze noch damit, daß er Vogelbauer an Frauen verkaufte. Sie war fix und fertig. Sie lachte, bis sie weinte.

Der Wirt wartete noch immer, seine Augen stierten wie die eines gefrosteten Dorsches.

„So etwas ist mir noch nie passiert", sagte ich. „Entweder irre ich mich, daß ich Geld besessen habe – dann habe ich den Verstand verloren; oder ich bin bestohlen worden. Entschuldigen Sie, könnten Sie mir für diese Kleinigkeit etwas leihen?"

„Sie sind mir vielleicht ein Kavalier", sagte die Frau und versuchte, ihr Gleichgewicht wiederzufinden, trocknete die Tränen und putzte sich die Nase mit der Papierserviette; dann griff sie nach ihrer Tasche aus Seehundsfell und suchte darin nach Geld. Aber ihr erging es ebenso. In den in Betracht kommenden Fächern befand sich kein Geld. Sie begann in dem Inhalt der Tasche zu wühlen, zuletzt kippte sie sie auf dem Tisch aus; doch alles vergebens. Ihr Geld war ebenfalls weg.

Der Wirt hatte alles von ferne beobachtet. Schließlich fragte er, ohne ein Glied zu rühren: „Habt ihr kein Geld?"

Ich sagte: „Leider haben wir unser Geld verloren. Können wir nicht später bezahlen kommen?"

„Eure Adresse?" sagte der Mann.

Ich sagte, wir wohnten im „Pallas", doch – wie zu erwarten – glaubte er das nicht so recht.

„Ich muß die Polizei rufen", sagte er.

Ich war mir jedoch nicht sicher, daß der Wirt eines Lokals, in dem das Mädchengekreisch und die Musik bis nach acht Uhr morgens andauerten, wirklich Ernst damit machen würde, die Polizei zu rufen.

Da langte die Frau unter ihren Rock und zog aus dem Hosenbein eine bestickte Börse mit Silbergeld hervor und bezahlte alles. Dann tat sie die Börse wieder an ihren

Platz. Sie sagte, sie hätte das Geld von ihrem Großvater bekommen. Vielleicht hatte sie vorhin nur so getan, als sie in ihrer Tasche nichts fand.

Uns blieb keine andere Wahl, als einen Spaziergang in den Morgen zu machen, die Schaufenster anzusehen und die Schlagzeilenplakate der Zeitungsverkäufer zu lesen. Die Dänen waren unzufrieden, weil sie nicht genug von Südjütland bekommen hatten, und gaben ihrem König die Schuld. Ich hätte die Frau gern um Geld für eine Zeitung gebeten, damit ich die Wohnungsanzeigen durchgehen könnte, aber dann fiel mir ein, daß ihre Kasse an einer Stelle aufbewahrt war, die verhinderte, daß sie auf offener Straße viel davon Gebrauch machen konnte. Wir waren immer noch halb hungrig, hatten auch nicht ausgeschlafen; uns war nicht recht wohl. Und zwischen uns bestand keine Verbindung, obwohl wir zusammen gingen; sie war sicher sieben oder acht Jahre älter als ich, jedoch bezweifle ich, daß die Beziehung zwischen uns besser gewesen wäre, wenn wir das gleiche Alter gehabt hätten. Ich begriff wahrhaftig nicht, warum ich hier mit diesem Frauenzimmer herumbummelte, und sie hat selbstverständlich ihrerseits dasselbe gedacht. Schließlich sagte sie: „Sollen wir hier bis in alle Ewigkeit umherspazieren?"

„Vielleicht macht das Tivoli bald auf", sagte ich.

„Tivoli, so ein verdammter Klamauk", sagte die Frau.

„Wissen Sie vielleicht hier in Kopenhagen Bescheid?" fragte ich.

Die Frau: „Selbstverständlich. Was denken Sie? Ich war hier mit meinem Mann auf einer Vergnügungsreise. Die verdammten Nutten machten Stielaugen, als ich hier mit ihm entlangging."

Sie duzte mich immer, wenn ich sie siezte, und umgekehrt. Als wir zu unserer Entspannung eine große Runde durch das Nuttenviertel, das eben schlafen gegangen war, gedreht hatten, ging ein Trupp prächtiger junger Seeoffiziere, englische oder französische, ins Tivoli; es war also schon auf. Die Frau nahm ohne weiteres schnell wieder ihre Reisekasse hervor und bezahlte das Eintrittsgeld für uns beide. Echte Haussperlinge zankten sich vor unseren Füßen oder schilpten von den Bäumen, die in Kübeln wuchsen; die Offiziere aber waren verschwunden. Uns wurde schläfrig, wie wir da allein auf einer Bank saßen.

„Wo sind die Mariner geblieben?“ sagte die Frau.

„Vielleicht sind es bloß Angestellte mit Mützen gewesen, die ihre Arbeit hier im Vergnügungspark haben“, sagte ich, „oder Mitglieder der Musikkapellen auf dem Weg zur Probe fürs Abendkonzert.“

„So eine dicke Lüge“, sagte die Frau, „denkst du, ich bin ein Esel?“

Als ich glaubte, die Frau neben mir auf der Bank wäre jetzt eingeschlafen, unterbrach sie unversehens das Schweigen mit der ewigen Quengelei: „Weshalb will man fremdgehen, koste es, was es wolle. Warum bedeutet es einem nichts, glücklich zu sein und einen ordentlichen Mann zu haben? Woran fehlt es? Was ist das Leben?“

Ich sagte nichts, denn „was ist das Leben“ ist die unoriginellste Frage, die es in Dänemark gibt und die einem stets in gleicher Weise beantwortet wird: ein Hauch im Schilf. Man muß schon weit aus dem Norden sein, um im Tivoli solche Fragen zu stellen.

Nach kurzem Schweigen fügte die Frau hinzu: „Ob man hier irgendwo wenigstens ein bißchen Brot bekommt und etwas Schinken?“

„Mit Verlaub, Madame, wie heißen Sie? – ich habe das irgendwie nicht mitbekommen, als es gestern abend erwähnt wurde.“

„Willst du das in die Zeitungen geben?“ fragte die Frau. „Schreib einfach Fanghüterin aus Island, fangstvogterske, die das Leben nicht begreift und auf die Hochschule in Sorø will. Armer Junge, bin ich schlecht zu Ihnen?“

Ich brummte etwas und sagte, ich müßte bald gehen.

„Mehr Vogelbauer verkaufen? Oder schreiben? Über mich schreiben?“

„Vielleicht später. Sehr erfreut, Sie kennengelernt zu haben. Ich hoffe, wir sehen uns wieder. Ich schulde Ihnen was für das Plunderstück.“ (Ich war aufgestanden.) „Auf Wiedersehen!“

„Auf Wiedersehen“, sagte die Frau und reichte mir die Hand. „Du bist mir doch nicht böse? Hast du es eilig?“

Ich antwortete, daß ich es eilig habe.

„Was ist so eilig?“ fragte die Frau.

„Ich muß Kanarienvögel kaufen“, sagte ich.

„Das lügst du“, sagte die Frau. „Es ist unbeschreiblich, wie eklig Kinder in deinem Alter sein können. Soll ich dir nicht lieber ein belegtes Brot vom Silbergeld meines Großvaters kaufen?“

Wir setzten uns an das Gitter einer Imbißstube unter freiem Himmel an einem Teich im Garten, und die Sonne schien auf die Singschwäne, majestätische und gefährliche Vögel.

„Sind das keine echten Schwäne?“ fragte die Frau. „Oder ist es vielleicht nur die Sonne, die nicht echt ist?“

„Es kommt darauf an, was man als echt bezeichnet. Nehmen wir zum Beispiel die Heringsfässer von Islandsbersi. Sind die echt?“

„Er ist ein verdammter Schwindler“, sagte die Frau.

„Es fehlte nur ein halber Öre, und vier Millionen schwedische Kronen hätten gestern auf seinem Tisch gelegen. Er gab aber nicht nach.“

„Och, der Schuft", sagte die Frau. „Das sieht ihm ähnlich."

Als wir nicht weit davon entfernt waren, Opas Silberschatz aufzuessen, das einzige Kapital, auf das die Frau zurückgreifen konnte, wenn sie in Not geriet, da überlegte ich, was ich als nächste Lüge auftischen konnte. Ich erbot mich, sie zum „Pallas" zu begleiten und dabei dort nach meinem Geld zu suchen, das ich bestimmt heute morgen liegengelassen hatte; dann wollte ich meinen Koffer vom Bahnhof holen und mein Zimmer bei dem alten Ehepaar in Vanlöse beziehen, und Madame könnte mich bei passender Gelegenheit dort gern besuchen.

Als wir ins „Pallas" kamen und die Marmortreppe mit den roten Läufern hinaufstolzieren wollten, rief uns jemand „hallo" nach. Es war der Portier. Er stand hinter dem Tisch und sah uns verwundert an. Wir blickten unschlüssig zurück. Er bedeutete uns, daß er mit uns sprechen wolle, und fragte, wer wir seien. Wir sagten unsere Namen und daß wir Gäste des Grossisten Bersi Hjalmarsson seien.

„Ist mir nicht bekannt", sagte der Mann.

„Grossist Hjalmarsson aus Djupvik", wiederholte die Frau.

Der Portier fragte den Mann in der anderen Loge, den Empfangschef, ob hier jemand mit diesem Namen abgestiegen sei. Der Empfangschef schüttelte schweigend den Kopf.

„Er wohnt im Appartement im ersten Stock", sagte ich.

Beide Angestellten blätterten in ihren Büchern, fanden jedoch keinerlei Hinweis dafür, daß der von uns genannte Mann im Hotel registriert wäre.

„Hingegen kam vorhin ein Bote von einer Bank und bezahlte eine Rechnung."

„Ich habe doch hier heute nacht bei dem Grossisten im Appartement geschlafen", sagte ich.

„Ich auch", sagte die Frau.

„Das muß ein Irrtum sein", sagte der Mann zerstreut.

Er hielt es nicht der Mühe wert, noch einmal den Kopf zu schütteln, und versenkte sich in die Zeitung.

„Ich habe heute morgen mein Geld im Appartement vergessen", sagte ich.

„Und ich auch", sagte die Frau.

Der Portier: „Das muß in einem anderen Hotel gewesen sein. Doch wenn Sie wünschen, mit der Polizei zu sprechen, so befindet sie sich gleich dort auf der anderen Seite des Platzes."

Der Kleine mit den Tressen trat zu uns und wies uns zur Tür; dort übernahm uns der Portier und schob uns je in ein Fach der gläsernen Drehtür; dann setzte er das Ganze in Gang. Wir beschrieben einen Kreis, und ehe wir uns dessen versahen, standen wir in der Leere vor der Tür.

6

In fremde Schicksale verstrickt

Auf der Schnellstraße der Jugend gerät man manchmal plötzlich in das Schicksal anderer Menschen hinein, das für eine Weile das Selbst zum größten Teil beiseite schieben kann, ja sogar mit der Zeit zur eigenen Wirklichkeit wird. Der städtische Omnibus hält einen Augenblick, vielleicht an einer unerwarteten Stelle, und der Fahrgast blickt von seinem Platz in das Fenster eines fremden Hauses, wo man gerade Geburtstag feiert; oder jemanden umbringt; oder ein Mädchen küßt, vielleicht nur Suppe ißt. Der Fahrgast ist nolens volens gegen sein christliches Gewissen zum

Fenstergucker geworden und, was schlimmer ist, zum Teilhaber eines anderen Lebens als des eigenen. Die Leute hätten besser daran getan, die Gardinen zuzuziehen.

Lange Zeit glaubte ich, dessen sicher zu sein, daß die eben gelesenen fünf Kapitel (Frühlingsmorgen in Kopenhagen usw.) nie etwas anderes werden würden, als ihnen von Anfang an zugedacht war: Unterhaltungslektüre in einem Sonntagsblatt, das in meinen ersten Auslandsjahren kleine Beiträge von mir veröffentlichte; eine Erinnerung ohne Verpflichtungen.

Hat man jedoch entdeckt, daß es nur eine Welt gibt, dann ist es am besten, darauf gefaßt zu sein, daß eine Kleinigkeit, die man unversehens durch ein Fenster einen Augenblick zu Gesicht bekommen hat, nach achtzehn Jahren mit vielfältiger Kraft umhergeistert; und dann nicht mehr als bedeutungsloser Zufall, sondern nach dem unabweisbaren Gesetz dieser Welt, wonach dem Menschen Pflichten und Verantwortung auch für das auferlegt sind, was man zufällig gesehen hat, als man jung war.

Wie gesagt, ich war achtzehn, als sich dieses zutrug. Danach vergingen weitere achtzehn Jahre.

Damit die Leser aus der Geschichte klug werden können, halte ich es für das beste, hier die Auslassungen eines anderen Verfassers einzuschieben, wie man es einst in „Tausendundeine Nacht" tat, wenn die Haupterzählung schwierig zu werden begann und der Erzähler selbst sich in einer ebenso großen Klemme wie der Leser befand. Dieser Einschub aus einem anderen Buch enthält Auskünfte, die zu geben ich selbst nicht in der Lage gewesen wäre. Trotz sorgfältiger Nachforschung in isländischen Zeitungen aus jener Zeit ist es mir nicht gelungen, auch nur einen Buchstaben über Ereignisse zu finden, die sich damals zutrugen und als „der große Krach“ bezeichnet wurden. Wir sind eine empfindliche Nation. Immer, wenn man bei uns zum Kern einer Sache kommt, ist sie gerade zu einer heiklen Angelegenheit geworden; am besten, sich nur vorsichtig zu äußern oder am liebsten zu schweigen; unser sittlicher Halt, die Pfarrersfrauenmoral, tritt an die Stelle. Sogar die Eintragungen in den Büchern der Milchgeschäfte sind eine heikle Sache, geschweige denn die Rechnungen der Heringsreederei.

Es kann nicht im entferntesten die Rede von Zusammenarbeit zwischen mir und dem Verfasser sein, den ich jetzt einführe; ich kann beschwören, daß wir erst achtzehn Jahre nach diesen hier geschilderten Ereignissen voneinander hörten. Das Buch heißt: „Meine Heringsgeschichte“ und ist von Kapitän Egil D. Grimsson (Graukopf-Verlag, Reykjavik usw.).

Als der „Frühlingstag in Kopenhagen“ beendet war, glaubte ich, dieses bedeutungslosen Abenteuers los und ledig zu sein und daß ich von meiner Seite nichts mehr hinzuzufügen brauchte. Es war mein Los, lange Zeit im Ausland festgehalten zu werden; hier ist nicht der Ort, die Geschichte dieses Aufenthalts aufzuzeichnen. Und als ich nach achtzehn Jahren wieder nach Hause kam, da war es, als hätte ich nur ein Blatt umgedreht, die Fortsetzung der Kopenhagener Vorgänge stand auf der anderen Seite. Ich wurde sogar mit Kapitän Egil D. Grimsson persönlich bekannt, dem Verfasser, der den Bericht von meinem „Frühlingstag in Kopenhagen“ da wiederaufnehmen sollte, wo ich meinerseits aufgehört hatte, nämlich in dem Augenblick, als ich hinausgeworfen – sozusagen im luftleeren Raum vor der Tür des Hotels „Pallas“ neben einer vollkommen geheimnisvollen Frau gelandet und mir nur bei dem alten Ehepaar in Vanlöse eine Bleibe sicher war.

7

Ein lehrreiches Buch

Bei den nachfolgenden Zitaten werden aus dem Buch des Kapitäns nur die Fäden gezogen, die mit meiner Geschichte verwoben sind. Folgendes schreibt Egil D. Grimsson, Beauftragter der Islandbank, in seinem Buch („Meine Heringsgeschichte", Seite 83 ff.):

Als ich – Egil D. Grimsson – mit dem Zug von Bergen an diesem Junimorgen gegen neun Uhr in Kopenhagen ankam, ließ ich natürlich dort auf dem Bahnhof sofort meine Schuhe putzen, denn das ist im Ausland von Vorteil, weil man in Büros und Geschäften nur saumselig bedient wird, wenn man ungeputzte Schuhe anhat, und in Banken überhaupt nicht. Dann war mein allererstes Anliegen, die Kopenhagener Handelsbank aufzusuchen, die Hauptniederlassung, und mich im Auftrag ihres Geschäftspartners, der Islandbank in Reykjavik, vorzustellen, sie zu begrüßen und sie nach dem Stand der Konten zu fragen. Sie hatten bereits ein Telegramm von der Islandbank bekommen, daß ich unterwegs sei; sie hatten mich also erwartet und erkannten meine Legitimation an, ohne sie näher anzusehen. Sie begnügten sich damit, diesbezüglich meinen Paß zu kontrollieren.

Die in der dänischen Bank sagten mir, daß bei ihnen ungeheuer hohe Rechnungen für die Miete eines Appartements in einem Hotel vorlägen, für welche die Islandbank im vergangenen Herbst für den „Grosserer Berse Hjalmarsson" gebürgt habe. Dieser Grossist, sagten sie, hätte im Auftrag der Islandbank hier vierzigtausend Faß Hering verkaufen sollen, welche die besagte Bank als Sicherheit habe für die Schulden des Unternehmens Iceland Bear

& Co., Djupvik, Iceland, Telegrammadresse: Icelandbear. Von der dänischen Handelsbank sei gestern die Begleichung dieser Hotelschulden gefordert worden. Sie fragten, ob ich bevollmächtigt sei, in dieser Angelegenheit Maßnahmen zu treffen. Ich sagte wahrheitsgemäß, daß es zu meinen Geschäften hier in Kopenhagen gehörte, die bei dem Versuch, eine bestimmte Partie Hering zu verkaufen, entstandenen Kosten zu bezahlen, und daß es sich wohl um diese Partie handele. Ich gab ohne Widerrede die Anweisung, diese Rechnungen zu bezahlen. Es handelte sich hier um Summen, von denen ich annehme, daß sie in dieser Höhe für Übernachtung bisher nur von Leuten gezahlt worden sind wie J. D. Rockefeller, einigen indischen Fürsten und vielleicht dem Schah von Persien.

Obwohl ich – ein abgedankter Kutterkapitän und zur Zeit des Geschehens nicht älter als dreiundvierzig Jahre – jetzt der Bevollmächtigte einer Bank mit einer ordnungsgemäßen Legitimation in der Tasche geworden war, kann ich nicht sagen, daß diese Ehre eine Veränderung meiner Lebensweise zur Folge gehabt hätte; sie war durch meinen Charakter und meine Erziehung festgelegt. Als die dringendsten Geschäfte erledigt waren, ging ich mit meinem Koffer isländischem Brauch gemäß direkt in den Minengürtel von Kopenhagen und suchte dort mein Quartier auf. Das ging schnell. Dieser Stadtteil ist nach den Minen benannt, die im Krieg in der Absicht ausgelegt werden, Schiffe zu vernichten. Hier ist es nicht sehr fein, hier wohnen einfache und ein wenig zugeknöpfte Leute; die Isländer kommen in dem Glauben hierher, daß man hier kein Trinkgeld gibt und alle Dienstmädchen der Heilsarmee angehören. Es ist auch wahr, und ich habe es selbst erlebt, daß hier jeden Morgen um sieben Uhr Gottes Wort verkündet und ein Kirchenlied gesungen wird. Kellner sind die Gruppe von Menschen, vor der die meisten Isländer Angst haben, und ich selber bin nicht frei von diesem Übel, doch im Minenviertel hat man in den Hotels keine Verwendung für Kellner. Meine Adresse in Kopenhagen also wie stets: Kaptejn Grimson fra Islands Bank, Hotel „Bethlehem“, Helgolandsgade.

Nun ließ ich mich in diesem Hotel häuslich nieder, legte meinen Sonntagsmantel ab, trocknete mir den Schweiß, begann Zeitungen zu lesen, eine Prise zu nehmen und mich auf isländische Weise zu schneuzen, ein Benehmen, das in Kopenhagen offiziell verboten sein soll, doch ganz besonders in den Straßenbahnen um zehn Uhr vormittags, wenn ältere Damen in die Stadt fahren, um auf dem „Strich“ eine Tasse Kaffee zu trinken. Hingegen halte ich es für leicht übertrieben, wenn man es auch in Island oft zu hören bekommt, daß jemand, wenn er auf dem „Strich“ Pfeife rauchend gesehen wird, von der Polizei aus dem Verkehr gezogen und in eine Seitenstraße abgeführt wird.

Während ich mich also so beschäftigte, war draußen gewaltiger Lärm zu hören: Heringsreeder Bersi Hjalmarsson war gekommen. Er hatte mich durch die Kopenhagener Handelsbank in dieser einfachen Absteige ausfindig gemacht. Bersi war schon immer für großartiges Auftreten und Benehmen bekannt; es war seine natürliche Veranlagung. Ich hatte keinen Grund anzunehmen, daß sie in diesem berühmten isländischen Heringswinter in der „Stadt am Sund“ verkümmert wäre. Dem war auch nicht so. Doch ich fragte mich unwillkürlich: Was konnte aus seinem Cutaway geworden sein, in dem er doch nachts schlafen sollte, der Grossist, der großspurige? Statt dessen hatte er eine lumpige Kombination an, darunter ein moosgrünes Hemd von der Art, die damals in den Geschäften als Soldatenhemden bezeichnet wurden. Ich vermißte auch den Ebenholzstock mit dem Knauf aus Elfenbein. Doch dieser Mangel war nicht der Rede wert im Vergleich zu dem Geruch von Öl und Tran, der von dem Mann ausging; und um es kurz zu machen: wo man auch hinsah, auch im Gesicht, war er – mit Verlaub gesagt – verdreckt und eingesaut.

„Gott bewahre, wie siehst du aus, Grossist", sagte ich.

„Darf ich Gotti anrufen?" sagte er.

Ich sagte ihm, der Wahrheit entsprechend, daß es in den Zimmern hier in der Helgolandsgade keine Telefone gebe.

„Geh runter und hol mir Bier und eine Zigarre", sagte er.

„Darf ich dich darauf aufmerksam machen, daß ich älter bin als du, mein lieber Grossist", sagte ich.

„Hör mal, mein lieber Teufel, wozu treibst du dich eigentlich hier herum? Hast du mich vielleicht heute morgen aus dem ‚Pallas' rauswerfen lassen?"

„Nein, das ist jemand anderes gewesen", sagte ich.

„Die im ‚Pallas' taten, als ob sie mich nicht kannten, als ich vorhin von draußen kam und zu mir hinauf wollte, um mich zu waschen. Sie hatten meinen Namen nie gehört."

„Hingegen beglich ich heute morgen deine Rechnung."

„Warum hast du das getan?" fragte er. „Weißt du denn nicht, daß Rechnungen eine Fiktion sind? Rechnungen soll man nie begleichen, wenigstens nicht vor einem Entscheid des Obersten Gerichts. Was kümmerst du dich darum?"

Ich reichte ihm das Papier mit der Vollmacht der Islandbank auf dänisch. Er überflog das Dokument und begann zu begreifen.

„Hör mal", sagte er, „sind wir denn nicht alte Freunde? Willkommen aus Island! Ich habe im vergangenen Winter etwas von zu Hause erfahren, und ich muß dich unbedingt fragen, ob es wahr ist. Erst muß ich aber eines von deinen Heilsmädchen ranhaken und Bier bestellen."

„In diesem Hotel gibt es kein Bier, es ist ein Isländerhotel", sagte ich.

Da fragte Bersi Hjalmarsson: „Ist es wahr, daß im vergangenen Winter im Bezirk Hunavatn ein Pferd Selbstmord begangen hat?"

„Wer sagt das?"

„Es stand in der Zeitung. Telegrammnachricht aus Island. Es lief auf das gefrorene Meer hinaus bis ans offene Wasser; dort stürzte es sich hinein; es warf sich buchstäblich in die See. Es ist ein ziemlich widerwärtiges Pferd gewesen. Hier habe ich ein Stück Kreide. Wir ziehen einen Strich auf dem Teppich und spielen Pinke. Ist bei dir kein Knopf lose? Bei mir ist einer lose. Ist es wahr, daß Plunderstücke in Blönduos, seit die Dänen sie dort nicht mehr backen, so schlecht geworden sind, daß selbst Pferde sie nicht mögen?"

Ich sagte wahrheitsgemäß, daß ich Blönduos nicht kenne.

Er sagte: „Was für eine verdammte Schindermähre ist es eigentlich gewesen? Sich auf dem Eis umzubringen, na so was. Hier ist noch ein Knopf für dich, es ist der, der mir gestern abgegangen ist. Jetzt wollen wir anfangen. Wir setzen ein Bier."

Es war merkwürdig, denn obwohl ich im Pinke nicht geübt war, gewann ich beim erstenmal. Beim nächsten Mal gewann er und sagte, jetzt seien wir quitt und sollten um einen ganzen Kasten Bier spielen. Wir spielten wieder, und es verlief so, daß ich zwölf Flaschen Bier gewann. Im darauffolgenden Spiel gewann er und bezahlte mir jetzt das Bier, das ich ihm eben abgewonnen hatte. Da waren wir wieder quitt. Mir war klar, daß der Mann gleich großen Durst hatte, ob er nun mehr oder weniger Biere mir abgewann oder an mich verlor.

„Ich bin müde", sagte er dann. „Ich habe seit fünf Uhr heute morgen bei diesem verfluchten Sonnenschein Fässer gerollt."

„Gott stehe dir bei, lieber Grossist, so schlecht von der Sonne zu reden", sagte ich. „Ich schlage vor, wir gehen lieber in ein Restaurant und bestellen uns ein dänisches Mittagessen."

8

Mehr aus einem lehrreichen Buch

(„Meine Heringsgeschichte", von Kapitän Egil D. Grimsson, Fortsetzung, S. 92 ff.): Ein Mann dänischer Abstammung wird jetzt in diese Geschichte eingeführt, der Gotti Gottesen hieß, Baron von Hofsos genannt, dänisch wohl als Gotfredsen angegeben. Bersi sprach mit ihm und über ihn stets in kumpelhaftem, spaßigem Ton und stellte ihn als Spezialisten in Lulu-Fado vor. Gottesen legte großen Wert darauf, als feiner Kavalier zu gelten, besonders in Dänemark, wo er mit seinem Baronstitel sehr protzte. Mir ist nicht bekannt, ob die Dänen davon Notiz nahmen. Dieser Mann war jahrzehntelang eine Art Satellit von Bersi Hjalmarsson im In- und Ausland und galt als dessen Sekretär.

Gottesen dürfte im Hotel „Pallas" gegen elf Uhr an jenem Vormittag anwesend gewesen sein, als die Rechnungen für Kost und Logis beglichen wurden, das Bersi Hjalmarsson einen Winter lang in diesem Hotel in Anspruch genommen hatte. Als es Bersi und mir mit Hilfe des Hotels „Bethlehem" gelungen war, den Sekretär ausfindig zu machen, dauerte es nicht lange, bis Gottesen in Person mit einer Fußbekleidung erschien, die damals bei besseren Herren Mode war und Gamaschen hieß. Er hatte bei der

Abrechnung im „Pallas“ ein paar Sachen Bersi Hjalmarssons in Verwahrung genommen und brachte sie jetzt dem Eigentümer ins Hotel „Bethlehem“. Da stellte es sich heraus, daß Bersi Hjalmarsson seinen Cutaway bei einer Sauferei, wie sie Heringshändler veranstalten, verloren hatte. Mir blieb nichts anderes übrig, als hier in Dänemark im Auftrag der Islandbank mein Portemonnaie zu ziehen und Gottesen auf die Suche nach einem Cutaway zu schicken, egal ob neu oder gebraucht, Hauptsache möglichst sofort, damit der Großkaufmann als solcher weiter „in Gesellschaft den Ton angeben“ konnte, wie man sich zu jener Zeit in Island ausdrückte.

Nun ist davon zu erzählen, daß südlich und ein wenig östlich von Kopenhagen einige Inseln oder Landstriche im Meer liegen. Die Hauptgegend dort ist Amager, und die Stadt heißt Dragør, bekannt aus den alten Sagas. Kopenhagen am nächsten, genau auf der anderen Seite des Sundes, über den die Knippelsbrücke führt, liegt Christianshavn. Dort stehen Speicher. Der Hafen ist stets gedrängt voll von aller Art Fahrzeugen, seegängigen Schiffen, Schleppkähnen und Leihbooten. Einige der großen Speicher gehören der Stadt, andere sind nach Reedereien oder Handelsunternehmen benannt, die vielleicht längst eingegangen sind, oder sie tragen den Namen königlicher Institutionen aus der Zeit des Monopolhandels. Hier gibt es auch viele Warenkeller, von denen manche unter dem Meeresspiegel liegen, und bei Sturmfluten und anderen Ungewittern dringt Seewasser dort ein. Diese Keller gehören Einzelpersonen, und diese vermieten dort Lagerplatz für Waren an Großkaufleute.

Außer ungeheuren Mengen von Islandhering, die um diese Zeit in Schweden und Norwegen verdarben, lagerten vierzigtausend Faß Djupviker Hering im Freien oder in Kellern und Speichern auf Amager und Christianshavn und waren dem Verderben preisgegeben; fast die gesamte Ware war für Schulden der Reederei an die Islandbank in Reykjavik verpfändet, obwohl dem Namen nach Nordsild & Co. der Eigentümer war. Der Preis stieg im Oktober des Vorjahres auf sechsundneunzig schwedische Kronen pro Faß. Wenn diese vierzigtausend Faß verkauft worden wären, als noch dieser Preis geboten wurde, hätte das einen großen wirtschaftlichen Gewinn für Island bedeutet, dessen Einwohnerschaft damals hunderttausend betrug. Irgendwie gelang es Bersi Hjalmarsson im Oktober jenes Jahres, einen kleinen Posten Djupviker Hering für hundertfünfundzwanzig schwedische Kronen pro Faß nach Amerika zu verkaufen, und danach war er den ganzen Winter lang von diesem amerikanischen Preis nicht wieder runterzubringen. Irgendwann im November gelang es ihm, die Schweden auf hundert hochzutreiben, doch ließ er nicht davon ab, ihnen zu sagen: „Mehr muß ran, wenn's reichen soll." So kamen sie mit den Geschäften nicht von der Stelle bis nach Neujahr, da sagten die Schweden schließlich: wir passen. Sie meinten, der Hering sei durch die Lagerung schlecht geworden, und gingen auf neunzig Kronen pro Faß herunter; daran konnte man erkennen, daß sie den Hering doch noch gern gekauft hätten. Irgendwie gelang es Bersi sogar, sie auf fünfundneunzig hochzukriegen, als der Frühling nahte. Zuletzt legten sie einen halben Öre zu, doch Bersi verlangte mehr. Da platzte die Blase.

Es war immer die gleiche alte Geschichte, und unsere Heringsgrossisten wurden nicht müde, sie in kurzen Abständen zu wiederholen, wenn es auch selten so verrückt zuging wie in diesem Frühjahr. „Es hat mir oft weh getan", schrieb mir einmal ein alter dänischer Geschäftsmann, mein Freund, „sehen zu müssen, wie die großen Reichtümer, die aus Island nach Kopenhagen gebracht worden sind, hier auf dem Kai zunichte werden. Während der gesamten Absatzzeit der Fangerträge einer Saison konnte der Preis zwischen Verkäufer und Käufer hin und her schwanken, von hundert schwedischen Kronen pro Faß und mehr hinunter auf glatte Null. Sie schienen zu ihrem Vergnügen um die Reichtümer Islands Blindschach zu spielen. Wenn der Sommer gekommen war, wurde diese kostbare Ware und eine der größten Delikatessen der Welt auf Kosten des Eigentümers auf großen Prahmen weggefahren und im Öresund versenkt.

Das Gold Islands also, der berühmte Islandhering, der Fang vom Jahr zuvor, lag in diesem Frühjahr (1920), wie schon oft, entweder in hohen Stapeln unter freiem Himmel und wurde in der Sonne ranzig oder in tiefen Kellern, in denen ein so fürchterlicher Gestank herrschte, daß man nicht ohne Riechsalz oder Gasmaske dort hineingehen konnte.

Die Fässer, die draußen auf den Kais lagerten, waren in Schichten gestapelt, und so lagen sie zu Zehntausenden den ganzen Winter hindurch. Mit der Zeit wurden die untersten Fässer durch das Gewicht der oberen zusammengedrückt, auch waren die Fässer spack geworden und hatten die Lake zwischen den Dauben hinausgeweint, der Inhalt war vertrocknet und zusammengeschrumpft. Die obersten Fässer, auf die die brennendheiße Sonne schien, als die Tage länger wurden, strömten einen ranzigen Geruch wie von Tranrückständen aus und hatten größtenteils unter dem Einfluß der Witterung die Reifen verloren; die gebrochenen Bögen ragten in die Luft, und Flossen und Schwänze schauten aus den Ritzen. In den Kellern, die voller Hering waren, war Seewasser durch die Mauern gesickert oder durch die Luken eingeströmt und vermischte sich mit der Lake aus den Fässern, und diese stinkende Brühe reichte bis an die Schnürsenkel oder auch an die Knöchel, mitunter bis an die Waden. Bei diesem Anblick erinnerte ich mich an einen Satz aus der Christenlehre meiner Kindheit, in dem diese Worte stehen: Es ist gewissenloses Betragen und wider Gott, unseren Geber, schlecht mit seinen guten Gaben umzugehen."

„Ob die Schweden nicht herumzukriegen sind, diese vierzigtausend Fässer zu übernehmen und die Kosten für ihren Abtransport zu tragen?" sagte ich an diesem Tag im Hotel „Bethlehem" zu Bersi Hjalmarsson. „Man kann nicht wissen, vielleicht machen sie bei sich zu Hause in Schweden wertvollen Dünger daraus, wenn sie die Ladung umsonst kriegen? Es ist anzunehmen, daß es unsere Vorgesetzten in der Islandbank sauer ankommt, wenn wir zu alledem auch noch dafür zahlen müssen, daß das Zeug in den Öresund gekippt wird."

„Es ist zwecklos, noch mehr mit ihnen zu palavern, Baby", sagte Bersi Hjalmarsson, „außerdem bin ich in Zeitnot: ich muß mit dem Nachtzug nach Holland, um Schiffe zu kaufen."

„Ich gebe zu", heißt es in der obengenannten Heringsgeschichte des Kapitäns Egil D. Grimsson, „daß dies ein trauriges Resultat meines Auftrages war in einer Angelegenheit, die das Glück der Nation betraf und die dem Unterzeichneten von den Finanzgewaltigen seines Landes aufgetragen worden war, im Ausland zu lösen. Dennoch war der Ausgang der Sache nichts anderes als die Wiederholung vieler berühmter isländischer Heringssommer, die im glitzernden Schein der Mitternachtssonne des Nordmeers begonnen hatten, wo Gottes großzügige gute Gaben in Gestalt dieses schönen Fisches eine Zeitlang ohne Grenzen vorhanden zu sein schienen, die dann auf den Kais von Kopenhagen oder irgendeinem anderen Kai im Jahr darauf, fern von Islands Tiefen, in jener Herrlichkeit endeten, die in diesem Kapitel beschrieben ist. Ein Heringssommer in Island wurde oft leider erst im nächsten Jahr in einem anderen Land zu Ende geführt, wenn dieser kostbare und begehrte Leckerbissen des Nordrandes der Welt ins Meer gefahren und versenkt wurde.

Doch ehe ich es vergesse, will ich hinzufügen", schreibt Egil D. Grimsson, „daß diese Reise nach Holland nicht so sehr ins Blaue hinein unternommen wurde, wie manch einer denken mag. Auf dieser Reise war es, daß Bersi Hjalmarsson die Pontons kaufte, die er nach Djupvik schleppen und dort am Hafenrand versenken ließ, um sie als Fundament für Salzungskais zu verwenden. Es ist der Besitz von Heringskais, der in gewöhnlichen Jahren in Djupvik Menschen zu Riesen werden läßt und in guten Fangjahren zu Göttern."

9

Klasseneinteilung der Fische

Dieser poetischen und ergreifenden Schilderung des Heringshandels von Egil D. Grimsson könnte man Verschiedenes hinzufügen. So könnte ich erwähnen, daß Hering bei uns immer geringgeschätzt, nicht einmal zu den Fischen gezählt wurde. Hierzulande spricht man von „Hering und Fisch" wie von zwei unvereinbaren Dingen. Man darf die ehrenwerten Fische nicht kränken, indem man sie mit dem Hering in Zusammenhang bringt. Ich gestatte mir, aus der bemerkenswerten Untersuchung des Ernährungswissenschaftlers Prof. Dr. Joensen über die

Kochkunst der Isländer zu zitieren. (Prof. Dr. S. G. Joensen, „Die klassische Nationalkost der Isländer durch ein Jahrtausend“, Eine nahrungswissenschaftliche Studie, Universitätsbücherei Göttingen usw.) Dort heißt es (S. 127):

„Ihr Fischverbrauch ist zu allen Zeiten durch eine Regel des Geschmacks gekennzeichnet gewesen, gegen die man nicht verstoßen durfte, wenn man nicht sein Ansehen aufs Spiel setzen wollte. Zum Beispiel war es ein sträfliches Vergehen, Fische zu essen, die ein unschönes Gesicht hatten. Dorschartige Fische, besonders Dorsch und Schellfisch, scheinen auf die Geschmacksnerven der Isländer positiv gewirkt zu haben wegen der Schönheit ihres Gesichts, wegen ihres ruhigen Blicks und ihrer gefälligen Gestalt, wenn auch andere Völker Kabeljau – wenigstens ohne Zutaten – für wenig schmackhaft halten. Von anderen Menschen begehrte Fische warfen die Isländer wieder ins Meer, wenn ihnen deren Gesicht nicht gefiel, und murmelten dazu religiöse Formeln. Aus besagten Gründen standen Rotbarsch, Seeskorpion, Knurrhahn und Buckellachs bei den Isländern nicht hoch im Kurs. Meerestiere, die nicht zu den Wirbeltieren gehören und bei Feinschmeckern am meisten begehrt sind, wie Muscheln, Krebse und Tintenfische, waren für die Isländer verabscheuenswürdige Tiere, die sie nicht einmal anzufassen wagten. Einen der feinsten Leckerbissen des Meeres für Feinschmecker nennen die Isländer Seeteufel, weil ihnen seine Gesichtszüge nicht gefallen; isländische Fischer haben Angst vor diesem Geschöpf, denn es hat nach ihren Worten zwei Mäuler. Obwohl der Hai kleine Augen und ein grimmiges Maul hat, hielt man ihn in Island doch für genießbar, erstens weil er zwölf Jahre lang in der Erde vergraben lag, ehe er gegessen wurde, und sich durch diese lange Eingrabung seine häßliche Miene gemildert hatte, und zweitens, weil er in Stücken verkauft wurde, nachdem er ausgegraben war, und so nur wenige ihn vollständig gesehen hatten. Speisefische durften auch keinen eigenartigen Geschmack noch auffällige, von der Umgebung abstechende Farbenpracht haben, sondern mußten grau in grau sein."

Von mir aus möchte ich hinzufügen, daß in Island kein Meerestier so ausgesprochen nur als Speise in Hungersnöten angesehen wurde wie der schmackhafte glitzernde Hering, der in seiner Größe weit unter den Maßfischen steht und außerdem einen Geruch an sich hat, den die Isländer im Vergleich zu Dorsch und Schellfisch widerlich fanden; und die Gräten des Herings, Legion an Zahl, blieben allen wahren Isländern quer im Halse stecken. Und obwohl es uns nicht einfallen könnte, uns dieses Tier zu Munde zu führen, begann das Land dennoch wegen der ganzen Plackerei um den Hering das schöne Lied zu singen: „In der Tiefe glitzert das rote und helle Gold."

Die Entdeckung des Herings vor der Nordküste Islands durch die Schweden und Norweger fiel in die Blütezeit großer Charaktere um die Jahrhundertwende, in die Jugend der Menschen, welche die „Lenzbringer Islands" genannt wurden. Diese Menschen waren Helden des Goldenen Zeitalters, wiedergeboren als Idealisten. Jugendvereinsmitglieder, Erneuerungsmänner und Heimatfreunde, die nicht eher ruhten, bis das Land aufzusteigen begann und sie selber Beamte, Grossisten und Nationaldichter geworden waren.

Diese Männer waren es, die den Hering zur „Goldgrube" Islands machten, wie in der erwähnten Heringsgeschichte auf Seite 110 nachzulesen ist. „Das Gold ist da" – diese Worte einer angesehenen Respektsperson, die damals lebte, führt Verfasser an und nennt sie ein „Orakel".

Und in einer Abhandlung, welche dieselbe Respektsperson herausgab, fügte sie Worte hinzu, die zu zurückhaltend waren, um die Ohren unseres Volkes zu erreichen, nämlich: „Um diese Goldgrube zu nutzen, braucht man Kenntnisse.“ Dann fügten kluge Leute hinzu: „Doch Kenntnisse waren nicht vorhanden, deswegen ging es, wie es ging.“ Zum Beispiel ging man daran, diese vorher ungeahnte Goldgrube hoch zu besteuern, ehe man Kenntnisse für ihre Nutzung hatte. Man verstand weder diesen Fisch zu fangen noch zu behandeln; und was am verhängnisvollsten war, man hatte keine Ahnung, wie mit dieser Ware zu handeln wäre. Der Gesetzgeber spannte die Steuerbehörden für sich ein, um dieses unbekannte Gold einzustreichen, das kenntnislose Leute ohne ihr Zutun aus dem Meer scheffelten.

„Nun trifft es in der Tat auf jeden Fisch zu“, sagt Kapitän E. D. Grimsson in seinem Buch, „daß es dafür überhaupt keinen festen Marktpreis gibt.“ Die Preisschwankungen für Hering waren wie ein Barometer bei stürmischem Wetter. Wenn unsere Spekulanten mit dem nicht zufrieden waren, was ihnen ausländische Handelsherren für den Hering dann und wann anboten, kam entweder kein Verkauf oder nur ein so ungünstiger zustande, daß keinesfalls die Unkosten gedeckt wurden. Nichtsdestoweniger bestimmte der Gesetzgeber, daß ein Drittel des Wertes des Heringsfangertrages als Ausfuhrgebühr an den Staat abgeführt werden sollte, zusätzlich zu anderen üblichen Steuern, so daß mitunter die Hälfte des Fangertrages für öffentliche Abgaben draufging, manchmal mehr; und die Reedereien konnten nach der Saison nicht die Schulden bezahlen. Warum ließ man das geschehen? Wie war das möglich? „Weil“, wie es in der „Heringsgeschichte“ heißt, „Hering keine Konsumware hierzulande war.“ In den Augen der Isländer war Hering eine wahre Hungerzeitenspeise, und nur armen Leuten könnte es einfallen, sie zu genießen. Folglich hielt man es für selbstverständlich, diesen Dreck, den kein ehrlicher Isländer sich zunutze machen wollte und um den die Ausländer sich schlugen, so hoch wie nur möglich zu besteuern und die Leute bluten zu lassen, die angeblich ein Leben in Saus und Braus führten, indem sie dieses Teufelsgezücht für die Ausländer aus dem Meer zogen.

10

Wiedersehen in Reykjavik

Wie gesagt, achtzehn Jahre vergingen, seit die Erzählung „Frühlingstag in Kopenhagen“ beiseite gelegt wurde; ich hatte allerdings das Glück, an diesem einen Frühlingstag nur die Rolle eines Zuschauers zu spielen. Meine Geschichte – besser gesagt, meine Geschichten – in diesen achtzehn Jahren können hier nicht erzählt werden. Hier bringe ich nur die Geschichte zu Papier, in der meine eigene Lebensgeschichte ohne Bedeutung ist. Als ich Bersi Hjalmarsson nach achtzehn Jahren wiedertraf, diesmal auf der Straße in Reykjavik, da waren all diese Jahre zusammengeschrumpft zu dem kleinen Augenblick, den man braucht, um eine Seite in einem Buch umzublättern. Mir kam es nicht so vor, daß ich jetzt, wo ich sechsunddreißig war, reifer wäre als damals mit achtzehn. Die Zeit war an mir vorübergeflossen wie klares Wasser.

Umstände, die auf diesen Blättern keinen Platz haben, hatten mich für eine Weile nach Hause gezogen – ich betone, daß es keine Vögel waren, wenn mir auch Vögel immer noch am meisten am Herzen lagen. Längst schon war mein Nebenerwerb, die Tintenkleckserei, zum Kennzeichen meiner Person geworden; jedenfalls in der Vorstellung der Leute, die keine Vögel kaufen wollten, allerdings auch keine Bücher. Ich war der Schriftsteller mit der Marotte, mit Vögeln hausieren zu gehen; „Papageno", sagten die Leute und lachten.

Von Anfang an hatte ich zu Hause keine andere familiäre Stütze als meine verstorbene Pflegemutter, die allerdings nicht mit mir verwandt war. Ich habe auch nirgends ein Land gefunden, bei dem ich das Gefühl hatte, dort heimisch zu sein. Zu Hause hatten sie auch nichts von mir herausgegeben seit jenen „Göttern im Heiratsgarten", mit denen ich mich in Island für lange Zeit unmöglich machte, woran sich viele erinnern werden. Es vergehen vielleicht fünf Jahre oder mehr, bis ein Buch vergessen ist und der Verfasser seinen guten Ruf wiedererlangt hat; manche erlangen ihn nie wieder. Nunmehr jedoch war ein kleines Buch von mir veröffentlicht worden, das verschiedene Leute, auch zu Hause, für besser hielten als das frühere; es war „Die große Hungersnot in Persepolis". Obwohl ich beträchtlich viel Arbeit darauf verwendet hatte, dieses Buch für Isländer neu zu schreiben, waren sich leider die meisten darin einig, daß dessen Sprache abscheulich war. Einige Organisationen hatten den Beschluß gefaßt, daß es überhaupt keine Sprache sei. Ich betone, daß ich kein anderes Isländisch kann als das, welches meine Pflegemutter mich lehrte; hinzu kommt, was ich aus dem Buch von Konrad Gislason habe; ich kaufte es mir einmal in Dänemark für fünfundsiebzig Öre. Trotzdem waren meine Verleger so freundlich, mich einzuladen, einen Sommer lang nach Hause zu kommen, um mit den Leuten zu sprechen; und diese Einladung nahm ich an, obwohl meine Pflegemutter gestorben war und mich sonst nichts nach Island zog.

In diesem Zeitabschnitt nun waren gerade Cutaways aus der Mode gekommen. An seine Stelle war bei feinen Leuten der sogenannte Citydress getreten. Zwar trug man noch gestreifte Hosen wie einst zum Cutaway, doch die Jacke selbst war kurz und grau geworden. Hingegen hielt Bersi nach wie vor seinen Stock mit dem Arm an die Seite gepreßt und hatte die Hand in die Tasche gesteckt. Er war einer der wenigen Geschäftsleute hier zu Hause, die der alten Gewohnheit folgten, einen steifen Hut zu tragen. Er ging auch ein wenig gebeugt, wie es viele zu große Leute aus Gründen der Demokratie tun, sie vermeiden es, gerade zu gehen, um andere nicht zu erniedrigen. Ich hatte wahrhaftig Islandsbersi nicht so groß und dick in Erinnerung. Er war auch im Gesicht und um die Augen etwas aufgedunsen.

Offensichtlich dachte er an etwas Amüsantes wie damals, als ich ihn in Kopenhagen traf. Es war mitten in der Austurstræti. Ich blieb stehen, um abzuwarten, ob ich ihm bekannt vorkäme; er erblickte mich und erkannte mich wieder. Ich war baß erstaunt, daß er, der mitten im Strom der Ereignisse stand, und vielleicht sollte ich EREIGNISSE mit Großbuchstaben schreiben, sich nach all diesen Jahren an eine so geringe Person wie mich erinnerte. Ich denke, er hielt niemand für unbedeutend und alle Ereignisse wert, mit Großbuchstaben geschrieben zu werden, so daß er schließlich den Ausweg wählte, nie etwas zu schreiben. Wenn er ein Notizbuch besessen hätte, wäre es aufschlußreich gewesen, das Buch zu studieren. Der Mensch, den er in diesem oder jenem Augenblick traf, war genau der Mensch, den er treffen mußte. Ich denke auch, daß für ihn immer schönes Wetter herrschte. Jemand war mit ihm auf dem Meer gereist und sagte, daß Islandsbersi nie gewahr wurde, ob sich das Schiff bewegte oder nicht; „er dachte, wir wären noch im Hafen auf den Färöern, als wir schon den zweiten Tag westlich von Schottland im Orkan vor Treibanker lagen und aus dem Kurs geraten waren", sagte sein Reisegefährte. Stets hatte er eine Schar von Spießgesellen um sich, die mit Bewunderung seinen Whisky tranken und mit ihm Lomber bis hin zu Kümmelblatt mit wahrer Begeisterung spielten. Er benutzte jede Pause im Kartenspiel, um seinen Anhängern sonderbare Denkaufgaben und Rätsel vorzulegen und ihnen nahezulegen, schnell zu raten. Er mochte den Umgang mit Leuten nicht, die lange nachdachten. Sein Schmerbauch bebte, wenn sie falsch rieten; es ergötzte ihn mächtig, daß es tatsächlich dumme Menschen gab. Er versuchte auch, seinen Anhängern Poesie beizubringen, die von manchen Leuten als reiner Schund angesehen wurde, jedoch wenigstens von Bauerntölpeln oder aber von vollkommenen Genies gedichtet war.

„Nein so was, guten Tag, und Dank fürs letztemal, was gibt es Neues, alter Junge?"

„Du kannst dich gut an Leute erinnern, muß ich sagen."

„An Leute erinnern, was sagst du, Junge! Sind wir denn nicht Freunde fürs Leben?"

Wie alle meine Landsleute, die in Dänemark gewesen sind, konnte ich wütend werden, wenn ich einen Danismus hörte, denn nur die Isländer gebrauchen dänische Ausdrücke, die nicht Dänisch können und genaugenommen auch nicht Isländisch.

Also fing ich an, seine Sprache zu kritisieren.

„Fürs Leben, sagst du, Bersi. Was ist ‚fürs Leben'? Bedeutet es ‚wegen des Lebens'? Oder ist es dasselbe wie ‚das ganze Leben hindurch'? Soviel kann ich doch nicht von dir verlangen. Ich danke dir aber dafür, daß du dich dennoch so ausgedrückt hast."

„Freunde brauchen sich nicht zu treffen, alter Junge", sagte er, und indem er seinen Arm auf meine Schulter legte und mich behutsam von der Stelle führte, fügte er hinzu: „Man sagt, du seist jetzt gegen die Samfunia. Ist das wahr? Schiet und Limonade. Ich bin auch auf die Samfunia böse. Allein die Freundschaft gilt, alter Junge. Freunde, solange wir vegetieren!"

Samfunia. Mir kam in den Sinn, ob das Wort in Analogie zu dem Namen jener Plage gebildet wäre, die – wie die Zeitungen behaupten – die Isländer seit dem Schwarzen Tod am meisten gepeinigt hat, nämlich die Sinfonie im Rundfunk, oder ob er das unbegreifliche Geschöpf meinte, von dem in Dänemark oft gesprochen und das samfundet (= Gesellschaft) genannt wird. Doch ehe ich damit zu Rande kam, sagte er: „Gestatte mir, dich zu einem Ministerfrühstück einzuladen, das ich mit einigen Mitdirektoren aus Djupvik im Hotel Borg gebe. Es ist ein prächtiger Zufall, daß mir der zehnte Mann fehlt, wo doch der Baron fort ist zum Tanz im Nordland."

11

Ministeressen bei Islandsbersi

Draußen vor der Tür des Hotels Borg stand in angemessener Entfernung ein Landjunge; er hatte einen abgetragenen Sonntagsanzug und schlechte Schuhe an und beobachtete die Eintretenden. Er schaute Islandsbersi und mich so interessiert an, daß es eine Weile so aussah, als wollte er uns in den Weg treten. Ich hatte gedacht, daß es Jungen, die so vor feinen Hotels herumlungern und Leute anstarren, in Island nicht gäbe, und wenn es sie gäbe, daß sie dann daran gehindert würden durch Gesetze, die Bettelei und Verbrechen gleichsetzen. Das war jedoch nicht der Fall; ich erinnere mich auch, daß es in Reykjavik, als ich noch ein Junge war, einen besonders dicken Mann gab, den Grossisten Hansen von der Insel Als, dem ich manchmal unauffällig nachging, um ihn rein zu meinem Vergnügen zu betrachten; als ich das erstemal nach Kopenhagen kam, gab es dort so viele dicke Männer, daß ein Junge aus Island, der noch nicht den Frauen nachstieg und folglich nicht ausging, schließlich doch ausging, um dicke Männer anzustieren. Ich erkannte schnell, daß die Aufmerksamkeit des Jungen vor dem Hotel Borg meinem Begleiter galt; der war ja auch kein Hämeken. Vielleicht stand der Junge dort nur als neutraler Vertreter der Dünnbäuchigen, die sich maßlos über die Dickbäuchigen wundern.

In einem kleinen Saal hinter den großen Sälen waren zehn Männer in schwarzen Anzügen und weißen Hemden mit schwarzer Schleife, der Uniform des Unterkontoristenordens, welche die Oberkontoristen aus Gründen der Demokratie sich zu eigen gemacht hatten, versammelt. Wenn ich des Morgens vor meiner Tür jemandem in diesem seelenlosen Weltschmerzkostüm begegnete, pflegte ich stehenden Fußes umzukehren und mich ins Bett zu legen. Wenn einem eine schwarze Katze über den Weg läuft, so ist das nichts im Vergleich zu diesem Anblick. Worein ließ ich mich da von Bersi Hjalmarsson verwickeln?

„Hab keine Angst“, sagte Bersi Hjalmarsson. „Es sind ziemlich gute Burschen. Ich werde in meinem Testament eine Summe aussetzen, damit von ihnen ein Wachsfigurenkabinett angelegt wird und sie unsterblich werden. Ich habe eine Tochter, die sich ein Wachsfigurenkabinett wünscht wie das von Madame Tussaud.“

Dann stellte er mich seinen bereits anwesenden Gästen vor, besser gesagt, tat es nicht, sondern stellte sie mir vor, als ob alle wissen mußten, welcher Großwesir hier vor ihnen stand, und als ob sie irgendwelche Schafsköpfe wären, hergekommen, um von mir in Audienz empfangen zu werden. Er legte mir einen Arm über die Schulter und zeigte mit der qualmenden Zigarette in der freien Hand auf jeden einzelnen. Wie sie hießen, ist mir längst entfallen; ich bin auch nicht sicher, ob er mir wirklich in jedem Fall ihren Namen sagte; doch ihre Berufe nannte er. Aber ich kann mich noch dunkel an die schmückenden Beiwörter, die Epitheta, erinnern, die ihm für jeden zu Gebote standen und ins Schwarze trafen, wenn ich auch das übrige der Rede nicht verstand. Er murmelte sich durch den ganzen Halbkreis, sprach nachlässig nuschelnd; auf jeden Satz oder jedes Stück eines Satzes folgte ein fragendes Hm, das mitunter auch einem Was ähnlich war.

Register über die Gesellschaft Bersi Hjalmarssons im Hotel Borg, die aus Ministern, Bankdirektoren sowie aus la crème de la crème von Djupvik und Umgebung bestand, in ungefähr der Reihenfolge, wie sie mir der Gastgeber vorstellte, und mit den Ansprachen, die er bei dieser Zeremonie über jeden einzelnen hielt:

1. Über den Bankdirektor: „Unser Flötist."

2. Über den Inspektor der Bank bei der Reederei (und da erblickte ich zum erstenmal den Verfasser des Buchs, das ich später aufmerksam lesen sollte und aus dem ich Auszüge auf diesen Seiten zu veröffentlichen die Ehre habe, nämlich den Verfasser von „Meine Heringsgeschichte"): „Dieses ist Kapitän Egil Djöful Grimsson."

3. Über den Finanzminister: „Dieses Bäuerlein rackert sich im Nordland mit dem Vieh ab. Wir brauchen ihn, damit er nebenbei für uns das Land regiert, wenn er hier in Reykjavik ist."

4. Ein lebhafter Mann, den ich bestimmt kannte, mit

einem kleinen Gesicht und einem Bart, der nur von Trotzki stammen konnte und der sich dankbar an unsere Begegnung in Kopenhagen vor achtzehn Jahren erinnerte, sagte, daß Gunna alles gelesen habe, was ich geschrieben hätte, und daß er selber morgen oder übermorgen dringend mit mir sprechen müßte, hahaha: „Dieser Mann ist einer unserer größten Bolschewiken und Gesellschaftskritiker und Spezialist in Fragen des rätselhaften Sees Kleifarvatn; doch leider gibt es hier keinen Anarchisten außer mir", sagte Bersi.

5. „Der Schwiegersohn unseres Kapitäns, tja, der hat keinen schlechten Fang gemacht. Ich wollte, wir hätten alle eine so hübsche Frau wie er. Er hat auch die größte Entenfarm der Welt, außer einem Mann in Patagonien; sie liegt dicht bei uns in Djupvik. Wir nennen ihn gewöhnlich Entenreich."

6. Glasfabrikdirektor der Kristall-A.G.: „Dieser Mann ist der Besitzer des größten Glasbergs der Welt. Das Glas, das er herstellt, hält nicht zusammen. Es platzt schon, während es geblasen wird. Ihm fehlt Arsenik."

7.–8. „Ich habe die Ehre, dir zwei echte Bauern zu zeigen: es sind Minkbauern. Sie bekommen von uns gratis Hering laut Anordnung der Regierung, denn sie hat ihnen das Stammkapital besorgt, um die Volkswirtschaft zu fördern. Doch unser Hering scheint diesen Biestern nicht genug, die Männer mußten hierher nach Reykjavik eilen, um bei der Regierung die Genehmigung einzuholen, über die gesamte Apfelsineneinfuhr Islands verfügen zu können. Sonst lassen sie die Biester frei."

9. „Unser Pfarrer in Djupvik, Sira Jon Blaumann. Wo stünden wir ohne ihn, jetzt, wo ganze Gemeinden keine Gespenster mehr haben? Wenn er in der Nähe ist, schweige ich. Ich sage nur leise den Anfang des einzigen Kirchen-

liedes auf, das auf einem Heringsboot aus Djupvik gedichtet worden ist:

(Melodie: In Bethlehem usw.)

Und Jesus kam zur Welt in ... Nazareth ...
Da wurde ich nun gänzlich beth,
... halleluja ..."

Bald danach hatten alle Platz genommen.

Es war ein wenig komisch, plötzlich als Zugelaufener an der Tafel des Lebens zu sitzen, ohne Gelegenheit gehabt zu haben, meinen guten Anzug anzuziehen, der, o weh, hier auch nur ein Straßenanzug gewesen wäre. Mir kam es nicht so vor, daß irgendwer direkt etwas gegen meine Anwesenheit einzuwenden hatte, einige sandten mir jedoch Blicke aus psychischer Ferne zu. Irgendwo hörte ich die bescheidene Frage laut werden, ob das nicht der Mann wäre, der voriges Jahr in Norwegen die Volkshochschulvorlesung gehalten habe. Das war nun leider nicht der Fall. Hingegen informierte der Bolschewik, mein Freund, diejenigen, die zuhörten, daß ich ein in Dänemark allen Orts bekannter Ornithologe wäre und fast ein weltberühmter Schriftsteller, hahaha. Nun schien den meisten das Maß voll zu sein, wenn man aus den Mienen der Leute schließen durfte; denn höhnischer kann man von keinem Menschen sprechen, als zu sagen, er sei *fast* weltbekannt. „Er hat sogar hier zu Hause ein Buch herausgegeben", fuhr der Bolschewik fort, „es heißt ‚Die Eheleute im Ackergarten', nein, so heißt es nicht, aber Gunna hat es gelesen." Dann kamen weitere Lücken in der Erinnerung zum Vorschein, manche noch schlimmer, hahaha, doch ich wurde nicht gefragt, obwohl ich am Tisch saß. Da entsann ich mich, daß dieser alte Freund ausgerechnet der Mann war, der vor sehr langer Zeit meinte, im Russischen gäbe es einen Artikel und der hieße „la“.

Nachdem man etwas Sherry getrunken hatte, ergriff der gute Minister, mit dem Islandsbersi mich vorhin auf seine Weise bekannt gemacht hatte, das Wort; er erwies sich als wahrer Bauer ohne Tadel und fragte korrekt nach den Dingen mit jener angeborenen Höflichkeit, die manche für Französisch halten und die stets einen verborgenen Stachel in sich trägt.

„Mit Verlaub zu fragen, aus welchem Landesteil kommt dieser junge Schrittmacher, den wir so glücklich sind bei uns am Tisch zu haben? Ich denke, daß Großreeder Bersi Hjalmarsson vielleicht übersehen hat, uns diesen lieben Gast vorzustellen, ehe wir uns zu Tisch setzten.“

Das war eine schwierige Bemerkung, auch wenn es nur um den Anfang gegangen wäre: „Mit Verlaub zu fragen ...“ War es notwendig, eine feierliche Erklärung über einen sonderbaren Mann abzugeben, der unvorhergesehen zur Tafel von Honoratioren hinzugezogen war? Konnte solcherart Höflichkeit etwas anderes verschleiern als die Zurechtweisung, daß man jetzt zu weit gegangen war? „Mit Verlaub zu fragen“ – diese Höflichkeitsfloskel, mit anderen Worten und auf etwas andere Weise gesagt, lautet in Wirklichkeit so: Was für eine verdammte Unverschämtheit ist das eigentlich!? „Aus welchem Landesteil“ war ebenfalls eine anzügliche Frage in bezug auf einen Mann wie mich. Ich hatte keine Ahnung, aus welchem Landesteil ich stammte. Hatte nie danach gefragt. Es war mir egal. Ich kannte nur eine alte Frau, die jetzt tot war, sie war meine Pflegemutter. Wenn ich ein Isländer war, so war ich es nicht nach den Kirchenbüchern, sondern durch die Gnade Gottes. Vielleicht vermutete das der Frager; Minister haben es faustdick hinter den Ohren. Und als er das unerschütterliche Gesicht der Einfalt und Ehrbarkeit von Bauern aufsetzte und „Schrittmacher“ und „lieber Gast“ sagte, da wußten wenigstens die Anwesenden, die den alten Gelehrten Snorri gelesen hatten, daß es sich da um Hohn und nicht um Lob handelte. Mir war klar, daß keiner von den Gästen mich kannte, außer der Frau des Bolschewiken, die jedoch nicht anwesend war, und das wenige, was die Eheleute wußten, beruhte zum Teil auf Verwechslung. Ich sagte nicht lauter, als es mir nötig schien: „Ich wurde bis zum achtzehnten Lebensjahr hier in der Stadt aufgezogen. Bin zwanzig Jahre lang nicht hier gewesen.“

Der Entenbauer war derjenige, der mir wider Erwarten zu Hilfe kam, vielleicht weil er gehört hatte, daß ich mit Vögeln zu tun hätte. Dieser Mann sagte geradeheraus, daß niemand wisse, woher die beiden größten Helden der Isländersagas stammten, nämlich Gunnar auf Hlidarendi und Kari Sölmundarson. Einige Gelehrte seien der Ansicht, sie kämen aus Frankreich.

Auf der anderen Seite des Tisches war eine Diskussion über das Familienrecht im alten Island im Gange. Mir schien der Kern der Sache zu sein, mir zu verzeihen, wenn ich das uneheliche Kind irgendwelcher mysteriöser Eltern wäre. Ein Mann führte seine Ahnenreihe auf Odin zurück und meinte, dieser Gott sei einer von denen gewesen, die ständig Frauen nachstellten.

Sira Jon Blaumann: „Och, das ist wohl zuviel gesagt.“

Der Abkömmling Odins: „Einer meiner Vorväter war Njal. Er hatte auch zwei Frauen.“

Sira Jon Blaumann: „Ja, aber nicht auf demselben Hof.“

Ein Zweifler: „Niemals, weder früher noch später, stammte ein Mensch in Island von Njal ab.“

Ein scharfsinniger Mann: „Und Skarphedin?“

Der Abkömmling Odins und Njals sagte, es sei doch

allbekannt, daß man zur Wikingszeit sich viel in Gruppen bewegte, was wohl auf eine Lebensweise hindeute, wie sie in den „Göttern im Heiratsgarten“ geschildert ist.

Ein vorsichtiger Denker: „Wer hatte die Nase dazwischen, als in der Wikingszeit diese lieben unehelichen Kinder gezeugt wurden?“

Sira Jon Blaumann: „Och, es ist wohl auch nicht alles goldrichtig, was damals gesagt wurde.“

Der Abkömmling Odins und Njals: „Leiden die Pfarrer nun auch schon an Zweifelsucht? Ich kann dich, Sira Jon, davon informieren, daß in einem Kirchenbuch aus den Rangarthing vor hundertundfünfzig Jahren unter ein und derselben Jahreszahl über meinen Urgroßvater steht: ‚N. N. hatte ein Kind mit seiner Frau, ein zweites mit der Magd, ein drittes mit seiner Gemeindearmen. Außer den heimlichen Kindern.‘ Das zeugte von Männlichkeit. Hier ist immer Wikingszeit gewesen – in dieser Hinsicht.“

Antwort: „Es gab keine unehelichen Kinder in der Wikingszeit. Der Begriff existierte nicht.“

Der Gastgeber, Großreeder Bersi Hjalmarsson, hatte während der Suppe nachdenklich dagesessen, doch als sie ausgelöffelt war, erhob er sich in seiner ganzen Herrlichkeit und klopfte ans Glas.

„Meine Damen und Herren“, sagte er, leerte erst sein Sherryglas, dann sein Rotweinglas, stellte beide Gläser umgekehrt neben seinen Teller und fragte, zu dem Kellner gewandt: „Wo ist mein Whisky?“ Islandsbersi fuhr in der Rede fort. „Habe ich schon meine Damen und Herren gesagt? Ich hätte euch gern nach etwas gefragt, genauer gesagt, ich wollte euch eine kleine Preisfrage stellen, ich habe den Preis in der Tasche. Es geschah vor achtzehn Jahren. Ich bot einem Mann Übernachtung bei mir an, und er ging schlafen. Ich mußte am nächsten Morgen um fünf Uhr aufstehen, denn ich mußte vierzigtausend einsamen Witwen den letzten Gruß erweisen, die draußen auf Amager im dänischen Sonnenschein tranige Tränen weinten. Wo sind die Dichter, die so etwas beschreiben können? Also vor achtzehn Jahren. Ich hatte kein Geld für die Straßenbahn. Am Abend zuvor veranstaltete ich künftigen großen Herren und Schönheitsköniginnen im ‚Pallas' ein Fest und verteilte das Geld aus meiner Brieftasche unter sie. Jetzt war guter Rat teuer. Meine Damen und Herren, in dieser Nacht bat auch eine junge Frau bei mir um Unterkunft, nicht weil sie verdächtige Dinge vorhatte, durchaus nicht, ich betone, daß sie die Nacht über alle Kleider anbehielt; ich bin ja auch ein verheirateter Mann und bin es immer gewesen, sogar glücklich verheiratet, einer von den wenigen. Und diese junge Frau ihrerseits war fest verheiratet, sie übernachtete bloß bei mir, weil ich sie auf meine Kosten auf die Hochschule in Sorø schicken wollte, um Grützbrei zu studieren. Ich kann beweisen, daß sie nicht einmal die Unaussprechlichen auszog. Und was geschah? Die Frau schlief wie ein Murmeltier. Sie war müde. Sie hatte drei Nächte lang nicht geschlafen. Sie war seekrank gewesen. Sie war hungrig. Sie wollte lernen, Brei zu kochen. Was sollte ich bloß tun? Ich brachte es nicht übers Herz, diese Frau um fünf Uhr morgens zu wecken, sie anzupumpen und ihr Erklärungen abzugeben: diese vielen dreckigen Fässer mit vergammeltem Hering auf Amager und so weiter. Sie schnarchte mit allen Sinnen zugleich, und ihre Tasche stand offen auf ihrem Nachttisch. Ach, ich erkläre ihr das später, sagte ich bei mir und begann in ihrer Tasche zu suchen. Zum Teufel, da war kein Öre. Als ich die Frau später fragte, warum in der Tasche kein Geld gewesen sei, da sagte sie, sie wäre so schlau gewesen, ihr Geld in eine Börse auf der Innenseite ihrer Hose einzunähen, damit es ihr im Ausland nicht gestohlen würde. So klug sind nur die Weibsleute. Dann ging ich zu diesem jungen Nachtgast hinein, dem ich auch angeboten hatte zu bleiben, und seine Brieftasche lugte unter dem Kopfkissen hervor. Er sah so unschuldig aus und träumte so schön, daß ich es nicht fertigbrachte, ihn zu wecken. Wie er da so schlief, zog ich seine Brieftasche unter dem Kissen hervor, und darin waren, sage und schreibe, fünfunddreißig Kronen, die er am Tage zuvor im Kanarienvogelhandel verdient hatte, und die steckte ich ein – natürlich entschlossen, sie ihm sofort am selben Tag zurückzugeben. Seitdem sind achtzehn Jahre vergangen. Meine Damen und Herren, jetzt kommt die Preisfrage: war ich ein Dieb oder ein Räuber? Wer gewinnt, bekommt dänisches Schmuggelbier, es ist vielleicht ein bißchen warm, denn ich habe es hier bei mir, aber es ist echtes Carlsberg."

Bersi Hjalmarsson zog das Bier aus der Gesäßtasche seiner Hosen und stellte diesen Preis mit einem Bums vor sich auf den Tisch.

Das schien den Leuten keine leichte Frage zu sein. Einige meinten, sie sei falsch gestellt und auf die Beantwortung komme es nicht an; andere hielten sie für kurios, doch denke ich, den meisten war sie nicht faßlich genug, wenigstens zu sehr verkettet mit Ethik, Psychologie, Soziologie und weiteren beängstigenden Wissenschaften, als daß es sich lohnte, sich bei Tische auf alle diese Dinge einzulassen.

Islandsbersi (zum Unterzeichneten): „Hattest du mir nicht versprochen, meine Biographie zu schreiben, Freund? Erinnerst du dich nicht, daß ich es bin, der von Kohlrüben abstammt?" Während der ganzen Dauer unserer Bekanntschaft sprach er mich nie mit meinem Namen an; lange dachte ich, er hat sich nie gemerkt, wie ich hieß – wenn ihm vielleicht auch der Name bekannt vorkam, wenn er ihn unter irgendeinem Geschreibsel gedruckt sah; ich bin auch der Meinung, daß er sein berühmtes Leben beschlossen hat, ohne einen Buchstaben von mir zu lesen. Doch er kannte mein Gesicht und hielt es für unschuldsvoll.

„Paß gut auf, was ich jetzt sage“, fuhr er fort. „Noch nie habe ich mich irgendeinem so offenbart. Du stiehlst einem Menschen Geld unter dem Kopfkissen hervor, während er schläft. Du weißt, wenn er aufwacht, dann weiß er, daß du es warst. Das Polizeirevier ist gegenüber. Es war das einzige Mal in meinem Leben, daß ich meinen guten Ruf für Geld geopfert und meinen Namen öffentlich vogelfrei gemacht habe. Du bist im Recht, wenn du mich einen überführten Dieb und Räuber nennst, an welchem Tag auch immer. Du hast mein Leben geschont. Ich danke dir, kleiner Junge.“

Er machte die Bierflasche auf mit einem Instrument an seiner Uhrkette, erhob vor mir die Flasche und sagte: „Prost – fürs ganze Leben.“ Er setzte die Flasche an die Lippen und trank sie zur Hälfte aus, dann reichte er sie mir mit dem Rest über den Tisch.

Der Junge, der draußen vor dem Hotel gestanden hatte, als wir hineingingen, stand noch da, als wir hinausgingen. Er betrachtete voller Ehrfurcht die Potentaten von Djupvik, wie sie nach Tisch in der Aufmachung des Unterkontoristenordens hinausmarschierten. Dieser Junge nahm Islandsbersi und mich aufs Korn und verschlang uns mit den Augen. Die Grundpfeiler der Welt verschwanden jeder in seiner Richtung um die Ecken. Die Stockspitze ragte schräg unter der Achselhöhle Islandsbersis hervor und bildete mit der Wirbelsäule den bestimmten Winkel von dreißig Grad, ob nun der Griff nach oben oder unten zeigte. Der Grossist führte mich am Arm nach rechts in die

Austurstræti. Dort tat sich vor uns auf der anderen Straßenseite ein großes Haus gegen die Sonne auf, und goldene Buchstaben prangten über die ganze Fassade hinweg: Die Bank.

„Ich kann mir denken, daß du hier zu Hause bist", sagte ich.

Islandsbersi: „Ich muß hier zu einer Sitzung. Willst du nicht mitkommen? Wenn dir Geld fehlt, hier gibt es welches."

„Natürlich braucht man immer Geld", sagte ich. „Doch es ist nicht nötig, es sich gleich ansehen zu lassen. Und vielleicht ist es besser, wenig statt viel zu haben."

„Möchtest du, daß ich für dich einen Wechsel endossiere für ein Haus?"

„Kein sehr großes", sagte ich. „Vielleicht für ein kleines Haus?"

„Da wird die Sache schon schwieriger", sagte er. „Hier gibt es keine kleinen Summen. Niemals um wenig bitten, da wird nur gelacht. Besser um ein Heringsboot ersuchen als um ein Haus. Am besten eine Fabrik errichten. Fabriken sind zu Zeiten der Krise beliebt. Eine Kunstkernfabrik mit Apfelsinengeschmack ist gut bei dem Bierverbot. Ebenfalls eine Karamellen- und Schuhwichsefabrik, denn für die gesamte Produktion kann man dieselbe Essenz verwenden, sie kommt in Tanks; du weißt nie, ob du Schuhwichse oder Karamellen ißt, aber das hat nichts zu sagen. Es ist auch möglich, Fabriken für Kleinindustrie zu errichten und die alten zu modernisieren; zum Beispiel steht in den Zeitungen, daß ich in Djupvik eine Hosenträgerfabrik besitze – Knopflochfabrik, meine ich, die gut geht, wenn sie nicht bankrott ist. Alles Gute, auf baldiges Wiedersehen, ich muß mich beeilen."

Schon war er in der Bank verschwunden.

Und da stand dieser kleine Junge wieder an der Mauer der Bank und sah mich an. Ich konnte mich nicht enthalten, ihn anzusprechen, ihn zu fragen, wer er sei und dergleichen. Er erwiderte meinen Gruß nicht, sondern blickte schweigend auf die Tür der Bank, als ob ich eine Taube aus meinem Hut gezogen und sie in die geschlossene Bank hätte fliegen lassen. Bis er sich schließlich ein Herz faßte zu fragen:

„War das mein Papa?“

Ich fragte zurück: „Woher bist du?“

„Von der Südküste.“

„Ich meine, es kommt eigentlich nicht in Frage, daß es dein Papa gewesen sein soll.“

„Es ist bestimmt mein Papa gewesen!“ sagte der Junge.

„Nun ja, mein Lieber, geh ihm doch einfach nach.“

„Sie jagen einen hinaus“, sagte der Junge.

Ich verabschiedete mich von dem Jungen und ging meines Weges, doch war ich erst wenige Schritte entfernt, als er mich einholte und bittend am Ärmel faßte. „Geh du doch hinein! Such meinen Papa für mich in dem Haus!“

Antwort: „Ich hab da allerdings nichts zu suchen, doch wenn du mich so bittest, muß ich wohl gehen. Soll ich ihm etwas ausrichten?“

„Meine Schwester ist krank“, sagte der Junge.

„War kein Arzt da?“ fragte ich.

„Doch“, sagte der Junge.

„Konnte er nichts für sie tun?“ fragte ich.

„Es kann sein, daß sie stirbt“, sagte der Junge.

Da entschloß ich mich, das Haus zu betreten.

Es war, wie wenn man träumt, man hätte einen Freund in ein großes Haus gehen sehen und ihn dann aus den Augen verloren. Und darin wären viele Leute, und ihre Gesichter sind froh, und keiner will dem andern schaden, und alle können einander gut leiden, und niemand ist erstaunt, daß ich da bin. Ganz so, als ob die guten Leute einander nicht bemerkten. Ich suche und suche meinen Freund, frage und frage, öffne immer noch mehr Türen, gehe von einem Raum in den anderen, treppauf und treppab, und ich fühle mich wie zu Hause in diesem glücklichen unbekümmerten Menschengewimmel, wo alle so freundlich in sich hineinlächeln, ohne eine Verbindung zum nächsten, und keiner antwortete dem andern, denn alle stehen auf derselben Stufe der Herrlichkeit; gestorben und gerettet ...

Als ich endlich wieder hinaus in den Sonnenschein auf dem Bürgersteig trat, war der Junge fort.

12

Dem Erzähler werden Angebote gemacht

Am Tage danach wollte ich mich mit meinem Freund, dem Bolschewiken, treffen, doch Gunna sagte, er sei nach Süden zum Kleifarvatn gefahren, um den See zu untersuchen. Es wäre das beste, ihn dort aufzusuchen. Dieser See liegt in einem vulkanischen Gebiet etwa dreißig Kilometer von der Hauptstadt entfernt; man nimmt den Weg über Hafnarfjördur. Der See hat sich in einer Senke zwischen Lavakuppen gebildet, am westlichen Ufer erheben sich steile Felsen; Tiefe zirka dreißig bis vierzig Meter. In diesem See gab es geheimnisvolle Bewegungen; der Wasserspiegel hob und senkte sich abwechselnd nach Gesetzmäßigkeiten, die man nicht erklären konnte.

Der Bolschewik war erfreut, mich zu sehen, und hieß mich am Kleifarvatn willkommen. Ich gab meiner Verwunderung Ausdruck, ihn in der Umgebung eines Bergsees zu treffen, ihn, einen berühmten Revolutionär. Er sagte, es sei hierzulande üblich, wenn Leute in politischen Fragen schwierig und der Regierung unbequem würden, dann bekämen sie Stipendien und mitunter ein Amt, um die Bewegungen des Kleifarvatn und anderer solcher Seen zu untersuchen. Er sagte, er habe selber von Jugend an eine Schwäche für Seen gehabt, hahaha, und an der Universität angefangen, Naturwissenschaften zu studieren.

Er zeigte mir ein wissenschaftliches Gerät, das er bei der Untersuchung des Sees benutzte, und ich sah, wie es arbeitete. Auf dem Uferhang erhob sich über dem Wasserspiegel ein Wetterhäuschen, in dem ein Papierstreifen auf einer mechanisch angetriebenen Walze lief; in Verbindung mit einem Schwimmer, der sich gemäß den Bewegungen des Wassers hob und senkte, stand ein Bleistift, der auf das Papier ein Diagramm schrieb. Man hatte sich seit langem darüber den Kopf zerbrochen, wie es käme, daß der See ohne erkennbare äußere Ursache zu- und abnahm. Darüber hatten sich Theorien und Meinungen gebildet, über die man sich in den Zeitungen stritt – auch Mystizismus gab es in dem Zusammenhang. Lange war man der Meinung, daß im See Flut und Ebbe zu beobachten wären, doch eine Untersuchung ergab, daß die Bewegung nicht den Gezeiten folgte, und es war gerade darauf hingewiesen worden, daß, wenn es sich an diesem Ort um Flut und Ebbe handelte, der See Kleifarvatn einen Sondervertrag mit dem Mond haben müßte. Der Bolschewik fiel von einem Gelächter ins andere, er lachte über den See, die Untersuchungen und Ansichten darüber und über sich selbst, weil er sich sozusagen wissenschaftlich in diesen unbegreiflichen See versenkt hatte. Dann bot er mir Kaffee aus einer Thermosflasche an. Wir setzten uns, und er hörte auf zu lachen, verstummte ganz und machte sich daran, den Pfropfen der Thermosflasche herauszubekommen. Jedesmal, wenn dieser Mann aufhörte zu sprechen und ernst wurde, nahm sein Gesicht einen sonderbar eigensinnigen Ausdruck an wie bei einem Schlafwandler; oder einem Hund, der Gras frißt.

Nachdem wir jeder eine Tasse aus dem Becher, der auf den Stutzen geschraubt war, getrunken hatten, kam er auf sein Anliegen zu sprechen und bat mich um Entschuldigung, daß ich seinetwegen in diese Einöde gekommen war; er sagte, das habe er nicht beabsichtigt und er habe auch nicht den Wunsch, die Versuchungsgeschichte aus der Heiligen Schrift zu wiederholen. Dennoch wolle er mir ein bescheidenes Angebot machen. Er katte kleine Artikel von mir gelesen und von Gunna Stoffe aus meinen Büchern „gehört", denn sie las Bücher – beiden Eheleuten gefiel der Geist der Bücher gut: „Gunna ist mindestens ebenso sicher wie ich, was die Weltrevolution betrifft, vielleicht noch sicherer, denn sie war absolut dagegen, als ich es übernahm, in der Sowjetunion Islandhering für die isländische Bourgeoisie zu verkaufen. Gegen eine bürgerliche Regierung kann man nur eines tun, und das ist Revolution, sagt Gunna, hahaha. Doch ich sagte zu Gunna: es ist lächerlich, sich einzubilden, daß die Weltrevolution auf einer sturmumtosten, fast menschenleeren Schäre am nördlichen Polarkreis beginnt. Doch davon sind wir überzeugt: die Weltrevolution kommt. Sie kommt sogar noch in unserer Zeit, und ich weiß, daß auch du nicht daran zweifelst."

„Es ist sehr wahrscheinlich, daß sie kommt", sagte ich. „Wir wollen es wenigstens hoffen. Doch wie kommt sie?"

Er antwortete kurz angebunden, das sei eine dialektische Frage, und dabei ließ er es einstweilen bewenden.

Als er sich wieder gefaßt hatte, begann er eine Rede: „Für uns kleine Nationen kommt es nur auf eines an, und das ist, wie die Pfadfinder sagen, bereit zu sein, hahaha. Seid bereit, die Revolution zu empfangen, wenn sie kommt! Und denkt daran, wenn wir Revolution sagen, dann meinen wir Weltrevolution im Unterschied zu den Putschen in Südamerika. Seid bereit, der Weltrevolution die Wege zu ebnen, sie zu verstehen und sie zu ehren, wenn sie kommt!

Ich weiß, daß die großen Sozialisten, besonders die deutschen, kleine Völker geringschätzig behandelten und sie für das Fortschreiten der Weltrevolution für nutzlos ansahen. Nichtsdestoweniger wußten sie, daß kleine Völker wohl standhafte Männer besitzen müssen, die nie ihre Ansicht wechseln, die bereit sind, jeder auf seiner kleinen sturmumtosten Schäre die Macht zu ergreifen, wenn die Proletarier in der großen Welt den Arbeiterstaat auf der Erde für siegreich erklärt haben. Welch ein Elend, ein Kleinstaatler zu sein, sagt Engels an einer Stelle, soviel ich mich erinnere, in einem Brief aus London. Zum Beispiel traf ich vor langer Zeit einen Isländer (ob es nicht Grimur Thomsen gewesen ist?), der mir sagte, daß seine schönsten Jugenderinnerungen geknüpft seien an den Geruch von verrotteten Rückständen der Trankocherei am Strand und von madigen Dorschköpfen, die zum Trocknen auf den Steinmauern lagen. Hahaha. Doch das darf man nicht so verstehen, daß wir von der Weltrevolution ausgeschlossen sind, im Gegenteil, kein Volk wird die Weltrevolution so begrüßen wie die kleinen Völker, denn Weltrevolution bedeutet, daß alle Völker zu einem Großvolk werden, dem Weltstaat der Proletarier, wo Frieden herrscht und die Wahrheit wohnt und niemand mächtig ist, weil er groß ist, oder machtlos, weil er klein ist. Deswegen hängt alles davon ab, eine unerschütterliche Partei zu haben, den Vortrupp der Proletarier, der Hegel studiert hat und den dialektischen Materialismus bei Marx versteht und darauf vorbereitet ist, die Revolution zu unterstützen, wenn sie kommt; und den Arbeiterstaat zu regieren, wenn die proletarische Revolution gesiegt hat. Ich weiß, sie kommt, und deswegen kann ich hier ruhig sitzen und mich mit den Bewegungen des Sees befassen."

Nach dieser Rede, die zu jener Zeit durchaus keine Phantasterei war, sondern ein Zeitspiegel, kam der Bolschewik auf sein Anliegen zu sprechen: „Es ist für uns lebensnotwendig, an allen Hauptorten unerschrockene Leute zu haben, welche die Fackel der Revolution hochhalten und bei den Arbeitern den Standpunkt der Dialektik festigen, die leider in unseren alten Schriften ‚Streitkunst' heißt, was eine schlechte Propagandabezeichnung für die unwiderlegbare Weltanschauung unserer Zeit ist. Es geht um einen Ort namens Djupvik. Ich und Gunna halten viel von diesem Ort. Er ist schon seit Jahren einer unserer Schwerpunkte. Wir waren so glücklich, dort für uns einen Mann zu haben, der ein ebenso gelehrter Revolutionär wie rücksichtsloser Unternehmer ist, hahaha." (Es war schwierig herauszufinden, wen er meinte, wenn er sagte „wir sind überzeugt" oder „wir sind so glücklich", denn er drückte sich so aus entweder in bezug auf Gunna und sich, oder auf sich und die Partei.) Jetzt war dieser treffliche Djupviker, „den zu haben wir so glücklich waren", Gemeinderatsmitglied, Bezirksratsmitglied, Althingsabgeordneter und Direktor der kommunalen Reederei geworden, dito der Heringsölfabrik, dito der Gewerkschaft von Djupvik und dito der Literaturkommission, die eine Druckerei am Ort besaß und in der Heringsfangsaison eine Wochenzeitung herausgab, um die Leute im Klassenkampf zu stählen. „Wir machen unseren Redakteuren keine Vorschriften mit Ausnahme jenes einen Wortes: Weltrevolution. In jeder anderen Hinsicht bist du frei. Wir haben dort fünf Jahre lang denselben Redakteur gehabt, doch schließlich schien er uns ein halber Anarcho-Kommunist geworden zu sein, wahrscheinlich durch den Whisky bei Bersi Hjalmarsson; und wenn es etwas gibt, das uns mehr verhaßt ist als die Bourgeoisie, dann sind es linke Sektierer. Also haben wir vor, unserem Redakteur im Sommer Vergebung der Sünden in Gnaden zu erweisen, und infolgedessen fehlt uns vom ersten Juli bis Ende August ein neuer Redakteur. Und damit bin ich bei dem Angebot, das ich dir machen wollte. Uns ist der Gedanke gekommen, ob man dir nicht diese kleine Arbeit anbieten könnte. Mit anderen Worten, willst du binnen vierzehn Tagen Redakteur im Nordland sein, dann entscheide dich sofort!"

Es war eine jener Ideen, die einen aus der Fassung bringen und an etwas anderes denken lassen. Jetzt war noch Brutzeit, und das Gezwitscher der Vögel war schön. Es ist merkwürdig, daß kein Vogel zwei Tage hintereinander in gleicher Weise singt, der Ton verändert sich täglich ein klein bißchen. Ich verabschiedete mich herzlich von diesem netten Bolschewiken sowie seinem wissenschaftlichen See Kleifarvatn. Niemand weiß, wie der Vogel in vierzehn Tagen singt.

Doch an diesem Tag wollten die Angebote an mich kein Ende nehmen. Kaum war ich auf dem Lækjartorg aus dem Wagen gestiegen, als ich schon ein neues Angebot erhielt.

Ich habe wohl vergessen mitzuteilen, daß ich kein Verlangen verspürte, die Freundschaft mit meinen früheren Tischgenossen vom Hotel Borg fortzusetzen; ein Register über sie ist weiter oben aufgezeichnet. Auf der Straße blickten sie den Mann von dunkler Herkunft wenig ermutigend an, und ich ließ sie vorbeischweben wie Wesen aus höheren Sphären. Bis mich plötzlich ein Mann auf der Lækjargata ganz vertraut ansah. Wir begrüßten uns; es war der Entenfarmer, der neulich bei dem Essen meine wenig bekannte Abstammung entschuldigt und gesagt hatte, daß nach Ansicht von Professoren verschiedene der größten Helden in den alten Sagas aus Frankreich stammten.

Ich meinerseits bat den Mann um Entschuldigung, daß mir keine Zeit geblieben sei, mit ihm zu sprechen, als wir bei Tisch saßen, doch jetzt wollte ich die Gelegenheit nicht verpassen, ihn nach seinem Federvieh zu fragen. „Mit Verlaub, waren es Enten?"

„Ja, Enten. Wir fanden einen hervorragenden Platz auf der Hochfläche oberhalb Djupvik; es ist der Klammbachsee. Wir bekommen Abfallhering für diese Vögel aus Djupvik für einen Dreck. Jetzt haben sich auf der Talseite gegenüber Leute mit Minken niedergelassen, so daß wir den Hering gemeinsam aus Djupvik bestellen. Der Unterhalt ist spottbillig, die Einnahmen nicht auszurechnen. Bitte, kommen Sie nach Norden und sehen Sie sich das an. Ich habe gehört, Sie sind Spezialist für Vögel. Vielleicht sollte ich Ihnen die Entenfarm verkaufen?"

„Herzlichen Dank", sagte ich. „Niemals nie sagen, sagen die Dänen. Keiner weiß, wenn er zusagt, ob und wie. Nun, da ich mich ein wenig mit Vögeln befaßt habe, muß ich doch gleich fragen: Was für Enten züchten Sie hauptsächlich?"

Der Entenfarmer: „Was für Enten? Denken Sie, ich halte irgendwelche Blechenten oder was?"

„O nein, so witzig war ich nun gerade nicht. Aber die Arten belaufen sich auf Dutzende und die Unterarten auf Hunderte."

Der Entenfarmer: „Hier lohnt es sich nicht, andere Vögel als Wildenten zu halten."

„Zu meiner Schande muß ich sagen, daß meine Kenntnisse nicht ausreichen, um zu wissen, was eine Wildente ist. Ist es dasselbe wie Anas fera, auf isländisch Stockente, wie ich meine?"

„Wildente ist Wildente wie bei Ibsen", sagte der Entenfarmer.

Da fragte ich: „Sind Sie dessen sicher, daß diese Vögel in der Ornithologie überhaupt erwähnt werden oder in Spezialwerken über Enten? Hingegen ist natürlich nichts dagegen einzuwenden, daß Henrik Ibsen sich eingebildet hat, es gäbe einen solchen Vogel; oder ihm ist ein Untier in Vogelgestalt mit diesem Namen in den Sinn gekommen."

Der Entenfarmer: „Ich finde es nicht gerade passend für jüngere Dichter, so über ihre weltberühmten Vorgänger zu sprechen. Denken Sie vielleicht, Henrik Ibsen habe nicht gewußt, was für ein Tier die Wildente ist! Halten Sie sich für einen größeren Dichter als Ibsen?"

Es war sicherlich diese Besserwisserei, die mich bei den Leuten in Mißkredit brachte. Ehe ich mich dessen versah, stritt ich mich wegen Nebensächlichkeiten herum, bis alle böse waren. Mir tat leid, daß ich nun auch den Mann gekränkt hatte, der als einziger der Gäste Bersi Hjalmarssons für mich Partei ergriffen hatte. Wenn man in der Patsche sitzt, gilt es, sich etwas auszudenken, um sich bei den Leuten wieder einzuschmeicheln; leider kann der zweite Fehler schlimmer ausfallen als der erste.

„Ob es nun Wildenten sind oder nicht, und wenn es sogar keine Wildenten gäbe, könnte es doch so kommen, daß ich Ihnen eine Entenfarm abkaufe."

13

Legehennentext

„An der Südküste zwei Legehennen zu kaufen wegen eines Genesenden, g. s. G. – Anzeigenredaktion gibt Auskunft."

Diese Anzeige im „Visir" war ein klein wenig mißverständlich, wie es oft bei kurzen Texten der Fall ist. Was bezweckt der Mensch, der so annonciert? Will er Legehennen kaufen, oder wünscht er, daß sie ihm abgekauft werden? Die meisten hielten ersteres für wahrscheinlicher. Man klärte mich darüber auf, daß diejenigen, die im „Visir" annoncierten, mitunter sonderbare, doch nie gefährliche Leute seien, und daß niemand um sein Leben zu fürchten brauche, der sich auf die Annoncen hin melde. Hingegen könne man sicher sein: wenn Schläger und bekannte Einbrecher etwas in die Zeitungen setzten, verwendeten sie stets Decknamen wie „Mutter dreier Kinder in der Weststadt", „Frau im Osten des Gebirges" oder „Alleinstehende Mutter"; deswegen sei es besser, sich bei solchen Texten vorzusehen. Einige wollten diesen Legehennentext so interpretieren, daß es sich hier um eine Person handle, die sich von einer Krankheit erhole und jetzt so weit genesen sei, daß sie sich zutraue, Hühner zu halten. Was bedeutet g. s. G.?

Antwort: Es ist ein gottesfürchtiger Patient, die Abkürzung bedeutet: gelobt sei Gott! Doch ist es nicht ein leicht Geistesgestörter, der Gotteswort in eine Hühnerannonce setzt? Antwort: Nein, ein ganz Normaler. Eine andere Sache ist es, sagten kundige Leute, daß Hühner kaum große Zukunftsaussichten in diesen Rogenhütten an der Südküste haben könnten. Kauf und Verkauf von Vieh, das keinen Rogen liefert, ist kein profitabler Erwerbszweig da im Süden; in Vogar bildet sich wegen Kalkmangels nicht einmal eine Schale um das Ei, und es nutzt nichts, den Hühnern gemahlene Lava zu geben, wovon es auf dem Walroßkap genug gibt; außerdem bekommen die Eier einen so starken Geschmack nach Meeresgetier, daß es die meisten da im Süden vorziehen, den Fisch unverändert zu essen, also ehe er noch durch den Vogel gegangen ist.

Doch was will der Annoncierer mit zwei Legehennen ohne Hahn? Schien es ihm vielleicht zu grob, einen solchen Vogel in einer so feinen Zeitung im Druck zu erwähnen? Oder wissen die Leute an der Südküste nicht, daß ein Hahn dabeisein muß, wenn die Hennen Nutzen bringen sollen? Wen führt man hier an der Nase herum und wozu? Im gesamten Vogelhandel sind die Menschen das Komischste. Die Menschen dürften für die Vögel ein größeres Untersuchungsobjekt sein als die Vögel für die Menschen.

An der Südküste nahm ich, Vogel- und Geflügelhändler, den Käfig mit den Hennen aus dem Kofferraum des Autos und guckte unter das Übertuch. Die Hühner lagen dicht aneinandergedrückt im Käfig und rührten sich kaum. Ich breitete das Tuch wieder darüber, damit sie weiterschlafen konnten. Mir kam die Tür an der Südseite des großen Hauses wenig einladend vor, sie hatte kein Schloß, war vielleicht festgenagelt, Stufen und Geländer waren zum Teil zerbrochen. Die Heuwiesen waren entweder vermoost oder zertrampelt. Ich ging um das Haus und suchte den Eingang.

An der Nordseite gelangte man durch einen Windfang in die Küche, wo gerade das Abendessen gekocht wurde. Ich konnte durch zwei hintereinanderliegende, weitgeöffnete Türen hineinsehen. In meiner Kindheit wurde mir beigebracht, durch offenstehende Türen ohne weiteres guten Tag zu sagen und nicht erst anzuklopfen. Es wurde nicht gedankt. Da trat ich in den Windfang und sagte wieder guten Tag. Kein Pieps. Ich sah eine große Frau von mir abgewendet am Kohlenherd stehen. Sie sah sich nicht um, wie oft ich auch guten Tag sagte. Schließlich ging ich ganz hinein und sagte „Gott segne das Essen", wie meine Pflegemutter es tat, wenn sie Leute beim Essen antraf. Die stämmige Frau wandte sich mir zu und sah mich erstaunt an.

„Entschuldigen Sie bitte, meine Dame, ich weiß nicht recht, wo ich mich befinde. Vielleicht habe ich mich verirrt."

„Das ist wohl so", sagte die Frau. „Das hier ist das aufgegebene Haus der Brüder Duus."

„Wenn die Brüder Duus fortgezogen sind, mit Verlaub, wer ist dann an ihre Stelle getreten?"

„Mein Mann kaufte das Gemäuer, als die Brüder Duus hinübergegangen waren. Das Wohnhaus, wenn man es ein Haus nennen kann, den Laden, der eigentlich keiner mehr war, und alle Einrichtungen: die Landungsbrücke, die Fischtrockenplätze, die Speicher, die Schiffe . . ."

„Na, der steht wahrhaftig nicht vor dem Ruin, Ihr Mann, muß ich sagen – kauft ganze Städte."

Die Frau stieß mit den Fingerspitzen die Fischstücke tiefer in den Topf, bis sie vom Wasser bedeckt waren.

„Wo in aller Welt kommen Sie her, mein Herr?" fragte sie.

Der Erzähler: „Ich bin der Mann mit den Legehühnern."

„Wa-was", sagte die Frau und sah mich mit großen Augen von oben bis unten an. „Der Mann mit was? Was, sagen Sie, haben Sie bei sich?"

Wenn sie auch stämmig war, dann doch nicht in dem Sinn, daß sie an Fettleibigkeit durch Weißbrot und Gebäck litt, wie es bei Proletarierfrauen häufig ist; sie hatte sogar zierliche und damenhafte Beine. Ich sagte meinen Namen. Wenn sie lächelte – ihr Lächeln war kalt –, so stellte sich heraus, daß sie für eine Frau von der Südküste nicht wenig zum Zahnarzt gegangen war.

„Schreiben Sie nicht manchmal in den Zeitungen?" fragte sie.

„Ach, man kommt dadurch nur in schlechten Ruf."

„Doch schreiben Sie in den Zeitungen", sagte die Frau. „Ich lese die Sachen allerdings nicht, denn es ist nicht mein Glaube. Warum geben Sie, der Sie in den Zeitungen schreiben, sich mit Hühnern ab? Kann ich wissen, daß Sie mich nicht in ein Buch bringen?"

Ich versuchte die Frau davon zu überzeugen, daß sie keine Angst zu haben brauchte, weil ich Bücher verfasse; man hätte kaum etwas anderes als Schmach und Schande davon, Bücher zu schreiben, und deshalb wären viele gute Schriftsteller in ihrer Freizeit gezwungen gewesen, Bomben zu werfen, und einige, in der Öffentlichkeit Reden zu halten; „ich hingegen verkaufe nebenberuflich Vögel aller Arten."

„Wer kauft von einem Mann wie Ihnen Vögel", sagte sie.

„Hauptsächlich verkaufe ich Vögel an Leute, die entweder zuwenig Vögel oder überhaupt keinen Vogel haben. Aus Ihrer Annonce gestern im ‚Visir' entnahm ich, daß hier Vögel fehlen."

Die Dinge verliefen so, daß die Frau zugab, die Annonce in die Zeitung gesetzt zu haben. „Meine Tochter ist krank gewesen, und eine Zeitlang glaubte niemand, daß sie am Leben bliebe, doch jetzt geht es ihr wieder besser, weil Jehova will, daß seine Zeugen das bevorstehende Harmagedon unbeschadet überstehen. Jetzt wasche ich mir die Hände und begrüße Sie."

„Mit Verlaub, sind Sie Witwe?" fragte ich, nachdem die Frau mir die Hand gegeben hatte.

„Ich bin Fischmädchen", sagte die Frau.

Ich sagte der Frau, wenn ich das Wort Fischmädchen hörte, müßte ich immer an Meermädchen denken. Doch die Frau machte sich nichts aus Spitzfindigkeiten.

„Ich bin in der Wäscherei, Salzerei und auf den Trockenplätzen; manchmal auch in der Packerei", sagte die Frau. „Und der Filetiertisch ist manchmal mein einziger Tisch gewesen."

Während wir so sprachen, füllte sich langsam die Türöffnung zur Küche mit Kindern, die hören wollten, was ihre Mutter einem fremden Mann sagte. Irgendwie kam mir die Ähnlichkeit dieser Kinder mit jemand bekannt vor.

Der Erzähler: „Sie scheinen mir nicht ganz allein zu stehen, liebe Frau."

Die Frau: „Zehn fleischliche Einheiten Gottes, doch die ältesten Jungen sind schon lange bei der Fischerei, und das elfte ist noch an seinem Platz" (sie schlägt mit flachen Händen beiderseits auf ihren Bauch), „und allen ist von Jehova zugedacht, hoffe ich, nach Harmagedon ihren Teil am ewigen Frieden zu erlangen."

„Ich danke Ihnen, glücklicherweise ist mir diese Lehre bekannt, sie ist schön. Jehova, ja, und Harmagedon, das ist Marxismus mit biblischen Worten ausgedrückt. Jetzt werde ich Ihre Legehennen holen."

Als ich um die Hausecke ging, um die Hühner aus dem Kofferraum zu holen, war plötzlich einer der Jungen an meiner Seite; er sagte: „Du kennst mich, ich war in der Stadt, um Medizin für meine Schwester zu holen."

Ich stellte den Käfig mit dem Tuch auf den Fußboden der Küche, trat zu der Frau und gab ihr noch einmal die Hand und bat um Entschuldigung, daß es so lange dauerte, bis mir ein Licht aufging. „Doch jetzt dämmert es bei mir“, sagte ich, „sind Sie vielleicht mit Bersi Hjalmarsson bekannt?“

„Gehört hat man von Islandsbersi“, sagte die Frau. „Um die Wahrheit zu sagen, ich habe diesen Mann nie gekannt.“

„Ihn nie richtig kennengelernt, nein.“

Die Frau: „Und das wenige war nur Schlechtes. Wie es sich so trifft, er ist mein Mann. Es ist mein Leben, einen Mann zu lieben, der in der Verdammnis ist. Doch der Streit in Harmagedon steht bevor, wenn er nicht schon begonnen hat. Ich warte auf das, was der König des Friedens tut, wenn er das Reich gründet.“

„Wie es sich so trifft, Ihr Mann ist mein bester Freund“, sagte ich. „Um die Wahrheit zu sagen: ich habe keinen größeren Biedermann gekannt als ihn.“

Zuerst schien mir, als wollte sich ihr Gesicht verziehen, doch da sie eine kräftige Frau war, ging das vorüber; sie nahm sich zusammen. Sie bat mich, das Tuch von dem Käfig zu nehmen.

Die Hühner lagen immer noch wie ein zusammenhängender Federhaufen da, doch als nun Licht einfiel, blinzelten sie hie und da. Der Hahn machte Anstalten aufzustehen.

Die Frau: „Es wurde nicht nach einem Hahn annonciert.“

Der Vogelhändler: „Den Hahn gebe ich als eine Art Anhängsel dazu. Was wären Hennen ohne Hahn?“

Die Frau (über den Hahn): „Kommt nicht in Frage. Sie geben nachts keine Ruhe. Ich vertrage das Gekrähe nicht.

Meine Tochter auch nicht. Wenn die Hennen ausgelegt haben, hauen wir ihnen lieber den Kopf ab, als solch ein krähendes Vieh im Hause zu haben."

Jetzt wurde aus dem oberen Stockwerk eine Aufforderung des Mädchens überbracht, das die Eier essen sollte. Sie wollte gern die Hühner oben ansehen und sich mit dem Mann unterhalten, der Vögel verkauft. Sie ließ bestellen, er möchte einen Augenblick warten, sie müßte sich erst zurechtmachen, ehe ein Mann zu ihr kommen könnte. Die Mutter gab mir eine Tasse Tee. Auf ein Zeichen hin ging ich hinauf und nahm den verhängten Käfig mit.

Das Mädchen war nach der Krankheit zu schwach, um aufzustehen, doch hatte sie sich die Lippen angemalt. Ich sagte guten Tag und fragte, ob sie noch sehr krank sei, aber sie sagte, sie wäre bald wieder gesund. Sie hatte sich bis unter die Achseln zugedeckt; die Ärmel ihres Nachthemds waren weit und am Handgelenk gerafft. Ich hob das Tuch vom Drahtkäfig ab, wo die drei Hühner einen Klumpen bildeten und ein einziges großes Huhn zu sein schienen, dessen Augen hier und da verstreut und zum Teil halb geschlossen waren. Doch sogleich erhob sich der Hahn aus dem Federhaufen, kletterte auf eine Henne und krähte. Das bereitete dem Mädchen etwas Vergnügen; dennoch hatte sie ein wenig Angst und drückte das Deckbett an sich mit fast geisterhaften Händen, wie Kranke sie bekommen, Händen, die vielleicht eher durchsichtig als weiß sind.

„Ist es wahr, daß ich diese Vögel bekommen soll?" fragte das Mädchen. „Mein Gott, ich hätte nicht geglaubt, daß es so schneeweiße Hühner gibt. Doch der Hahn mit rotem Kamm ist am schönsten. Er darf aber nicht viel krähen, nur ein bißchen, sonst habe ich Angst."

Sie hatte jenes starke und strahlende Haar, das bei jungen Mädchen ein eigenes Leben führt, wenn sie krank werden, auch wenn sie sterben; und die blauen Augen strahlten in Harmonie mit diesem blonden Haar. Sie sprach ungezwungen wie in einem leichten Rausch, vielleicht hatte sie etwas eingenommen, ehe ich hereinkam.

Ich sagte dem Mädchen, es seien erstklassige weiße Italiener, wagte jedoch nicht zu erwähnen, daß ihre Mutter davon gesprochen hatte, den Hahn abzuschaffen.

„Ich möchte sie gern hierbehalten", sagte das Mädchen.

„Hühner kann man schlecht bei sich im Zimmer behalten."

„Warum nicht?"

„Sie werden morgens früh wach."

„Ich auch", sagte das Mädchen.

„Um mit Hühnern in einem Zimmer zu hausen, muß man mit ihnen mehr gemein haben, als früh wach zu werden."

Das Mädchen schaute mich verwundert an, wie wenig Kavalier ich doch war; ich fand das auch. Ich war so begeistert von dem schönen Mädchen, daß ich ihr – ohne zu überlegen – sagte, sie könne diese schönen Hühner behalten.

„Danke", sagte das Mädchen. „Ich glaube, Sie sind ein furchtbar guter Mensch."

„Ja, ist das nicht so ungefähr das Schlimmste, was man von einem Menschen sagen kann?"

Das Mädchen: „Nicht, wenn ich es sage. Ich sage nie etwas anderes, als was ich meine. Wer weiß, vielleicht habe ich das mit den Hühnern gemein. Jetzt möchte ich Sie etwas fragen. Wenn ich nun ins Ausland gehen sollte; oder mich verheirate; oder sterbe – was soll ich dann mit den Hühnern machen?"

„Ja, Sie haben also vor, ins Ausland zu gehen."

„Papa möchte mich Musik lernen lassen. Seine Geige hängt über meinem Kopfende an der Wand, wie Sie sehen. Papa will, daß ich Geige spiele und nicht Klavier, damit ich nicht das Pedal zu treten brauche."

„Würden Sie mir etwas vorspielen?"

„Das ist Papas Geige. Ich bewahre sie für ihn auf. Es darf sie niemand anrühren, nur er. Vielleicht schenkt er sie mir eines Tages."

Ich sagte dem Mädchen, ich hätte nicht gewußt, daß ihr Vater Tonkünstler wäre.

„Kennen Sie ihn denn?" fragte sie, und darauf antwortete ich: „Wenigstens weiß ich, daß er ein einzigartiger Mensch ist."

„Ich weiß, ich lebe nie lange genug, um Papa wirklich kennenzulernen", sagte das Mädchen. „Ich vergesse nicht, wie erstaunt ich war, als wir nach Italien reisten. Wir gingen in eine Musikalienhandlung, um eine Geige zu kaufen. Er probierte alle Geigen. Und die Tauben aus der Stadt kamen durch das offene Fenster geflogen und setzten sich ihm auf die Schulter. Wenn ich krank bin, dann denke ich an meinen Papa, und dann fühle ich mich gleich viel wohler."

Ihr stiegen Tränen in die Augen, und sie langte nach ihrem Taschentuch auf dem Nachttisch. Als sie die Tränen getrocknet hatte, lächelte sie und sagte: „Jetzt bin ich bald wieder gesund. Erzählen Sie mir etwas von sich."

„Ich bin Vogelhändler."

„Nein, wie schön. Oh, Vögel sind wundervoll. Ich bin sicher, Ihre Kinder sind begeistert, einen Papa zu haben, der so viele Vögel hat."

„Ich habe keine Kinder – bisher noch nicht."

„Sie haben doch hoffentlich eine gute Frau, die Freude an Vögeln hat?"

Ich sagte, ich sei einmal im Ausland verheiratet gewesen, das sei aber lange her.

„Oh, wie schade“, sagte das Mädchen und war ein wenig gerührt. „Herzliches Beileid, doch man kommt wohl ziemlich schnell darüber hinweg. Einige Freunde meines Papas leben nicht mehr mit ihren Frauen zusammen. Zum Beispiel ein amerikanischer Flieger, er ist geschieden. Zuerst war er ein bißchen sorry, doch jetzt ist er darüber hinweg. Er fliegt manchmal über den Atlantischen Ozean, und Papa fliegt mit ihm. Er ist so an Papa interessiert; groß und schlank, mit Adleraugen, in Ihrem Alter, aber voller Tricks.“

„Voller Tricks, ja. Mit Verlaub, was für Tricks denn?“

„Es sind so allerlei Streiche. Zum Beispiel wollte er unbedingt mit mir nach Frankreich fliegen. Ich kenne auch einen italienischen Filmschauspieler, er hat schrecklich schwermütige Augen. Was haben Sie gemacht, bevor Sie Vögel verkauften?“

„Ich habe immer geschrieben – ein bißchen.“

„Nein, lieber Gott, sind Sie etwa Schriftsteller? Ich habe mir schon immer so sehr gewünscht, einen Schriftsteller zu kennen. Es muß furchtbar viel Spaß machen, schreiben zu können. Wollen Sie ein Buch über mich schreiben?“

„Leider sind die besten Stellen im nächsten Buch schon vergeben, denke ich; aber vielleicht später einmal.“

„Haben Sie am Ende ein richtiges Buch geschrieben, das gedruckt worden ist?“

Ich nannte ihr die Titel der beiden Bücher, „Die Götter im Heiratsgarten“ und „Die große Hungersnot in Persepolis“, und sagte, ich hätte vor, noch eines zu schreiben, das „Die Ringnasenschwestern“ heißen sollte.

„‚Ringnasenschwestern‘!“ sagte das Mädchen. „Natürlich ein Liebesroman. Das ist ungeheuer interessant.

Schrecklich gern möchte ich ein Buch von Ihnen lesen. Ein Mann, der einem Mädchen Hühner schenkt, ist ein Genie. Wenn Sie mir ein Buch von Ihnen schicken, werde ich zurückschreiben, wie es mir gefällt. Geben Sie mir Ihre Adresse? Ich heiße Bergrun Hjalmarson."

„Meine Adresse ist noch unbestimmt", sagte ich. „Gegenwärtig trage ich mich mit dem Gedanken, im Nordland eine Entenfarm zu kaufen und dort eine spezielle Entenart zu züchten. Vielleicht kommen Sie mich besuchen, wenn Sie wieder gesund sind. Und jetzt ist es schon spät, und ich habe Sie sicher genug angestrengt, so daß ich mich verfügen will. Ich bin sehr glücklich, Sie kennengelernt zu haben. Auf Wiedersehen und viel Glück mit den Hühnern. Ein Buch, doch, ich werde daran denken. Da fällt mir ein, wenn ich jetzt in Bälde Ihren Vater treffen sollte, soll ich ihm dann einen Gruß bestellen?"

„Nein, nein, nein, um Gottes willen", sagte Bergrun Hjalmarson, „nicht sagen, daß wir uns kennen! Niemals. Sie haben mich nie gesehen, ich habe Sie nie gesehen, wir sehen uns nie wieder. Was würde mein Vater sagen, wenn er wüßte, daß ich heimlich Männer kenne! Die Zeugen Jehovas würden mich schlagen. Vielleicht lebe ich nicht einmal bis zum Herbst. Außerdem erwarten wir diesen großen Filmschauspieler aus Italien; und auch meinen Flieger. Doch wenn Sie mir die Anschrift der Entenfarm geben, werde ich Ihnen schreiben, wenn ich das Buch gelesen habe; aber nur ein paar Zeilen. Und schönen Dank für die Hühner."

14

Die Zeitung „Nordexpreß"

Ich möchte annehmen, daß viele Isländer eine Wochenzeitung mit dem Namen „Nordexpreß" („erscheint nur im Sommer") und in Djupvik herausgegeben, übersehen oder doch wenigstens zu der Zeit nicht gebührend geschätzt haben. Dennoch konnten in dieser Zeitung höchst aufschlußreiche Artikel stehen, nicht minder interessant als in „Le Temps", die man zu jener Zeit in Frankreich für eine ziemlich gute Zeitung hielt, oder in „The London Times", die meines Wissens in jenen Jahren von einem Mann in Reykjavik gelesen wurde.

Als ich mich in jenem Frühling zur Brut- und Lammzeit in der Landesbibliothek über diese Zeitung hermachte, wozu mich die wiedererweckte Neugier über Djupvik trieb, da stellte ich fest, daß nur hochbegabte Schnupftabaksmänner und wohnungslose Wissenschaftler, zu spezialisiert, um „Morgenröte"-Arbeit zu bekommen, diese Zeitung lasen. Es war gerade einer von diesen Leuten in der Landesbibliothek, und er sagte mir, daß er sich damit ernährte, gemahlenes Vollkornbrot aus einer Arzneiflasche durch die Nase zu trinken; darauf reichte er mir die Flasche und lieh mir die Zeitung.

Der „Nordexpreß" war keine große Zeitung, nur vier Seiten in Folio, und so schlecht gedruckt, daß man oft ganze und halbe Zeilen erraten mußte, auch wenn man eine Leselupe zu Hilfe nahm; der Druck war verkleckst und verschmiert; vielleicht hatte man mit Schuhwichse gedruckt. Auch das verursachte einige Beschwer, daß die Druckerei wohl von Letternmangel befallen zu sein schien; mit dem Buchstaben þ war es ihnen besonders schlecht ergangen; die Isländer hatten ihn erworben, als sie im elften Jahrhundert ihr Alphabet nach dem Angelsächsischen zusammenstellten. Kamen in einem Artikel viele þ vor, so konnte man sicher sein, daß sie nur für die ersten Zeilen reichten und der Rest durch den Buchstaben P ersetzt werden mußte. Das ergab mitunter sonderbare Texte, deren Lektüre gewiß nicht jedermanns Sache war. Außerdem war ungewiß, auf was man sich einließ, wenn man in dieser Zeitung einen Artikel zu lesen begann, denn Überschriften gab es nicht. Vielleicht waren die Typen für Überschriften anderweitig verwendet worden. Wegen der fehlenden Überschriften war jeder Artikel in dieser Zeitung eine Fahrt ins Blaue. Es kamen ungewöhnliche Abkürzungen vor, z. B. wurde Diwan mit D bezeichnet. Es kann gut sein, daß nach einigen Jahren diese Neuerung in der Journalistik und Drucktechnik Mode werden wird. Man tut gut daran, festzustellen, daß die Mode von heute verschwunden und vergessen ist, ehe man sich dessen versieht und ohne daß man etwas vermißt.

Einige Proben aus der Zeitung. Abkürzungen sind meistens aufgelöst, und wo der Text sicher zu erraten war, sind die Lücken ausgefüllt; Überschriften in Klammern sind von mir hinzugefügt:

(Die Ziege) Die Ziege, die hier im Ort umherwankt und die letzten Jahre, manche sagen Jahrzehnte, umhergewankt ist, wird durch Trunksucht bald keine Zähne mehr haben oder, wie andere meinen, durch Fressen von Zigaretten und Einnehmen von Schnupftabak „unter die Lippe". Viele Djupviker würden ein gutes Werk tun, wenn sie diesem Tier keine Getränke mehr gäben, die nachweislich nicht für Wiederkäuer geeignet sind. Doch wäre es eine noch schönere Tat, wenn wohlmeinende Männer und Frauen hier im Ort sich bereit fänden, diesem Tier kurzes Heu vorzukauen. Es wäre auch anständiger, diesem Klauentier Rosinenkuchen zu geben statt alter Pfarrersfrauenplinsen, die zäh sind wie Sattelleder und die das Tier nicht beißen kann.

Wenn früher in den Zeitungen solche Texte erschienen, waren es stets Anspielungen auf irgendeinen Politiker mit Methoden, die dem Symbolismus entliehen waren und ihren Ursprung in den Fabeln Äsops hatten. Nur mit den Verhältnissen im Ort gut Vertraute konnten vermuten, wem die Anspielungen galten. Ich möchte gleich betonen, daß in diesem Fall niemand verspottet wurde, sondern daß es sich um ein dringliches Problem der Gemeinde handelte wie in anderen Orten.

(Die Hosenträgerfabrik) Es hat die Aufmerksamkeit der Djupviker erregt, daß die Hosenträgerfabrik, die auf Veranlassung des Staates hier am Ort errichtet worden ist, im Zuge der Verwirklichung eines Beschlusses der Regierung, die Industrie der Bewohner möglichst weit im Land zu verteilen usw. usf., daß diese Fabrik, die nach dem staatlichen Industrieplan zwei Tonnen Hosenträger monatlich produzieren sollte, leider die Erwartungen der Nation enttäuscht hat.

Vor einigen Tagen wurde beobachtet, daß Großreeder Bersi Hjalmarsson sich in obengenannte Fabrik begab und dort auf seine Rechnung zwei Gros, d. s. 288 Paar, Hosenträger kaufte. Danach befragt, was ihn veranlasse, sich solche Vorräte anzulegen, antwortete er, die maximale Lebensdauer isländischer Hosenträger betrage zwei Stunden, die minimale zwei Minuten; die meisten gingen beim ersten Anziehen entzwei.

„An einem Hosenträger sind vier Klemmen", sagte BH in einem Interview mit der Zeitung, „und sie versagen hier bei uns manchmal alle gleichzeitig, und wenn auch nur eine versagt, dann ist das Unglück da. Wir Djupviker sind der Meinung, daß die Herstellung von Hosenträgern kein Problem ist. Die Wahrheit ist aber, daß wir nicht intelligent genug sind, um dieses Produkt herzustellen. Wenn alle Menschen auf diesem Gebiet so hilflos wären wie die Djupviker, würden die Hosenträger abgeschafft und die Menschheit würde mit den Hosen um die Knöchel wie mit einer Fessel umherlaufen und demzufolge nicht riskieren, vom D aufzustehen." „Nordexpreß" dankt Großreeder BH für das Interview.

(Zitronen des Meeres) Jetzt hat die Regierung die Einfuhr und den Verkauf von anderen Früchten als getrockneten und gepreßten Datteln aus Nigeria ohne Genehmigung des Ministeriums verboten; der Handel damit ist der Stockfischgesellschaft gestattet (die Gesellschaft kennt das Leben). Leute, die an chronischer Unterernährung und Magenbeschwerden leiden, können – jedoch nicht ohne Zustimmung des Gesundheitsministers – die Bewilligung erhalten, wöchentlich eine Zitrone zu sich zu nehmen auf ärztliches Rezept, das sie gegen Empfangsbescheinigung des staatlichen Früchtebüros abzugeben haben; die Zitrone ist in Gegenwart von Zeugen zu verzehren. Den Fuchsfarmen des Landes, dabei besonders dem neuen Nationaltier Islands, dem Mink, ist die Aufgabe zugedacht, die Valutaschwierigkeiten des Landes zu lösen. Folglich haben diese sonderbaren Kreaturen das Vorrecht, unter sich alle Südfrüchte in Island zu teilen gemäß einer Quote, berechnet nach der Freßgier der Tiere und der Armut der Farmen (die armen bekommen am meisten). In den Zeitungen werden die Zweibeiner aufgefordert, möglichst viel Rogen und Dorschleber zu essen, so daß auch sie dazu beitragen, das Land aus den Valutaschwierigkeiten zu retten. Es ist jetzt wissenschaftlich erwiesen, sagen alle Tageszeitungen des Landes außer dem „Nordexpreß“ in Djupvik, daß die Eingeweide von Fischen ebensoviel oder mehr Vitamin C enthalten als Südfrüchte. Isländische Wissenschaftler haben jetzt, mit der Regierung als Paten, den Rogen umgetauft: er soll jetzt „Zitronen des Meeres“ heißen.

Der „Nordexpreß“ befragte den Bezirksarzt in Djupvik, ob die Berufung auf Wissenschaftler stimme, daß Zitronen des Meeres ebenso gesund oder gesünder seien als Zitronen, die in dem Lande an Bäumen wachsen, „wo die Zitronen blühn, im dunklen Laub die Goldorangen glühn“. Der Arzt sagte, er habe keine Zahlen noch andere Unterlagen bei der Hand, um das zu widerlegen; die zurückgesetzten und sprachlosen Zweibeiner in Island müßten die Wahrheit akzeptieren, die uns in dieser Angelegenheit von den Behörden übermittelt wird. Andererseits sagte der Bezirksarzt, er sei „aus anderen Gründen“ mehr dafür, daß es Nicht-Minken von der Art, die Isländer genannt werden, erlaubt werde, Zitronen aus dem Land zu essen, das in Goethes Gedicht erwähnt ist, und daß man Reineke und seinen Brüdern ihrerseits erlauben solle, sich an den „Zitronen des Meeres“ gütlich zu tun.

(Gäste aus dem Fliesenbelagsland) In den Schriften des Philosophen Thorbergur Thordarson ist zu lesen, daß der „Heringsplan“, wie er ihn nennt, die unterste Hölle sei, die sich innerhalb und außerhalb der Schöpfung finden läßt und so weit unter unseren alten guten Höllen aus dem Christentum steht, daß bis in alle Ewigkeit zwischen diesen beiden Höllen keine Gemeinsamkeit existieren wird, am allerwenigsten in der Heringsfangsaison. Wie es sich auch mit der Philosophie verhalten mag, so ist allbekannt, daß die Jauche auf dem Plan hier in Djupvik – mit entsprechendem Gestank, der von ihr ausgeht – einem bei trockenem Wetter im Sommer bis an die Knöchel reicht und daß es bei guten Fängen, nicht zuletzt bei Regenwetter, angebracht ist, Stiefel, am besten Watstiefel, anzuhaben, wenn man sich über dieses sonderbare Gebiet begeben will.

Außer wunderschönen Mädchen mit seidenen Kopftüchern, in Ölzeug und Gummistiefeln, unseren Heringsmädchen, die Köpfe abschneiden, Bäuche aufschlitzen, Eingeweide herausziehen, einsalzen und einzuckern, Salpeter und Pfeffer streuen, kann man an diesem Platz einen zweiten Wiederbeleber der Sinne anführen, und das sind die Fässer selber, in die eingesalzen wird, die fabrikneu, aus der Hand des Böttchers aus dem Böttcherland kommend, sich in himmelhohen Stapeln auf der Landungsbrücke erheben und nach frischem Holz und Harz duften. In diese herrlichen Gefäße legen die Mädchen die Leckerbissen, die ausgezeichnetsten ihrer Art in der Welt, die nordländischen Gewürzsalzheringe. Doch Adam war nicht lange im Paradies. Wenn die Fässer mit dieser Delikatesse gefüllt sind und der Deckel aufgeschlagen ist, werden sie an die Schiffe gerollt durch die faulige Brühe auf diesem Plan, die von Philosophen zu den ungeheuerlichsten Dingen gerechnet wird, von denen man Kenntnis hat, nicht nur auf der Nordhalbkugel der Erde, sondern in der ganzen Welt.

Einige Sommer lang wurden diese wohlriechenden Gefäße für den amerikanischen Matjeshering benutzt, der für Partys bei Feinschmeckern in jenem Land im Westen auf den Markt gebracht wurde. Dieser Handel mit dem Silber des Meeres versprach unseren Menschen größeren Reichtum als irgendeine andere Ausfuhrware in der Handelsgeschichte Islands, seit weiße Falken exportiert worden waren.

In den ersten Sommern, als der Amerikaexport sich noch im Versuchsstadium befand, schien Zufriedenheit bei Verkäufern und Käufern gleichermaßen zu herrschen. Als die Nachfrage sich vervielfältigte und auf dem besten Wege war, ins uferlose zu geraten, kamen den Amerikanern plötzlich Bedenken (ihnen waren vielleicht dunkle Gerüchte zu Ohren gekommen), und diesen Sommer schickten amerikanische Heringskäufer ihre Beauftragten, die Erkundigungen einziehen sollten, wie die Ware in der Produktion behandelt würde. Drei Amerikaner tauchten in Djupvik auf. Der eine war Agent der Heringskäufer im Westen, die beiden anderen waren Hygieneinspektoren respektive Chemiker. Am Tag ihrer Ankunft gab die Heringsreederei diesen Herren einen Empfang im Hotel Djupvik. Am nächsten Morgen waren sie früh auf den Beinen und gingen hinunter zum Plan, wo Mädchen beim Einsalzen waren. Sie sahen voller Bewunderung zu, wie diese herrliche Ware durch die Hände der Mädchen aus den Bunkern in die Fässer wanderte, und verschenkten nach links und rechts Zigaretten und Kaugummi. Die Ziege hatte sich auch eingefunden und bekam das Ihre. Nach einigen Fragen hatten die Amis ihre Neugier befriedigt und riefen die Reeder und Salzer zu sich.

Sie sagten wiederholt, dieser Hering habe in der Welt nicht seinesgleichen, dieser Hering, den wackere Fischer aus ihren Booten in die Bunker von Djupvik entluden und der dann von Grazien gesalzen, gewürzt und in Fässer gelegt wurde. Doch es frappierte sie, daß die Fässer, nachdem sie zugeschlagen waren, auf die Seite gelegt und durch tiefen Schlamm gerollt wurden, durchschnittlich je Faß mit fünfundneunzig Umdrehungen. Wenn die Fässer dorthin gelangt waren, wo sie verladen werden sollten, waren sie schwarz und verdreckt, so daß man ihre ursprüngliche Farbe nicht mehr erkennen konnte. Sie sahen aus wie geteert. Die Herren sagten, sie hätten die Jauche, durch die die Heringsfässer mit fünfundneunzig Drehungen gerollt wurden, analysiert. Die Untersuchung ergab, daß der Schlamm sowohl vielerlei Giftstoffe wie auch Bakterien enthielt, neben anderen Stoffen, die sich keine Kreatur zu Munde führte; das alles konnte leicht durch die Falze der Fässer dringen und sogar durch das Holz, das porös ist und Wasser zieht. Sie übergaben den Reedern eine Liste der Arten der Giftstoffe samt deren Konzentration sowie der Bakterienzahl pro Kubikzentimeter des Drecks auf dem Plan von Djupvik, durch den man diese Nahrungsmittel rollte, ehe sie den Amerikanern zum Verbrauch geschickt wurden. Aus hygienischen und gesundheitlichen Gründen sahen sich die Herren gezwungen, die Einfuhr dieser Ware nach Amerika so lange zu verbieten, bis die hygienischen Vorschriften, die im Verbraucherland für die Verarbeitung von Nahrungsmitteln gelten, befolgt werden. Unter den Stoffen, durch welche diese großartige Delikatesse gerollt wurde, waren verweste Reste von Fischeingeweiden, Tranrückstände, Salzlake, Salpeter, Fabrikruß, Schmieröl, Benzin, Kohlengrus, Asche, Staub, Sand, Seewasser, Urin und Kolibakterien in übergroßen Mengen aus undichten Aborten auf den Landungsbrücken.

Die ausländischen Gäste fügten ihrem Bericht hinzu, daß in ihrem Land eine vergleichbare Fabrikation von Nahrungsmitteln in Betrieben stattfinde, wo jede Fläche, mit der die Ware in Berührung kommt, desinfiziert wird und außerdem mit Platten aus gebranntem und glasiertem

Lehm belegt ist und Tag und Nacht mit fließendem Wasser saubergehalten wird.

(Im Anfang war die Apotheke) Heutzutage, wo in unserer Nation der Unternehmergeist erwacht ist und wir uns weiter innen am Fjord eine Glasfabrik errichtet haben und auf der Hochfläche oben am Klammbachsee eine Entenfarm entstanden ist, beides im Schutz des Herings, nicht zu vergessen unsere duften Minkfarmen, wo nach ihrem Wert in Kronen teurere Kreaturen als sonstwo in Island leben (ihre Besitzer nicht ausgenommen), ja, da kann man wohl sagen, daß das Leben hierzulande in vollem Galopp vorangeht.

Doch es ist auch an der Zeit, Gott für die bescheidenen Unternehmen zu danken, die es nie zu Galoppsprüngen bringen, aber auch nicht leicht zu Fall kommen. In dieser Hinsicht möchte ich die Apotheke nennen. Es ist noch niemandem in den Sinn gekommen, sich wegen unserer Apotheke großzutun. Doch im Anfang war die Apotheke. Es war die Apotheke, die in den Zimmern des Apothekers das „Gute Kino" und in der Schlafkammer oben den Hühnerstall „Eroica" hervorbrachte.

Unsere alte Hauptstraße aus der Zeit des alten Monopolhandels, damals ein Reitpfad, ging von der Küste, wo die Handelshäuser standen, geradenwegs ins Gebirge. In diesem Gebirge wohnte früher der Troll Thorir Herbstnacht. Mitten auf dieser Straße steht ein längliches Haus. Am Hauptgeschoß zwischen Keller und Boden sind die Fenster seit vielen Jahren mit doppelten Läden verschlossen. Dort ist das „Gute Kino". Der Boden oder das Dachgeschoß reichte nur über das halbe Haus, das übrige war eine Veranda, umgeben mit einer hölzernen, ausgeschnittenen Balustrade. Jetzt wohnen die Hühner in dem früheren Schlafzimmer des Apothekerehepaares und gehen bei gutem Wetter auf der Veranda spazieren. Wenn du Leibweh bekommst, dann geh in den Keller dieses Hauses, nur fünf Stufen bis unten; dort dringt Apothekergeruch herauf, der einzige Geruch nach Zivilisation in Djupvik. Dort triffst du einen alten Mann mit weißem Bart an, genau so einem, wie ihn sich alte Männer haben wachsen lassen, seit der Herrgott mit weißem Bart Himmel und Erde schuf. Das ist der Apotheker, und das ist seine Apotheke. Man sagt, es habe ihn von Südjütland nach hier verschlagen. Leider ist seine Frau schon lange tot. Er ist der einzige Mensch in Djupvik, der Latein kann und sogar das Latein auf den Rezepten des Arztes besser versteht als der Arzt selber. Doch nie hat man diesen stillen Mann mit seinem Wissen prahlen hören; hingegen ist er stets bereit, kameradschaftliche Gespräche über Fangbedingungen und Wetterlage auf den Heringsfanggründen anzuknüpfen. Während er auf das Rezept schaut, das du ihm gereicht hast, sagt er zu dir über den Tisch: „Ich habe gehört, er war heute nacht träge, doch wurde er heute morgen bei denen nördlich vom Djupviker Horn etwas lebhafter." Dann korrigiert er auf dem Rezept die Wörter, die der Arzt falsch geschrieben hat, und bereitet die Mixtur für dich, durch die deine Gesundheit so gut gesichert ist, wie sie es bei einem Sterblichen auf Erden nur sein kann.

Wenn du dich langweilst, weil es keinen Hering gibt, und du nicht weißt, was du anfangen sollst, und vielleicht um zwölf Uhr mittags kolossal betrunken bist, oder nur ein Mädchen bist – was tust du dann? Du bemerkst, daß irgendwann einmal der Giebel der Apotheke durchbrochen, dort eine Tür eingesetzt und eine Holztreppe gezimmert wurde, um hineinzugelangen. An der einen Seite der Tür ist ein riesiges Plakat mit dem lebensgroßen Bild eines

Mädchens mit nackten Beinen, das vor einem maskierten Mann zu Pferde steht, der mit einem Gewehr auf es zielt. Auf dem Holzrahmen um das Plakat stehen oben in Goldbuchstaben die Wörter: DAS GUTE KINO. Hier sollst du hineingehen. Wer dort hineinfindet, läßt alle Sorgen hinter sich, wird sich wohl fühlen, sei er auch betrunken oder nur ein Mädchen. Vom Boden oben, wenn um die Mittagszeit alles still geworden ist, kann man gedämpfte Laute vernehmen, als wenn jemand verträumt an einen kleinen Gong schlägt, den die Kinder Tamtam nennen; das sind die Hennen auf dem Boden, die in der Mittagsstille miteinander kakeln. Der weltlich gesinnte Kinobesucher wird an diesem Ort friedlich einschlafen, denn die Revolversalve auf der Leinwand schweigt; und mit diesem Schweigen wird der Kugelregen der Welt draußen, das Höchste, das die Menschen kennen, verhöhnt und geschmäht. Was schläfert mehr ein als eine stumme Salve, die auf der Stelle steht? Antwort: Ein Mädchen mit nackten Beinen, das auch auf der Stelle steht. Bis das Thema der „Eroica" klar und sieghaft in Posaunenstärke auf dem Boden ertönt: Gaggalagu.

Du wachst auf.

15

D.

Ich hatte keinen Grund, über meine Ankunft in Djupvik zu klagen. Bis dahin hatte ich das Glück, daß nirgends, wohin mich mein Weg auch führte, eine Kapelle und Redner gekommen waren, mich zu begrüßen; so war es auch jetzt. Das einzige Empfangskomitee, das sich nach mir umtat, bestand aus jener Ziege, über die die Zeitungen berichtet hatten. Diese Ziege erkannte schnell, daß ich der richtige Mann sein dürfte; oder wenigstens fand sie keinen richtigeren in der Schar der Passagiere. Sie kam sofort zu mir. Sie hatte kahle Stellen und Ausschlag, ihr fehlte ein Horn, und sie war dickbäuchig, wie Kinder in Afrika. Dennoch erkannte ich sie nach der Beschreibung, die ich über sie gedruckt gesehen hatte, und ich kann nicht sagen, daß ich enttäuscht wurde. Ich war – um die Wahrheit zu sagen – ein wenig stolz darauf, daß diese Ziege sich weder hinsichtlich meiner noch eines anderen geirrt hatte. Leider hatte ich keinen Schnupftabak bei mir, auch nichts anderes, was nach den Zeitungsberichten dem Glückstier des Ortes zugesagt hätte. Hingegen hatte ich eine Zigarette, Marke Commander, und diese fraß sie mit Blitzesschnelle und verlangte noch eine. Sie folgte mir dann in den Ort und stieß mir mit diesem übriggebliebenen Horn in die Kniekehlen. Auf dem Weg zum Hotel dachte ich darüber nach, was für ein Glückspilz ich in der Tat war, daß sich sonst niemand bei mir meldete.

In der Hoteltür begegnete ich einem Mann, der hinaus wollte. Er trug einen Diwan in beiden Armen. Ich hielt die Tür auf, um ihm den Transport zu erleichtern. Erst als er hinaus auf die Vortreppe gekommen war, beachteten wir einander. Da stellte sich heraus, daß wir uns kannten. Es war der Mann, der neulich in der Landesbibliothek neben mir gesessen und mich auf die Wochenzeitung „Nordexpreß“ aufmerksam gemacht hatte. Er hatte mir auch anvertraut, daß anerkanntermaßen sein einziger Lebensunterhalt darin bestehe, gemahlenen „Donnerer“ durch die Nase zu ziehen – vielleicht meinte er Schnupftabak, der donnerndes Niesen verursacht? Jetzt kam ich dahinter, daß es mein Vorgänger im Redakteursamt war, der seine Stellung aufgab und Djupvik mit demselben Schiff verließ, mit dem ich gekommen war. Wir trugen den Diwan die Treppe hinunter auf die Straße und setzten uns darauf, um uns auszuruhen.

Ich fragte: „Was haben Sie mit dem Diwan vor?"

Er antwortete: „Wenn ich irgendwo übernachte, habe ich es lieber, D. zu stehlen, wenn ich gehe."

Redakteur Nr. 2: „Stimmt es, daß Sie Anarcho-Kommunist sind? Und, mit Verlaub, was ist das?"

Redakteur Nr. 1: „Wir gehen in gewisser Hinsicht weiter als die Anarchisten. Die Anarchisten haben behauptet, Eigentum sei Diebstahl, und das ist in der Tat leicht zu beweisen. So verhält es sich wenigstens bei den Tieren, die meistens vollkommenere Wesen sind als die Menschen. Wenn eins mehr hat, als es für die nächste Mahlzeit braucht, fressen es die anderen ihm weg. Wenn nun Eigentum Diebstahl ist und alle, die etwas besitzen, Diebe sind, dann ist Diebstahl als allgemeine Regel in den menschlichen Beziehungen zu definieren; ergo ist es zwecklos, Diebe zu bestrafen: das würde bedeuten, daß die ganze Nation ins Gefängnis käme. Deswegen schlage ich vor, daß jeder Diebstahl, welcher Art auch immer, für straffrei erklärt wird."

Ich habe nie versucht, die Worte dieses Mannes in irgendeiner Hinsicht zu überprüfen. Es mag sein, daß er alles gestohlen hat, was nicht niet- und nagelfest war, doch gestatte ich mir, das zu bezweifeln. Er war schlecht gekleidet. Doch er machte Eindruck, wenn er auch wegen Verdauungsstörungen bleich aussah und sein Gesicht vom Schnupftabak eingegraut war. Wer in Marx gut genug belesen ist, kennt natürlich die richtige Bezeichnung für einen solchen Menschen. Die von Anarcho-Kommunisten drohende Gefahr wird vom Marxismus ungefähr der gleichgesetzt, die von den schrecklichsten Ausbeutern der Welt ausgeht. Der Küstendampfer tutete zur Abfahrt. Wir standen vom D. auf. Ich half, D. dem Mann auf den Rükken zu heben, so daß er ihn nicht vor sich herzutragen brauchte. Weiteres Gepäck hatte er nicht.

Er verabschiedete sich von mir mit dem Diwan auf dem Rücken: „Ich heiße Sie in Djupvik willkommen und danke Ihnen für freundliches Kennenlernen und wünsche Ihnen Glück in der Arbeit, und Gott segne Sie“, waren seine Abschiedsworte. Es kann gut sein, daß dieser Mann Anarcho-Kommunist war, sage ich noch immer. Doch dürfte ich eines über ihn hinzufügen: Er war Dichter, und sicher ein größerer Dichter als ich, wie er da mit unsicheren Schritten die Straße hinunterging, auf dem Weg zum Schiff, und seinen D. auf dem Rücken trug. Es würde mich nicht überraschen, wenn sich herausstellte, daß das der Erlöser der Welt in Verkleidung war.

16

Starker Mann in Djupvik

Es war merkwürdig, daß einem der Geruch überreifer Südfrüchte entgegenschlug, wenn man die Tür des Hotels öffnete. In der Rezeption des Hotels wie in allen drei Räumen, die in einer Flucht zusammenhingen, dem Wohnzimmer hinter der Rezeption und dem Eß- hinter dem Wohnzimmer, war niemand. Schließlich gelang es mir, mich bemerkbar zu machen, und ein Dienstmädchen wies mir ein Zimmer an, ohne mich einzutragen.

Als erstes mußte ich natürlich im Ort den Vertreter der Partei, der die Zeitung gehörte, sprechen und Aufschluß über meine künftige Arbeit gewinnen. Mir war bekannt, daß dieser Mann Vorsitzender der örtlichen Gewerkschaft war, die als revolutionär galt und in dieser Hinsicht als

Vorbild für andere Gewerkschaften herhalten mußte. Der Vorsitzende war in der Arbeiterbewegung ein starker Mann und hatte viele Eisen im Feuer, wie mir kürzlich der Bolschewik am Kleifarvatn im Süden erklärt hatte (Direktor von „Djupsild", der staatlichen Heringsölfabrik und der kommunalen Heringsfabrik, Bezirkstagsabgeordneter, Althingsabgeordneter des Wahlbezirks usw. usf.). Diesen Mann konnte man im inneren Büro der Heringsölfabrik antreffen. Thorarna Thjodgeirsdottir führte mich zu ihm. Er war ein breitschultriger Mann mit einem Quadratschädel, ein früherer Hochseefischer; danach hatte ihn die Partei nach Wien und Moskau zum Studium des Sozialismus geschickt. Er war ein so großer Realist, daß er in Auseinandersetzungen immer die Oberhand behielt und auf den Füßen landete, wenn man ihn zum Fenster hinauswarf. Er war ziemlich wortkarg, sein Blick war kalt; gegenüber Fremden war er, wenigstens zunächst, zurückhaltend. Seit langem hatte er aufgehört, über die Theorie zu sprechen, außer vielleicht mit Grünschnäbeln; wenigstens tat er es nicht mit mir. Mitunter war ich versucht zu fragen: Kannst du deinen Jargon nicht mehr, Mann! Unvermittelt konnte er eine einfache Bemerkung machen, die so voller gesunder Vernunft und beißendem Humor war, daß man sich fragen mußte, ob er als guter und aufrechter Marxist nicht Berge an dogmatischem Wissen für diese Einfälle hatte hergeben müssen. Nach einer solchen Bemerkung huschte ein spitzbübisches Lächeln über sein Gesicht. Wenn jemand gegen ihn eine wörtlich einem Buch entliehene Argumentation verwendete oder sogar etwas zitierte, das er selber in seinen Idealistenjahren erdacht und in die Zeitungen gesetzt hatte, dann konnte es sein, daß er laut und lange lachte; danach verhielt er sich neutral.

„Ich überbringe Grüße vom Vorsitzenden der Partei in Reykjavik; er schickt mich her, damit ich eure Zeitung diesen Sommer übernehme. Ich habe vor kurzem euren früheren Redakteur kennengelernt und einige Artikel von ihm gelesen, und ich muß aufrichtig sagen, für einen solchen Mann bekommt ihr mit mir nur einen kümmerlichen Ersatz."

„Ja, er schrieb manchmal hübsch. Aber die Zeitung ging nicht."

„Das ist mir unbegreiflich, wo er doch vieles richtig sah", wendete ich ein.

„Ja, er konnte gut schreiben und sah vieles richtig. Er hatte nur einen Fehler. Er war komplett verrückt. Er meinte, der Erlöser hätte den Juden einen Diwan gestohlen und ihn den Römern mit Gewinn verkauft." (Lächeln.)

Der neue Redakteur wies auf einen Artikel im „Nordexpreß" hin, in dem über Unsauberkeit in der Behandlung des Matjesherings für Amerika berichtet wurde.

Vorsitzender: „Wir verstehen uns nicht darauf, Hering für den Verzehr zuzubereiten. Das kommt daher, weil wir selber so etwas nicht essen; uns ekelt davor. Die Schweden hingegen essen ihn; und die Amerikaner, wenn er desinfiziert ist. Für uns ist es weitaus das Beste, den Schweden den Speisehering direkt aus dem Meer zu verkaufen. Auch wimmelt es hier ja von Aufkäufern, welche die Schweden gegen das Gesetz über das staatliche Heringshandelsmonopol versorgen. Wir drücken ein Auge zu. Es ist meine Meinung, und nicht nur meine, daß wir auf dem richtigen Weg damit sind, wenn wir jetzt Heringsmehlfabriken errichten, um hier um die Fanggründe herum aus diesem Rohstoff eine Massenware zu produzieren: Heringsmehl ist weltberühmt als Schweinefutter und läßt sich endlos verkaufen; das Öl ebenso, es wird noch ansteigen, wenn es Krieg gibt, denn es wird für Bomben gebraucht; und der Guano, nichts ist so gut wie Guano, das einzige Wort aus dem Spanischen, das wir Isländer kennen; wir pflegen es groß zu schreiben, als ob es Dänisch wäre; Guano ist einfach Dünger, nichts ist so kostbar wie Mist, außer vielleicht die Sonne; auch hat man mir einmal erzählt, daß die Leute zur Sagazeit an Kot und Sonne glaubten." (Lächeln.) „Deswegen sind die staatliche Reederei und die privaten Reedereien dabei, an der gesamten Nordküste eine Kette von Fabriken wie Verteidigungsanlagen zu errichten; das Kapital nehmen wir aus dem Hintern, auf dem wir beide sitzen, der Staatskasse und der Nationalbank, die in London rückversichert sind. Die Isländer werden nach der Revolution keine reinen Proletariersozialisten sein, sondern ein reiches Volk. Und ist es nicht das, was die Partei eigentlich will?"

Ich fragte: „Aber die Arbeiter, die ihre Hände gebrauchen, um aus dem Hering ein genießbares Genußmittel zu machen, was sollen sie tun, wenn alle diese Maschinen da sind?"

Der Vorsitzende: „Was für einen Sinn hat es, aus dem ganzen Land Frauen herzurufen und von unserem Heringsplan soviel Gewese zu machen wie vom Opernball in Wien oder dem Karneval in Nizza? Bestenfalls stehen die Mädchen hier auf diesem berühmten Plan und köpfen einen Hering nach dem andern und nehmen ihn aus für ein paar Feinschmecker in Schweden oder Amerika. Es geht, solange es geht, können sie sagen. In der Jauche darf ich stehen durch die Gnade des Heiligen Geistes, sagte K. N." (Lächeln.) „Doch mehr Sommer gibt es, in denen die Frauen am Schluß der Saison mit leeren Händen nach Hause geschickt werden, manchmal auf Staatskosten, den Sommer über geistig und körperlich verwahrlost, sogar von

Hunger gequält. Die Produktion von Nahrungsmitteln aus Hering für den menschlichen Bedarf ist außerdem eine ungünstige, ich möchte beinahe sagen, unredliche Konkurrenz gegen unsere so profitable Großindustrie aus dem gleichen Rohstoff, gegen die Guanoproduktion. Eine Maschine in einer Fabrik fertigt Marktware aus einer Million Heringe zugleich, wenn man mit dem Finger auf einen Knopf drückt. In dem Maße, wie sich die Staatskasse auf Grund der Rationalisierung in den Betrieben füllt, wird es leichter, die Arbeiter mit positiven Aufgaben zu betrauen, die wert sind, von wackeren Arbeitsleuten in einem armen Land wie dem unseren gelöst zu werden; einem Land, das in Wirklichkeit nie in Besitz genommen, sondern von primitiven Bauernkerlen tausend Jahre lang verwüstet wurde."

Ich fragte, ob der Vorsitzende etwas gegen meine Bestallung habe und den Versuch, den „Nordexpreß" zu redigieren und Artikel zu schreiben.

„Wenn die in Reykjavik dafür zusammenlegen, ist es in Ordnung. Übrigens brauchen wir hier keine Zeitung. Wir liegen fest vertäut."

Ich sagte, ich rechnete damit, daß hier im Sommer mehr Arbeiter als parteigebundene Kommunisten seien, auch würde ich keine Zeitung für Kommunisten machen. „Dazu bin ich in der Theorie nicht bewandert genug, ich bin nur ein Sympathisierender dem Wort nach, wie viele Intellektuelle, die nicht von Vorurteilen befallen oder sonstwie geknebelt sind."

Er unterbrach mich und fragte: „Hast du eine Direktive?"

Ich wußte nicht recht, was das war – „doch wenn du Anweisungen meinst", sagte ich, „so sagte man mir in Reykjavik, es würde reichen, wenn ich die Weltrevolution zum Leitstern nähme; in ökonomischen Dingen und Fragen der Taktik sollte ich mich an dich wenden."

„Ich kümmere mich nicht darum", sagte er, „ich habe genug anderes zu tun. Doch in die Druckerei könnte ich eigentlich mitkommen. Ich bin sowieso fünf Jahre lang nicht dort gewesen."

Die Druckerei war in einem Schuppen oberhalb eines Heringskais in einer Schlucht untergebracht, die vor Zeiten wahrscheinlich eine Klamm gewesen war. Der Berg dahinter war nicht so steil, daß man nicht noch eine Heringsmehlfabrik auf dem Hang oberhalb der Druckerei bauen konnte. Beim Fundamentbau für diese Fabrik waren bei den Erdarbeiten Lawinen von Erde und Steinen den Hang hinuntergestürzt und vor der Druckerei steckengeblieben; sie hatten deren Balkenwerk verschoben und das Wellblech verbeult; es war auch etwas Erde und Schotter durch Spalten hineingelangt, die bei dem Anprall auf die Wände entstanden waren.

Der Vorsitzende der Druckereidirektion hatte einen Schlüssel. Auf dem Fußboden lag Erde, und drinnen roch es nach Erde.

„Hier müßte man ausschaufeln", sagte ich.

„Ach?" sagte er.

„Wo sind die Drucker?"

Es stellte sich heraus, daß der Leiter der Druckerei Werkmeister in der Heringsverarbeitung geworden war und die beiden Drucker zur Fischerei gegangen waren.

„Der letzte Redakteur setzte das, was er schrieb, selber und druckte es auch selber. Kannst du Lettern setzen?" fragte der Vorsitzende.

Die Setzkästen waren sogar noch dürftiger geworden, als die letzten Exemplare der Zeitung vom vorigen Jahr erkennen ließen. (Der Mangel an Großbuchstaben, Ziffern und Lettern für Überschriften war ergreifend, ebenso die geringe Zahl von þ, wie bereits gesagt.) Die Gußform für den Zeitungskopf war verschwunden.

Doch wurde das Maß erst voll, als wir zur Presse kamen. Es war eine Handpresse von der Art, wie man sie früher hatte, um Akzidenzdrucke anzufertigen oder Probedrucke und dergleichen abzuziehen. Die Maschine war, obwohl sie klein war, schwer, hergestellt aus lackiertem Gußeisen; sie trug das Firmenzeichen des Fabrikanten Thos Long & Co., Edinburgh. Ein schönes und ehrwürdiges Gerät, das aus der Urzeit der Druckerkunst einen Gruß überbrachte. Aber leider, dieses Kleinod war unbrauchbar; es hatte kräftiger Männer bedurft, um so starkes Gußeisen zu beschädigen. Aber Vandalen sind, was das betrifft, praktische Leute und gewieft, genau die schwache Stelle an dem Gegenstand zu finden, den sie verderben wollen. Sie hatten schnell erkannt, daß die Lederriemen, die das Fundament ziehen, empfindlich waren, und hatten sie mit Messern durchgeschnitten. Mit einem Kuhfuß oder einer Brechstange war es ihnen dann gelungen, das Fundament selbst von seinem Schlitten zu brechen; sie hatten es weggebracht, wahrscheinlich ins Meer, die Stelle, welche Vandalen so sehr bevorzugen, weil das Meer ein günstiges Versteck für alle Dinge ist, die sie gestohlen oder zuschanden gemacht haben. In einer solchen Presse ist das Fundament die Seele des Ganzen; das hatten die Vandalen mit ihrem Verstande wohl begriffen. Die wenigen anderen Teile, die man losmachen konnte, waren ebenfalls verschwunden.

Der Redakteur in spe: „Ich sehe vorerst nur, daß das hier vollkommen unbrauchbar ist."

Der Vorsitzende: „Ja, es war schon immer alter Trödelkram; es wurde ja auch gebraucht den Baptisten in Akureyri abgekauft, als sie Schiffbruch erlitten. Doch dachte ich nicht, daß alles so weit runtergekommen ist. Das ist Sabotage."

„Was macht Vandalen zu Vandalen?" fragte ich.

Der Vorsitzende dachte ein wenig nach und antwortete dann: „Menschen werden zu Vandalen, weil sie nicht an die Lehre von der Aufwärtsentwicklung glauben. Ich hoffe, du glaubst an diese Lehre. Wir hatten hier einen Redakteur, der es nicht tat. Er dachte, die Welt ginge rückwärts und der Mensch wäre die unterste Stufe im Rückschritt der Welt und wir sollten unser ganzes Leben danach einrichten, zum Beispiel aufhören zu lesen."

„Ist das der Anarcho-Kommunismus, oder was?"

„Das sage ich nicht", sagte er, „doch die Menschen sehen keinen Sinn mehr darin, Druckereien und Gedrucktes zu haben, wenn sie an so was glauben. Sie wollen lieber schreien und Bomben werfen. Wenn sie keine Bombe haben, gebrauchen sie die Fäuste. Sie wollen auch kein WC mehr haben, sondern aus ideellen Gründen zum Nachttopf zurückkehren. Das nennt man linke Abweichung."

„Mir sind linke Abweichungen immer interessant vorgekommen, obwohl ich sie nicht billige" – das bedeutete ich dem Vorsitzenden.

„Tja, es ist nun so", sagte der Vorsitzende. „Wenn wir Marxisten an Marx glauben sollen, müssen wir an den Darwinismus glauben, wie verdreht er auch ist. Wenn wir die Entwicklung ablehnen, dann lehnen wir die Evolution als die Krone der Schöpfung ab."

Mir wurde nie ganz klar, ob die Spitzen gegen diejenigen, die nicht an die Entwicklung glauben, Verdächtigungen wegen Sabotage an dieser Druckmaschine waren, die dem früheren Redakteur galten, oder Warnungen an mich.

Überflüssig, zu erwähnen, daß es meine erste Arbeit in

Djupvik war, der Parteizentrale in Reykjavik ein Telegramm zu schicken und einen Mechaniker zu bestellen, der die Druckerei schnell instand setzen sollte.

17

Die Engel

Glücklicherweise verwahre ich noch immer ein Notizbuch, wenn auch nur mit sporadischen Eintragungen, mal datiert, mal nicht, aus meinen Djupviker Tagen in jenem Sommer. Einige der folgenden Kapitel beruhen auf diesen Notizen sowie ungeschriebenen Erinnerungen an Vorgänge, die mir damals wohl nicht der Erinnerung wert zu sein schienen, mir heute aber deutlicher vor meinem geistigen Auge stehen als an dem Tag, da sie sich zutrugen; ich sehe sie zumindest in dem Licht, das die Geschichte zu einem Ereignis gibt; denn nur die Zeit macht Geschichte; und ein Bericht über das, was jetzt unmittelbar geschieht, kann erst eine Geschichte werden, wenn Zeiten vergangen sind.

Die Zeit allein macht es wert, von den Augen im Schädel Bersi Hjalmarssons zu berichten. In der Rezeption des Hotels sah ich hoch oben etwas Blaues und Klares glitzern. Man sagt, der Schöpfer habe dem Seehund, dem Nilpferd und alten Schweinen die schönsten Augen mitgegeben. Dürfte ich mir erlauben, die Augen Bersi Hjalmarssons hinzuzufügen.

Sonderbar, wie gut auch der Großreeder mit diesen Augen sehen konnte, besonders Nebensächlichkeiten, zum Beispiel, als er mir seinerzeit auf der Straße in Reykjavik begegnete und mich erkannte und sich an mich erinnern konnte, weil er fast zwanzig Jahre zuvor im Vertrauen auf seinen Gast diesem einige Kronen weggenommen hatte; brachte es nicht übers Herz, ihn zu wecken. Es heißt, ein Elefant erinnere sich an einen kleinen Jungen, der ihm seinerzeit ein Stück Zucker gab, und er erkenne ihn wieder, wenn er ihm nach fünfzig Jahren begegnete, und bleibe stehen und warte darauf, daß dieser gute Junge ihm ein zweites Stück Zucker gebe. Bersi Hjalmarsson umarmte wieder seinen besten Freund. „Was darf ich dir anbieten, kleiner Junge? Whisky?"

Der kleine Junge sagte, er habe nie richtig gelernt, dieses ebenerwähnte Naß zu trinken.

„Etwas muß ich doch für dich tun können", sagte er. „Brauchst du nicht Arbeit? Oder Geld? Oder eine Frau? Oder Apfelsinen? Oder Glaxomilch? Wir haben alles da."

Ich sagte ihm, ich sei in politischen Angelegenheiten hergeschickt worden, um eine Zeitung herauszugeben. „Ich kann mir denken, daß die Zeitung gegen dich ist. Was sagst du dazu?"

Er sagte: „Gratuliere und sei willkommen" und fügte hinzu: „Hier glaubt keiner mehr an irgend etwas; die Politiker sind jetzt hundert Prozent schlimmer als die Pfarrer. Ein und der andere Pfarrer glaubt wenigstens an Gespenster. Gott sei Dank ist man noch Anarchist. Wenn die Zeitung Geld braucht, komm zu mir. Wir hatten hier einen, der war prima. Solche Leute sind stets am besten und werden für alle Zeit die einzigen Menschen sein, mit denen man reden kann. Er war ein Großlügner von Gottes Gnaden. Wir beide werden es nie dahin bringen, so zu lügen wie er. Einmal log er in seiner Zeitung, ich hätte eine Kleiderfabrik gegründet, nein, entschuldige, ich meine eine Knopflochfabrik, hier in Djupvik. Er schrieb, diese Knopflochfabrik hätte pro Woche zwei Tonnen Knopflöcher produzieren sollen – alles von Grund auf Lüge. Doch die

Ziege, das ist in gewissem Grade richtig; sie ist hier, und sie ist wahr; dagegen kann keiner etwas einwenden. Worüber du auch schreiben willst, ich werde bezahlen. Sind wir vielleicht nicht Freunde fürs Leben? Ehe ich es vergesse, hast du Hnulla schon getroffen?"

„Ich? Nein."

„Du mußt zu Hnulla gehen."

Ich mußte lange nachdenken und konnte mich nicht mehr an den Namen erinnern, bis er sagte: „Erinnerst du dich nicht an Hnulla, die uns in Kopenhagen aufsuchte?"

„Existiert sie noch? Nach fast zwanzig Jahren? Hieß sie nicht Nulla?"

„Nein, nein", sagte er, „sie heißt Hnulla auf isländisch, ich kann es beschwören, ihr Mann hat sie so getauft. Als ob ich das nicht wissen müßte! Sie ist hier die Frau des Hauses."

„Ja, genau, sie ist also hier die Frau des Hauses."

„Tja, das kannst du auf deinen Eid nehmen. Sie hat hier so viel Autorität, daß sie gerade Gotti aus meinem Vorzimmer geworfen hat, meinen eigenen Sekretär, wo er des Nachts schlief, so daß er nach Amerika fliehen mußte. Zuerst brachte sie ein Verbotsschild an der Tür an, daß Gäste des Hotels nicht in den Zimmern anderer Gäste übernachten dürften; jetzt beschuldigt sie den Baron, daß er am hellichten Tag die Dienstmädchen so rücksichtslos anging, wie es in einem christlichen Hotel nicht geduldet werden konnte."

„Ist das hier ihr Hotel?" fragte ich.

„Selbstverständlich. Weißt du noch, wie wir sie an der Hochschule in Sorø unterbrachten, wo sie Brei studierte? Die Frau hat gewißlich mit ihrem Pfund gewuchert. Das ist eine Frau, die sich bezahlt macht. Ich kann dir beweisen, daß sie eine von den wenigen Frauen hierzulande ist, die noch an Engel glauben. Doch Nulle, das ist nur Stuß von Gotti. Sie kamen nie miteinander aus."

Die Wirtsleute hatten ihre Wohnung im obersten Stockwerk unter dem Schrägdach; die Gästezimmer waren zumeist im mittleren Stockwerk, nur nicht die beiden Zimmer von Islandsbersi, die parallel zu den Gästeräumen im Erdgeschoß lagen; man gelangte von der Rezeption aus hinein, in der die ganze Zeit, die ich in Djupvik zubrachte, kein Empfangschef war. Nichts deutete darauf hin, daß die Frau sich an unsere frühere Begegnung erinnerte, was auch nicht zu erwarten war. Sie hatte sich mit den Jahren herausgemacht, war nicht so wortkarg, und ihre Züge waren weicher geworden; sie hatte einen Goldzahn. Vielleicht trat ihr Bauch ein klein wenig mehr hervor; doch wenn sie sich setzte und den Rock dabei hochgleiten ließ, erkannte ich ihre Schenkel wieder von damals, als sie nur im Unterrock auf meiner Bettkante saß, nur daß sie jetzt vielleicht ein bißchen feister waren. Auf der Wand gegenüber beschien die Sonne das Bild einer Frau mit bronzefarbener Aureole auf blauem Grund; sie trug ein gelbes Kleid mit einem bluttriefenden Herzen darauf – ein „wunderschönes Bild", wie die Zeitungen von Gemälden zu sagen pflegen, die Gemeindevorsteher zu ihrem Geburtstag geschenkt bekommen. Das gleiche galt von Bildnissen hochgewachsener jungfräulicher Engel, die die Wände schmückten.

In einem Rollstuhl saß ihr Mann, mit dem Rücken zum Mansardenfenster. An einem kleinen Werktisch schräg vor sich bog er Drähte mit einer Zange. Es war ein schöner Mann. Die Frau nannte ihn Papa. Mit Schlächtermeistermöbeln, der Jungfrau Maria und den Engeln hatte sie ihm eine gute Stube wie im Himmel eingerichtet, ihn gewaschen und gekämmt, ihm sogar das Haar gewellt und eine

Krawatte umgebunden. Die Frau wies uns in das Zimmer und ging selbst voraus, direkt zu ihrem Mann, küßte ihn und sagte, Bersi sei gekommen. Bersi trat zu dem Mann, tätschelte seine Schulter und nannte ihn ebenfalls Papa. Man ließ mich den Mann begrüßen; lächelnd sagte er mir etwas, was ich nicht verstehen konnte, doch am Handschlag spürte ich, daß seine Hände an Auszehrung litten, er sie aber voll in der Gewalt hatte. Ihm schien es sehr gut zu gehen. Islandsbersi zeigte mir seine Arbeiten; sie waren die Fortsetzung der Pracht an den Wänden: er fertigte Drahtgestelle für Engelskörper und Engelsflügel an, die er dann mit Leinewand oder sogar Seide bezog und schließlich mit Sägemehl oder Watte ausstopfte, glaube ich. Mit besonderer Sorgfalt mußte das Drahtwerk für die Engelsflügel gebogen werden, „damit sie ähnlich werden", wie die Eheleute sagten, denn sie waren Naturalisten.

„Dir ist dieser Mann bekannt, Hnulla?" fragte Bersi die Frau und meinte mich.

„Nein, aber ich weiß, daß er der neue Redakteur ist, denn ich bin um einen neuen Diwan für ihn gebeten worden", antwortete sie.

„Schrecklich, was für ein schlechtes Gedächtnis heutzutage die Leute haben", sagte Bersi. „Wie kann man ein Hotel betreiben und alle gleich wieder vergessen?"

„Das wichtigste ist, denke ich, daß er einen besseren Diwan bekommen hat, als der alte war", sagte die Frau. „Hoffentlich wird die Zeitung besser. Seien Sie willkommen, und ich hoffe, daß es Ihnen hier bei uns gefällt. Wir in den Hotels sehen so viele, aber wer ist wer, daran erinnern wir uns nicht immer."

„Mich erkennst du doch hoffentlich wieder", sagte Bersi. „Oder?"

„Damit ist es nicht viel anders", sagte die Frau. „Herr

Bersi Hjalmarsson! Kenne ich dich? Ich weiß es nicht. Vielleicht.“

Der Ehemann begann etwas zu murmeln, was ich nicht begriff, und die Frau trat zu ihm und küßte ihn.

„Zeige uns wenigstens einen von euren Engeln“, sagte Bersi.

Die Frau brachte zwei, drei fertige Engel, um sie uns zu zeigen, und ihr Mann sagte etwas aus der Engellehre, was ich nicht verstand. Die Frau schien von diesen Engeln sehr begeistert. Islandsbersi für sein Teil war stolz darauf, einen Künstler als Wirt zu haben. Ich glaubte dieser Frau gegenüber keine Verpflichtungen zu haben, die mich so kühl empfangen hatte, und deshalb verspürte ich keine Neigung, an einer scheinheiligen Verherrlichung der Engel teilzunehmen.

Es platzte aus mir heraus: „Engel sind selbstverständlich sehr merkwürdige Tiere.“

Der Ehemann begann zu kichern und sagte eine Menge, und die Frau ging zu ihm, machte seinen Sitz zurecht und küßte ihn. Der Schmerbauch Bersi Hjalmarssons bebte ein wenig. Die Kleider der Engel der Eheleute reichten zu weit über die Drahtzehen, und die Flügel wuchsen im Vergleich mit klassischen Engeln zu weit unten aus dem Körper; der Ehemann redete weiter, und ich glaubte zu verstehen, daß er sich dafür entschuldigte, daß seine Engel keine so raffinierten Schöpfungen seien wie die ausländischen Engel auf den Wandbildern; er sei in der Kunst noch nicht weit genug fortgeschritten.

„Doch, doch“, sagte ich, „ihre Engel sind ausgezeichnet. Nur eines habe ich gegen Engel überhaupt, inländische wie ausländische. Sie fliegen senkrecht wie Moderkäfer. Es ist so, daß ich besser über Vögel als über Engel Bescheid weiß. Habt ihr bemerkt, daß kein Vogel senkrecht fliegt?

Was würde geschehen, wenn ein Vogel senkrecht flöge?"

„Streiten Sie denn ab, daß es Engel gibt?" fragte die Frau.

„Nein", sagte ich, „doch ich bestreite, daß Engel senkrecht fliegen können. Sogar die Besen der Hexen flogen waagerecht. Ein senkrechter Gegenstand kann unter keinen Umständen den Luftstrom spalten. Wenn ein Engel oder sonst eine Kreatur senkrecht zu fliegen versuchte, würde sie sofort zu Boden stürzen. Flügel würden ihnen nur hinderlich sein, es sei denn, sie flögen waagerecht und könnten die Beine in den Körper einziehen, während sie in der Luft sind. Wenn die Flügel zu weit vorne sind, sagen wir, wenn sie aus den Schulterblättern hervorwachsen, dann würde sich der Körper nach dem Start in der Luft wegen des Gesetzes der Schwerkraft senkrecht stellen. Und wenn sie aus der Körpermitte herauswachsen, dann fehlt dem Körper jede Stabilität, und er überschlägt sich in der Luft ständig, während er auf die Erde fällt. Wenn hingegen die Flügel an den Schuhen angebracht sind, wie es bei einigen alten Göttern, zum Beispiel bei Merkur, der Fall war, dann ist das die gleiche Idee wie Kraulschwimmen mit den Füßen allein. Das ist im Wasser möglich, ja die Füße haben da die gleiche Funktion wie eine Schiffsschraube. Es soll auch möglich sein, einen Propeller am hinteren Teil eines Flugzeugs anzubringen, doch nur wenn er von einem Motor angetrieben wird, der um vieles stärker ist als der Luftwiderstand."

„Reden Sie gegen den Glauben, oder wollen Sie uns beibringen, ein Flugzeug zu bedienen?" fragte die Frau.

„Die heutige Zeit glaubt nicht an Märchen", sagte ich.

„Ja, groß ist diese Armut der Seele", sagte die Frau.

Sie sah mich wieder aus dieser leeren Ferne an wie vor achtzehn Jahren.

„Wenn die Sonne unecht ist, was sind dann die Engel?"

Plötzlich erweiterten sich die Pupillen der Frau.

„Sie sind ein sonderbarer Mensch", sagte sie. „Wer sagt, die Sonne sei unecht?"

„Eine Frau, die ich eines Morgens in Kopenhagen traf", sagte ich.

Sie antwortete schnell, vielleicht ein bißchen unüberlegt: „So eine Lüge! Das muß eine ganz andere Frau gewesen sein; und ein ganz anderer Mann. Ich bin nur in Sorø gewesen, niemals in Kopenhagen, nur einmal waren wir beide da, mein Mann und ich. Papa, weißt du noch, als wir in Kopenhagen waren? Dennoch habe ich das Gefühl, Sie schon mal irgendwo gesehen zu haben."

„Es ist dumm, so die Zeit zu vergeuden", sagte Islandsbersi. „Warum spielen wir nicht Käseblatt? Wo sind die Karten, Papa?"

Die Frau suchte die Karten, erst in der Stube, dann in der ganzen Wohnung im Dachgeschoß, zuletzt im ganzen Haus, und weg war sie. Die Karten lagen zuoberst in der Schublade des Arbeitstisches des Wirts.

„Was wollen wir setzen?" fragte Islandsbersi.

„Ich setze einen Engel", sagte der Wirt ein wenig undeutlich und kicherte; seine Stimme war nicht kräftig und glitt oft ins Falsett.

„Ich setze eine Kiste Apfelsinen", sagte Bersi. „Und du, Freund?" fragte er mich.

Ich sah mich genötigt, die Teilnahme mit Dank abzulehnen, und brachte wahrheitsgemäß vor, daß ich viel zu tun hätte; es war mein erster Tag am Ort, Aufgaben und Schwierigkeiten warteten auf mich. Islandsbersi steckte sich eine große Zigarre an und hatte zu geben begonnen, als ich mich verabschiedete.

18

Himmelspförtner Petrus

Der neue Redakteur des „Nordexpreß“ hatte das Pech, daß sein Aufenthalt auf dem Heringsplan von Djupvik in einen heringslosen Sommer fiel, einen der schlimmsten seit Menschengedenken, wie man sich über jeden schlechten Heringssommer auszudrücken pflegte, und deren gab es viele; in solchen Sommern ging manch eine gute und gültige Goldmillion zum Teufel. Ebenso zahlreich waren die heiligen Eide der Reeder, daß es das letztemal sein sollte, wo sie Mühe, Scharfsinn und Geld der Staatsbank daransetzten, um hinter einem unzuverlässigen Meerestier von der Art herzujagen, die von den Isländern nie zu den Fischen gerechnet wurde. Im Sommer darauf hatte sich jedoch die Spielerleidenschaft zur rechten Zeit wieder eingestellt und lag im Herzen der Reeder auf der Lauer; zum Beispiel konnte kein Bankrott Bersi Hjalmarsson von diesem Vergnügen abschrecken. Aber manch gute Goldmillion floß auch in guten Sommern, so daß die Heringssalzer nicht hungerten, die Kammern der Staatskasse angefüllt wurden und die Stirn der Reeder sich glättete.

Leider kann ich mich nicht damit brüsten, Wunder erlebt zu haben, die diese nördlichen Häfen etwa ebenso berühmt machten wie den Opernball in Wien und den Karneval in Nizza. Der Glanz dieser Orte wird selbstverständlich im Herzen der Reeder weiterleben wie eine Volkssage von versunkenen Elfenkirchen und vorbildlichen Hurenhäusern: fff. Hering – fett, fein, famos. Hingegen kann ich mit einigem Recht sagen, daß ich in diesen zwei Monaten die Stille vor dem Sturm erlebt habe. Es ist wahr, der Heringsplan in Djupvik war kein Astralplan, nicht einmal in diesem trockenen Sommer, in dem ich dort war und der Schlamm auf dem Kai kaum jemals höher reichte als über die Knöchel; aber er war auch nicht die unterste aller Höllen.

Die Psyche des Herings ist den Reedern stets ein Rätsel gewesen, und die Launen dieses Fisches werden allgemein mit den Unarten von Kindern oder den Grillen von Frauen verglichen. Doch Vergleiche erklärten die Sache nicht. Oft versuchte man es damit, Bersi Hjalmarsson zu fragen. Wenn Journalisten ihn aus Reykjavik anriefen und ihn nach dem Hering fragten, so versuchten sie, sich den Spaß zu machen, den ihnen das Dänische lieferte und der speziell darin bestand, selbst in den Spalten der Zeitung zu fragen und andere Leute so antworten zu lassen, als stünden sie unter dem Einfluß der Danismen des seligen Arni von Geitastekkur, sogar mit der dänischen Deklination des Relativpronomens, wozu noch das „reine" Isländisch aus dem Gymnasium kam: „Befragt, sagte Iceland Bear, daß er ja nicht wüßte, weshalb der Nordlandhering in diesem Fall nicht eingetroffen sei, dessen vermutliches Gewicht – sage und schreibe – einhundertundfünfzig Millionen Tonnen betrüge, wo auch immer er sich befinden möge."

Und wenn die Journalisten fortfuhren, mit Bersi über diese Kreatur hin und her zu palavern, gab er ihnen gern eine amüsante Reimerei von Hannes dem Kurzen oder dem Goldschmied Pal Thorkelsson auf, die oft so schwer zu deuten war, daß man ein volles Milchglas Iceland Cocktail brauchte, wenn man eine Strophe verstehen wollte, und nötigenfalls noch einige Drinks Whisky dazu.

Kapitän Egil D. Grimsson hat in seiner Schrift „Meine Heringsgeschichte" (S. 150 ff.) über diese Angelegenheit folgendes geschrieben:

„Es ist eine Tatsache, und alle Eingeweihten bestätigen das, daß trotz vieler Schnitzer Bersi Hjalmarsson der Mann gewesen ist, der hierzulande für alles, was den Hering betraf, Sehergabe und prophetischen Geist besaß. Seine Schnitzer rührten aus seiner Vorliebe für Glücksspiele und Wetten, nicht aber daher, daß er es nicht besser gewußt hätte. Hinsichtlich dieses heringslosen Sommers in Djupvik kann ich, der dort Inspekteur im Auftrag der Bank war, bestätigen, daß Bersi, wann immer er von ausländischen Meeresforschungsschiffen in der Nähe wußte, ständig mit ihnen in telegrafischer oder telefonischer Verbindung stand, und wenn sie den Hafen anliefen, um sich mit Wasser und Lebensmitteln zu versorgen, versäumte er nicht, mit den Wissenschaftlern an Bord zu sprechen, er veranstaltete Festessen für sie im Hotel Djupvik, und zugleich organisierte er Treffen zwischen ihnen und den Reedern. In jenem Sommer sagte er zu mir: ‚Hier muß die ganze Fangsaison ein Heringssuchschiff vor der Küste stationiert sein, ausgerüstet dafür, nach Westen bis Grönland, nach Norden bis Jan Mayen und nach Osten bis Nordnorwegen zu fahren, um notfalls den Hering zu suchen und zu finden; und am besten auch ein Flugzeug. Denn er ist da‘, sagte er, ‚viele hundert Millionen Tonnen davon, die gesamte Nordlandrasse. Es hat keinen Zweck mehr, irgendeinen Pott hinauszuschicken, um nachzusehen, wo sich die Wale und die Heringsmöwen aufhalten. Denn der Hering ist ein kluges Tier, und wenn er Ruhe haben will, hält er sich oft in einer Tiefe, die der Wal nicht erreichen kann und wo die Heringsmöwe nichts sieht, auch wenn sie einen Bankdirektorenzwicker aufhätte!‘ (Ich bitte, es mir zugute zu halten, wenn ich nicht umhin kann, die Scherze von Bersi wiederzugeben, die stets so beschaffen waren, daß sie niemand verletzten.) Bersi sprach manchmal von Hallweck (meinte er Halbwerk?) und war sehr gegen Hallweck und gebrauchte es in herabsetzender Bedeutung. Zum Beispiel hörte ich ihn einmal vor Jahren sagen: ‚Mitten auf dem Polarmeer kommt man nicht weit mit Bauern-Hallweck, nämlich zu sagen: Brülle jetzt, meine Silla, wenn du irgendwo am Leben bist.' – ‚Silla' wurde in jenen Tagen von den Norwegern übernommen, die sagten: Det kommer an på silla. Einige Jahre später fügte Islandsbersi seinem früheren Denkspruch folgendes hinzu: ‚Wir müssen das Polarmeer zum Radar- und Sonarmeer machen.'

Bersi und ich" (schreibt Egil D. Grimsson) „führten viele Diskussionen über Hering und Heringsfang. Oft sagte er etwa folgendes: ‚Wenn wir ernsthaft Hering fangen wollen, dürfen wir im Denken nicht primitiver sein als der Hering. Radar und Sonar sind Instrumente, die leider für Kriegsnarren erfunden wurden, damit sie sich bei U-Boot-Fahrten gegenseitig entdecken können. Um so etwas zu kriegen, muß man besondere Schliche anwenden; diese Teufel halten alles geheim, wenn es einigen Nutzen hat. Gotti sagt, man muß der Familie Dupont ein Gemälde von Leif dem Glücklichen schenken und dem Generalstab ein Kalb mit zwei Köpfen zustecken, sonst wird man nicht vorgelassen. Im Radar siehst du durch Nebel, Wasser und Dunkelheit, lieber Djöful', sagte er zu mir, ‚und im Sonar hörst du ein furchtbar schreckliches Gebrüll in der Tiefe. Was ist es? Das menschliche Ohr hört nichts von Bedeutung, früher nicht und heute nicht, aber im Sonar hörst du das Gebrüll von einer Million Heringen, wie sie Reimgesänge intonieren. Als ich ein Junge war, stritten wir uns darüber, ob der Hering für die Trawlfischer oder für die Ringwade geschaffen ist. Der Hering verachtet beides genau so wie den Langleinenfischer. Der Nordlandhering ist eine edle Kreatur, sowohl hinsichtlich Schönheit als auch Intelligenz, vielleicht das Wundervollste, was Gott geschaffen hat. Das Schwimmschleppnetz läuft in bestimmter Tiefe und ist der Gipfel des modernen Heringsfangs, der für den Nordlandhering geeignet ist, und es ist das einzige von allen Netzen, das den Hering erreicht, wo immer er sich im Meer verbirgt, ohne Rücksicht auf das Wetter oder ob es Tag oder Nacht ist. Und um ihn aus dem Meer zu ziehen, ist der Kraftblock das einzige, was er nicht verachtet.' "

In jenem Sommer schickte Bersi seinen Bestmann Gottesen nach Amerika und in andere Länder; er sollte alles herausschnüffeln über Sonar, Radar, Schwimmschleppnetze und Kraftblöcke. Man rechnete damit, daß eine Menge entlang der Nordküste im Bau befindlicher Heringsmehlfabriken im darauffolgenden Sommer fertiggestellt sein und Nutzen bringen würden. Jetzt reichten in diesem Erwerbszweig keine Halbheiten mehr. Von nun an mußte man richtig fischen, gut fangen und viel entölen.

Noch sollten viele Jahre vergehen, bis ich von der „Heringsgeschichte" des Kapitäns erfuhr, von jenem Buch, in dem der Ausdruck „Fall der Nordlandrasse" zum erstenmal das Licht der Welt erblickte. Das Buch wurde erst viele Jahre, nachdem ich den Verfasser kennengelernt hatte, verfaßt und ebenso viele Jahre, nachdem ich ihn wieder vergessen hatte. Es kam nämlich erst ein oder zwei Jahre später heraus, als der Verfasser hochbetagt im siebten Jahrzehnt des Jahrhunderts gestorben war. Diese ganze Zeit über hatte ich in anderen Ländern gelebt.

In dem Teil des Sommers, in dem ich mit dem Kapitän im selben Hause wohnte, wäre es mir unwahrscheinlich vorgekommen, daß dieser Mann sich das schier unlösbare Problem aufhalsen würde, ein Buch zu schreiben. Ich habe kaum jemanden gekannt, der noch weniger für solche Dinge zu haben gewesen wäre als Kapitän Egil D. Grimsson. Ein ungläubiges Lächeln überkam mich, als ich Jahrzehnte später in einer Zeitung las, daß ein Buch eines Kapitäns gleichen Namens herausgekommen wäre; es war jedoch nicht wahrscheinlich, daß es viele Leute mit gänzlich gleichem Namen gab. Als dann der Zufall mir das Buch in die Hände spielte, konnte ich mich eines Lächelns nicht erwehren. Als ich zu lesen begann, wurde in mir eine Saite berührt, die tief in mir Erinnerungen weckte, die sich durch Stimmung und Rhythmus von allen anderen unterschieden: mein Sommer daheim in Island, halb wie ein Traum, kurz vor Beginn des zweiten Weltkrieges, während einer musikalischen Einlage zwischen den Akten, als ich selber kein Schriftsteller, weder Person noch Nebenperson in einer Geschichte, sondern nur Zuschauer ohne Gesicht und Namen war. Mein Buch, das hier vorliegt, wäre nie entstanden, wäre ich nicht unversehens auf die Losung „Fall der Nordlandrasse", diesen dumpfen Akkord mit dem schicksalhaften Klang, in dem Buch besagten Kapitäns gestoßen, das ein wenig eitel und so geistlos war, daß der Verfasser um Entschuldigung bittet, falls es ihm passiert, harmlose Geistreicheleien zu zitieren.

Eines Morgens kam ich im Hotel Djupvik nach unten, um das Frühstück einzunehmen; es wurde oft im Wohnzimmer gereicht, im mittleren Zimmer an der Straßenseite, an einem kleinen Tisch. Da saß ein Mann, nicht mehr jung, mit schmalem und blassem Gesicht; er hatte eine Stahlbrille auf der Nasenspitze und einen silberweißen, wie ein Hufeisen geformten Schnurrbart, dessen Spitzen an den Mundwinkeln vorbei nach unten zeigten. Ich konnte mich nicht recht auf den Mann besinnen, doch er kam mir bekannt vor, und so wird es dem Leser gehen, wenn ich seinen Namen nenne. Er hatte eine Zeitung vor sich, doch er las nicht, sondern dachte nach.

Ich sagte ziemlich munter guten Tag, wenigstens nicht unfreundlich, hoffe ich. Der Alte sah mich kühl an und brummte irgend etwas, dann machte er sich daran, die Zeitung zu lesen. Nach einer kleinen Weile ging er hinaus, ohne mich weiter zu beachten, und ich trank meinen Morgenkaffee.

Am Morgen darauf, zur selben Zeit, saß der Alte wieder da und las jetzt in seinem Notizbuch, schien mir. „Guten Tag", sagte ich. Diesmal kam nicht einmal ein Gebrumm als Gegengruß, nur ein kurzer Seitenblick über die Brille hinweg, und die Hufeisenenden bogen sich, bis sie sich fast berührten. Das Mädchen brachte den Kaffee.

Am dritten Morgen saß der Alte da und dachte jetzt bloß nach, ohne etwas vor sich zu haben. Ich sagte fröhlicher als vorher guten Tag, denn mir schien, wir wären schon halbwegs gute Bekannte, wenn nicht alte Freunde. Diesmal stand er ziemlich hastig auf, stolzierte zur Tür und war weg.

Einige Tage später kam der Alte herein, als ich Frühstück aß, und setzte sich hin. Zuerst betrachtete er mich kritisch, doch dann geschah es, daß er mir zunickte, allerdings unverbindlich.

„Schönes Wetter heute", sagte ich in der Hoffnung, ihn milde zu stimmen.

„Diese Redewendung dürfte Dänisch sein, junger Mann", sagte er. „In meiner Gegend gab es kein schönes Wetter. Es handelte sich lediglich um eine gute oder eine schlechte Zeit. Was bedeutet schönes Wetter? Trockenzeit, oder was? Windstille vielleicht? Jetzt ist weder Trockenzeit noch Windstille. Auf der See war zu meiner Zeit kein Fang, schlechter Fang oder guter Fang; niemals schönes Wetter! Junge Leute sollten sich daran gewöhnen, sich richtig auszudrücken."

Die Post war eingetroffen, und ich begann beim Kaffee Briefe zu öffnen. Es waren auch Zeitungen für ihn dabei; er nahm sie an sich und begann nach dem Datum zu sehen; bis er nicht direkt unfreundlich, eher um mir den Wind aus den Segeln zu nehmen und mich zu erziehen, sagte:

„Was wollen Sie eigentlich hier, junger Mann? Wer kommt für Sie auf?"

Meine Antwort: „Ich bin hier im Auftrag der arbeitenden Menschen."

Der Alte: „Der arbeitenden Menschen? Was für Leute sind das?"

„Die Arbeiterbewegung", sagte ich.

Der Alte: „Sind es Russen, oder was?"

Ich sagte, wie es sich verhielt, daß ich vorhätte, eine Zeitung herauszugeben.

Der Alte: „Ja, das weiß ich, dafür haben sie überall Geld, auch wenn sie zu Hause bei sich nichts zu beißen haben."

„Manche sagen aber etwas anderes", sagte ich. „Viele sind der Meinung, daß Rußland das einzige Land ist, in dem die Arbeiter genügend von allem haben."

„Ob das nicht etwas übertrieben ist?" sagte er.

Meine Antwort: „Ich habe gehört, die Arbeiter in Rußland bestimmen ihr Auskommen selber und wetteifern darin, einander bei der Arbeit zu übertreffen; und alles aus eigenem Antrieb."

Der Alte ließ die Brille auf die Nasenspitze gleiten, sah mich mit bloßen Augen an und sagte: „Gegen diese Fabelei vom Himmelreich auf Erden haben wir nur die Antwort, hier bei uns zu Hause den Lohn zu erhöhen, bis die Krone wertlos ist. Wenn es sich schließlich herausstellt, daß die Russen nicht einmal Geld für Kautabak haben, fieren wir auch wieder nach unten und schrauben die Krone nach oben." (Jetzt gebrauchte der Alte selber so viele Danismen, daß ich keine Spur von dem verstand, was er sagen wollte; vielleicht war es Bankjargon.) „Und dann wird aus der Revolution vielleicht weniger, als beabsichtigt war", fügte er hinzu.

Sein Auge fiel jetzt auf einen anderen Artikel in einer Reykjaviker Zeitung gegen Streiks und „Fabeleien" vom Himmelreich auf Erden; er hievte die Brille und las. Als er murmelnd den Artikel genau gelesen hatte, fügte er ihm diese Worte hinzu: „Ich weiß nur, daß ich von Kindesbeinen an mein ganzes Leben lang sechzehn Stunden am Tag gearbeitet habe. Ich mußte stets für mich selber denken. Es ist nicht meine Schuld, wenn man mich im Alter beauftragte, für andere zu denken."

Danach stieß er auf eine kurze Nachricht in der Reykjaviker Zeitung vom „Korrespondenten der Zeitung in Djupvik" (NB: Hier hatte keine Zeitung einen Korrespondenten) und war nach der Lektüre so bestürzt, daß er mir ohne ein Wort die Zeitung reichte.

(Die Depesche) Djupvik gestern. Hier hat es vierzehn Tage lang keine Heringsfänge gegeben: Glaxomilch ist Mangelware; einige haben den unsinnigen Ausweg beschritten, Tuckfischerei zu betreiben. Der Laden des staatlichen Alkoholmonopols ist laut Gesetz während der Wartezeiten an Land geschlossen; man meint, die Vorräte seien entweder ausgegangen oder sogar gestohlen worden. Doch sieht man die eine oder andere Gestalt, an ein Haus gelehnt, an einer Flasche „Schwarzer Tod" nippen. Die Heringsmädchen essen jetzt auf Kosten des Kapitäns Egil D. Grimsson, 67, zwischen den Zeiten, in denen sie sich anmalen oder ihre Nägel lackieren. (NB: Der Zeitungsschreiber scheint die Mythe der Bourgeoisie vom Wiener Ball und Hollywood zu unterstützen.) Die Ziege ist Blaukreuzler geworden und bemüht sich, von Unkraut zu leben.

Ich las die Nachricht zu Ende und mußte mir im stillen sagen: So einen Text konnte nur ein Mann in Island abgefaßt haben, doch laut begnügte ich mich damit, zu fragen: „Wer ist der treffliche Egil D. Grimsson, der den Heringsmädchen zu essen gibt?"

Der Alte: „Das bin ich, und ich gebe niemandem etwas."

19

Sensationelle Nachricht aus Reykjavik

Wie bereits erwähnt, hatte ich sofort am ersten Tag nach Reykjavik telegrafiert und darum gebeten, jemanden herzuschicken, schnell, der befähigt wäre, Druckereien instand zu setzen. Es stellte sich bald heraus, daß in der Hauptstadt ein solcher Mann nicht leicht zu finden war, am allerwenigsten, um Druckereien in abgelegenen Küstenorten instand zu setzen. Der Bolschewik, Gunnas Mann, in dessen Dienste in Sachen Politik ich freiwillig getreten war, ließ mit der Antwort nicht auf sich warten: „Bitte gesamte Presse mit erstem Schiff nach Reykjavik schicken." Bald war ein Monat vergangen, und von ihrer Rückkunft war noch immer nichts zu merken; die Journalistik in Djupvik war auf dem Nullpunkt. Während ich hier saß und mich in aller Ruhe mit diesem Himmelspförtner unterhielt, schlug folgendes Telegramm wie ein Blitz aus heiterm Himmel ein:

Die Lage in Djupvik verursacht Entsetzen bei der Bevölkerung. Sammelt die Leute. Organisiert Kampf mit Demonstrationen, Reden, Plakaten und Streiks gegen Unterdrückung durch die Banken und den Staat. Kommunismus ist Sowjetmacht plus Elektrifizierung. Agitiert mit der Weltrevolution. Bestärkt die Leute durch das Vorbild der Arbeiter- und Bauernräte, die die Sowjetunion regieren. Das Ziel ist eines in der ganzen Welt. Alles ist besser, als passiv zu sein. Druckerei von Djupvik ins Ausland geschickt.

Diese sensationelle Nachricht über Djupvik überraschte mich. Selten ist mir ein Telegramm so unerwartet gekommen. Ich hatte wahrhaftig gedacht, alles wäre hier einigermaßen in Ordnung. Ich wußte nichts von Vorgängen im Ort, die die Bevölkerung in Schrecken versetzt hätten. Was war geschehen? Spärliche Heringsfänge? Das stimmte, tatsächlich seit drei Wochen keine, außer unbedeutenden Fängen von kleinen, minderwertigen, mit der Nordlandrasse nicht verwandten Heringen; sie wurden für Köderzwecke gefrostet. Ja, aber die Mädchen bekamen zu essen, ob nun die Groschen zum Einkauf für ihre Barackenkantine von Kapitän Egil D. Grimsson, 67, oder irgendeinem anderen Kapitän stammten; und solange es sich so verhielt und die Mädchen sich weiter anmalen konnten und so fort, um die Mythe romantischer wohlsituierter Leute von Djupvik als einem vorbildlichen Hurenhaus und einer Elfenkirche lebendig zu erhalten, war da nicht alles in Ordnung? Hatte man in Reykjavik etwas zu befürchten? Würden die Mädchen nicht alle auf Staatskosten nach Hause gelangen, vor diesem Herbst noch, wie in anderen Sommern mit schlechten Fängen? Das alles stand außer Frage.

Fortsetzung des erwähnten Notizbuchs, datiert wie oben (leicht redigiert):

Suchte den Vorsitzenden der Gewerkschaft im Büro von „Djupsild“ auf. Büroangestellte Thorarna Thjodgeirsdottir saß am Schreibtisch und hatte das „Dansk Familie-Journal“ über die Schreibmaschine gebreitet und war mit dem Kopf auf den Ellenbogen über den Akten eingeschlafen. Sie fuhr erschrocken auf und wies mich ins Zimmer des Direktors.

Er las den berühmten Roman „Ein Mann in Südamerika“; als ich eintrat, legte er ihn ruhig zur Seite, grüßte gelassen und bot mir eine Zigarre an.

Unterredung des Redakteurs des „Nordexpreß“ in Djupvik mit dem Funktionär der Partei und Vorsitzenden der Gewerkschaft:

Redakteur: „Ich habe ein Telegramm bekommen.“

Vorsitzender: „Ich auch.“

Redakteur: „Die Druckerei ist ins Ausland gegangen.“

Vorsitzender: „Es war höchste Zeit.“

Redakteur: „Im Telegramm steht, alles ist besser, als passiv zu sein, was bedeutet das? Ist das eine Redensart oder was?“

Vorsitzender: „Ob es nicht vielleicht bedeutet, es ist besser, Böses zu tun als nichts?“

Redakteur: „Was beabsichtigt die Arbeitergewerkschaft von Djupvik zu tun? Es soll eine starke Gewerkschaft sein.“

Vorsitzender: „Meine Gewerkschaft heißt in Wirklichkeit Stauergewerkschaft. Es ist eine alte Gewerkschaft. Darin sind zwölf Männer. Die Apostel waren auch zwölf. Wir sind Hafenarbeiter, ‚Morgenröte‘-Leute, intelligente, lesefreudige Bauern vom Lande. Wir hoffen, daß wir den Marxismus verstehen. Vielleicht sind wir die Wiedergänger der Apostel. Aber wir können keine andere Arbeit als stauen. Wir haben nur den Bruchteil einer Pferdestärke im Körper, den wir am Hafen verkaufen können. Es reicht gerade dazu, etwas Leichtes zu ziehen oder etwas zu schieben oder etwas nicht sehr Schweres auf den Rücken zu nehmen. Bald stirbt die Stauergewerkschaft an Altersschwäche. Aber wir lassen unsere Klasse nie im Stich. Wir verteidigen die Weltrevolution mit Blut und Leben, jeder in seinem Winkel, bis der letzte Stauer an Altersschwäche gestorben ist."

Redakteur: „Könnte diese Gewerkschaft dennoch nicht die Führung der anderen Arbeiter am Ort übernehmen?"

Vorsitzender: „Was ich tun könnte, um nicht passiv zu sein, ist, einen Streik dieser Hafenarbeiter zu organisieren. Wir fordern höheren Stundenlohn für die Entladung unserer eigenen Konsumwaren, die mit dem Küstendampfer kommen; und für die Beladung mit Hering, der vielleicht manchmal kommt. Doch wir sind nur zwölf. Die Auswärtigen hingegen zählen Hunderte, sogar Tausende, dabei sind Ingenieure für die Montage der Maschinen; ein endloses Sammelsurium von sogenannten Hochseefischern auf den Heringsfangbooten, bei denen niemand weiß, woran man ist; sie kommen oft direkt von einer Fortbildungsschule, sogar von der Universität; oder es sind Ausländer, die zu ihrem Vergnügen kommen; oder allerhand Racker, Landstreicher, Landleute und Säufer von allen Ecken und Kanten; manchmal deklassierte Kleinbürger und Arbeiteraristokraten, sie sind am schlimmsten; auch hat man Kaufmanns- und Beamtenfrauen aus der Stadt hier auf den Kais stehen und Fische ausnehmen sehen, außer der Flut von Frauen aus allen Himmelsrichtungen, jungen und alten, die zur Heringsfangsaison aus fremden Orten hierherströmen. Es kann sein, daß von dieser Masse der eine oder andere irgendwo in einer Gewerkschaft organisiert ist, doch denke ich, die Mehrzahl hat noch nie etwas von Gewerkschaftspolitik gehört; es sei denn vielleicht einer von der Universität."

Redakteur: „Was soll ich tun?"

Vorsitzender: „Traust du dir zu, zu diesen Leuten zu sprechen, sie vielleicht zu vereinen?"

Redakteur.: „Ich wurde hier eingestellt, um zu schreiben, nicht um zu reden. Wenn man schreibt, kann man überlegen, klügere Menschen fragen, in Büchern nachschlagen. Ich bin im Marxismus nicht gut genug bewandert; manchmal kommt mir diese Lehre vor wie ein Buch mit sieben Siegeln; wie ein Gemisch aus biblischer Geisteskrankheit und Gewäsch von Deutschen – doch hol's der Teufel, wenn sie die Welt verbessern kann, dann ist alles in Ordnung, und ich bleibe weiter einer von den Sympathisierenden, die Mitläufer genannt werden. Doch seit meiner Konfirmation bin ich nicht mehr hier gewesen, und infolgedessen bin ich in keiner Weise auf dem laufenden. Ich befürchte, daß ich mich vergaloppiere, wenn ich spreche; jeder x-beliebige kann mich reinlegen. Ich würde der Sache nur schaden."

Vorsitzender: „Mit anderen Worten, deine Formel ist: Alles ist besser, als aktiv zu sein."

Redakteur: „Wahrscheinlich wäre es das beste, ich ginge gleich heute abend zu Fuß übers Gebirge nach Süden. Wenn du willst, kann ich dir das Geld zurückzahlen, das mir in Reykjavik als Vorschuß auf die Redakteurswürde ausgezahlt wurde."

Vorsitzender: „Das Geld war nicht aus meiner Kasse."

20

Morgen im Hotel Djupvik

So begannen im heringslosen Sommer die Morgen im Hotel Djupvik: Egil D. Grimsson sitzt im Wohnzimmer beim Morgenkaffee und blickt in irgendwelche Briefe und Zeitungen; Bersi Hjalmarsson kommt im Citydress aus seinen Räumen und hat seinen Kaffee schon dort getrunken, denn er genießt Sonderbedienung, und ihm wird gebracht, was er will.

Manchmal sind seine Augen gerötet und seine Stimme belegt, doch er hat nie schlechte Laune. Unverzüglich beginnt zwischen den beiden ein Wortstreit, eine Art Schachspiel, das weitergeht, sooft sie sich auch am Tag begegnen, eine verhältnismäßig harmlose, doch ständige Reiberei zwischen ungleichen Charakteren, bei der sich jeder auf seine Kräfte verläßt. Das ist ein isländisches Spiel, bei dem niemand weiß, ob nicht die Partner die ganze Zeit direkt gegen ihre Überzeugung sprechen, einer oder gar beide zugleich. Islandsbersi hat stets Weiß und zieht den Königsbauern.

„Einen schönen guten Tag, Djöful, was gibt's bei Djöfsi heute?"

Der Kapitän: „Och, alles ganz annehmbar."

Islandsbersi: „Gute Notierungen heute?"

Der Kapitän: „Es läppert sich."

Islandsbersi: „Heute Anweisungen der Bank für uns auf den Heringsbooten?"

Wenn die Dinge so weit gediehen waren, eröffnete der Kapitän mit Sicherheit die Partie Sizilianisch mit Schwarz.

Der Kapitän: „Darf ich fragen, was für ein schrecklicher Apfelsinengestank ist das eigentlich hier im Haus?"

„Nimm dir einfach eine von diesen großen, starken", sagte Islandsbersi und zog ein Etui aus der Tasche mit diesen Corona-Zigarren, die wie Leder aussehen, widerlich riechen, schlecht schmecken und einem total die Sinne umnebeln.

Der Kapitän: „Ich ziehe in dem Haus, in dem ich wohne, gute Luft vor, und ich bin nicht der Ansicht, daß es hilft, so etwas zu qualmen. Gestank wird dadurch nicht besser, daß man einen zweiten Gestank dazutut. Außerdem ist dieser Apfelsinengeruch in Island ungesetzlich. Südfrüchte sind hierzulande verboten, außer für Minke und Füchse und für Leute, die nachweisbar im Sterben liegen."

Islandsbersi: „Die Minkfarmer haben nun endlich herausgefunden, daß dieses Zeug nicht in die Viecher hineinzukriegen ist, obwohl das Gesetz es so vorschreibt; dabei ist es gleich, ob es Zitronen oder Apfelsinen sind. Diese Biester wollen nichts Saures und erst recht nichts Süßes, am liebsten nur Hering. Ich versuche dauernd, den Bauernkerlen etwas von dem bißchen Köderhering abzulassen, der angelandet wird und in Bausch und Bogen den Gefrierhäusern im voraus versprochen ist. Womit sollen die Minkfarmer mir diese Heringshäppchen, die sie von mir bekommen, bezahlen? An einem Mink verdienen sie rein nichts – höchstens etwas, wenn sie untereinander Minke tauschen; doch da haben sie am Ende bloß einen anderen Mink für den weggegebenen. Die armen Menschen erwirtschaften nicht mehr als die Apfelsinen von der Regierung."

Kapitän EDG: „Habe ich nicht eben gesagt, Apfelsinen seien hierzulande ungesetzlich?"

Bersi: „Du weißt ebensogut wie ich, mein lieber Djöful, daß Minke ausländische Tiere sind und darum nicht verpflichtet, sich nach den Gesetzen hierzulande zu richten."

Kapitän EDG: „Darf ich den Heringsgrossisten daran erinnern, daß er kein ausländisches Tier in Island ist.“

Islandsbersi: „Ich esse auch nie Apfelsinen. Ich ekle mich davor. Andererseits habe ich erst gestern abend zwölf Kisten Apfelsinen in das hiesige Seemannsheim für Ausländer geschickt, für Färinger und Schweden.“

Der Kapitän: „Wenn die Minkfarmer dieses Zeug nicht in die Minke hineinkriegen, dann haben sie es in der Erde zu vergraben.“

Am Tage danach, als die ersten Züge gezogen waren und alles annehmbar war oder sich zu läppern schien, da fing der Kapitän mit einer Art Rauservariante der Sizilianischen Eröffnung an und sagte:

„Wie scheußlich scheint mir der Herr Grossist im Gesicht zugerichtet, ganz geschwollen, die Augen verquollen und die Lippe geplatzt. Wäre es nicht besser, ein Pflaster darauf zu tun?“

Islandsbersi: „Das sind nur Engelskratzer. Es sind Zeichen guter Gesundheit; das wirst du nie gehört haben, daß sich ein Engelskratzer bei irgend jemand entzündet hätte. Trotzdem will ich jetzt in die Apotheke, um mit Gotti, meinem alten Freund, zu sprechen.“

Der Kapitän: „Engelskratzer? Das ist ein sonderbares Wort. Ich bezweifle, daß es Isländisch ist. Am ehesten könnte ich mir denken, daß es Dänisch ist.“

Es kam so weit, daß die Gewerkschaft von Djupvik, die Stauergewerkschaft, sich zu einem Streik aufraffte. Der Tarif dieser Leute war schon immer ziemlich niedrig gewesen, doch bereitete es Schwierigkeiten, eine gemeinsame Adresse der Gegenseite zu finden, gegen welche die Hafenarbeiter deswegen hätten Klage führen können: es waren Schiffahrtsgesellschaften und Exporteure von allen Ecken und Kanten. Je länger die Heringsfänge ausblieben und je weniger die Reeder darauf aus waren, den Lohn für die Leute, die zur Saisonarbeit zusammengeströmt waren, pünktlich auszuzahlen, um so bereitwilliger nahm diese kleine örtliche Gewerkschaft die Sache in die Hand und warf den Handschuh. Möglich, daß es sich dabei um einen schlau ausgedachten Versuch gehandelt hat, das Interesse der auswärtigen Arbeiter am klassenbewußten Kampf zu wecken und zu erproben, ob man sie nicht unter der Führung dieser zwölf klassenbewußten Schauerleute zusammenrufen könnte zum Kampf gegen unverantwortliche Behandlung, Verschleppung der Lohnzahlungen und kompletten Betrug – was alles sich die Bourgeoisie in guten wie in schlechten Jahren in den Heringshäfen entlang der Küste zur Gewohnheit gemacht hatte, Jahre mit Massenfängen ausgenommen. Die Zeit war reif, diese Leute zu wecken und zu sammeln. Der kleine organisierte Kern tat den ersten Schritt. Der Vorsitzende dieser Gewerkschaft, der mitunter der Interessenvertreter beider Seiten in einer Person war und leicht in die Lage geraten konnte, mit sich selbst zu verhandeln – kann sein, daß er jetzt gegenüber der Partei den Ruf der Inaktivität widerlegen und zeigen und beweisen wollte, daß er noch nicht ganz den guten Wahlspruch des Aktivisten vergessen hatte, daß alles besser ist, als passiv zu sein.

Dieser Hafenstreik dauerte zehn Tage oder so. Auf das Leben der Allgemeinheit im Ort wirkte er sich so aus, daß der Antransport von Waren des täglichen Bedarfs aufhörte. Die Verbindungen mit Djupvik zu Lande waren unzureichend, und es war kaum möglich, den Ort anders als per Schiff zu versorgen. Vorräte waren im Ort so gut wie keine vorhanden. Als der Küstendampfer das erstemal nach Streikbeginn seinen Fahrplan für den Ort einhalten wollte, standen die Stauer auf Streikwache und verhinderten, daß das Schiff abgefertigt wurde. Ein zweiter Versuch wurde während des Streiks nicht unternommen. Kleine Gruppen gutsituierter Djupviker in Gemeinschaft mit nichtorganisierten Arbeitern versuchten, den Stauern das Heft aus der Hand zu nehmen. In zeitgenössischen Quellen über die Vorgänge werden die Leute Faschisten genannt. Eine andere, gleich große Gruppe stellte sich auf die Seite der Stauer. Auf dem Kai gab es ein paar Püffe und Stöße. Ein Mann fiel ins Wasser, er wurde gerettet. Islandsbersi stand auf dem Kai und feuerte die Streikenden an; er verschenkte Apfelsinen, Zigaretten und Glaxomilch. Die Geschichte bewahrt in ihren Annalen dieses Ereignis als die „Große Schlacht auf dem Kai von Djupvik".

Nach kurzer Zeit gab es kein Mehl mehr und folglich auch kein Brot, ebensowenig Butter. Um alles Eßbare in den Läden hatte man sich gerissen; Kaffee und Zucker waren verschwunden wie der Tau vor der Sonne, desgleichen nicht nur Marmelade, sondern auch Waren, welche die Kaufleute jahrelang nicht loswerden konnten, wie zum Beispiel Honig, vor dem sich die meisten Isländer ekeln, weil sie meinen, er wäre Bienenkot: also Honig war verschwunden. Fisch war selbst für Gold nicht zu haben, und es hieß, das Dieselöl sei gesperrt und die Motorboote könnten nicht auslaufen. Konnte man da nicht rudern? Nein, es war zu weit bis zum Fisch, außerdem war man nicht mehr gewohnt, ein Ruder zu führen. So manch einer hatte übelriechenden gesalzenen Katfisch in einem Sack und bot ihn zum Kauf. Unversehens war dieser Geruch ins Hotel Djupvik gelangt, wo Großwesire wohnten.

Nicht alle bei uns waren gleichermaßen von diesem Geruch angetan; dennoch gab es Hotelgäste, die den Geruch von Katfisch für einen der besten Düfte hielten, die sie kannten, weil er sie an ihre Kindheit erinnerte. Manchmal wäre der Apfelsinengestank fast dem Katfischduft erlegen. Keiner hörte je Islandsbersi oder Egil D. Grimsson klagen.

Doch das schlug dem Faß den Boden aus, als auch die Glaxomilch verschwunden war. Es war also kein leeres Gerede in den Reykjaviker Zeitungen, daß Djupvik mit der Glaxomilch stehe oder falle. Djupvik war kein landwirtschaftliches Gebiet, und die Sonderlinge, die eine Kuh besaßen, konnte man an den Fingern einer Hand abzählen. Die Bauern, die von ihren Höfen in die Marktflecken zogen, pflegten sich für den Rest ihres Lebens wirklich vollkommen der Milch zu enthalten. So heilfroh waren die Bauern, der Hölle der ländlichen Gebiete (die zu loben die Dichter der Städte sich nicht genugtun konnten) mitsamt dem dortigen unerträglichen Stallmist entronnen zu sein, daß sie Brechreiz bekamen, wenn sie nur Milch sahen; jedenfalls war es so in den ersten Jahrzehnten, nachdem sie die Seligkeit als Kätner ohne Vieh am Strand gefunden hatten. Leider waren ihre Kinder nicht derselben Meinung; es ist medizinisch nachgewiesen worden, daß Landkinder, die aus dem Gras auf den Sandstrand verpflanzt wurden, in diesen Jahrzehnten aus Milchmangel verkümmerten und starben. So unglaubhaft es ist, die alten Leute der Katen schlossen sich in diesem Punkte den Kindern an. Da geschah es, daß die Glaxomilch in Island erfunden wurde, die an die Stelle zweier Dinge treten sollte: des falschen ländlichen Idylls der Dichter und des Klauenviehs der Landgemeinden. Die Glaxomilch rettete der Generation das Leben, die sich von Kühen befreit hatte, und gab ihr den Glauben an das Leben zurück, das trotz allem aus den Kühen zu kommen schien. Deswegen herrschte mitten im Streik an dem Morgen große Freude, als Islandsbersi wie ein Blitz aus heiterem Himmel die Treppe des Hotels Djupvik heraufkam und eine volle Kiste (vierundzwanzig Dosen) Glaxomilch mit sich schleppte. Es war das erstemal, soweit man weiß, daß dieser Großreeder etwas anderes als Whisky trug. Er setzte seine Last auf einem Sessel im Wohnzimmer ab; Kapitän Egil D. Grimsson saß im Zimmer und trank dünnen Tee ohne Zucker und aß trockenen Keks.

„Na ja, guten Tag, Djöful, es gibt gute Nachrichten; keiner braucht mehr im Hotel Djupvik Not zu leiden", sagte Islandsbersi. „Hier ist Glaxomilch."

Kapitän EDG: „Ja, ich kenne das Zeug. Es ist Dreck."

Bersi: „Aber die Wissenschaft sagt das nicht, lieber Djöful, und die Dichter auch nicht. Du mußt doch das Loblied auf die Glaxomilch von unserem Nationaldichter kennen:

(Melodie: Was ist so froh oder Josef, Josef)

O Glaxomilch, genial vom Himmel oben
kommst du und schenkst uns neue Visi-on;
geräumig wird der Philosophenkoben,
und hehrer Hoffnung freut sich Sira Jon;
das Hungersnotgespenst wird abgeschoben,
beginnen kann die Revoluti-on."

Kapitän EDG (ungewiß, ob er das Gedicht verstanden hat): „Ich dachte, der Grossist wüßte sehr wohl, daß alles Lob über Glaxomilch und auch über anderes im voraus gekauft und bezahlt ist. Deswegen gibt es in der ganzen Welt keinen Optimismus mehr außer in Reklameanzeigen."

Bald danach war der Streik zu Ende, und es kam genug Glaxomilch. Es ist allbekannt, wenn ein Streik aufhört, dann wird weder in den Zeitungen noch im Rundfunk berichtet, was ausgehandelt wurde, noch um wieviel Prozent der Lohn erhöht, noch um wie viele Stunden die Arbeitszeit verkürzt, noch um wie viele Wochen der Urlaub verlängert wurde. Darüber herrscht Stillschweigen, damit die Gutsituierten in der Vorstellung leben, daß alles auf der Stelle stehe und sich an dem, was vor dem Streik bestand, nichts geändert habe.

21

Zwei Briefe und eine Entenfarm

Geschrieben in Harmagedon an der Südküste, zur Zeit der Heuernte, meine ich.

Sehr geehrter Herr Verfasser!

Besten Dank für die Bücher „Die Eheleute im Göttergarten" und „Die große Hungersnot in Persilia". Dieses schreibe ich, weil ich finde, daß Sie anders sind als andere, und um Ihnen mitzuteilen, daß es auf mich keinen Einfluß hat, wenn der Kritiker in der Zeitung sagt, Sie seien in Ihren Wörtern gewöhnlich, kraftlos und langweilig. Sie sind ein Dichter, denn Sie können so gut lügen, daß man es glaubt; und man glaubt es, trotzdem man weiß, daß Sie lügen. Oh, lügen Sie mir weiter etwas vor. Wenn Sie hingegen die Wahrheit sagen, dann denkt man, Sie lügen. Das kommt wohl daher, daß das Leben in Ihren Augen so unglaubhaft ist, daß Sie selbst nicht daran glauben, obwohl Sie es leben. Oh, sagen Sie mir nie die Wahrheit. In den „Eheleuten" zerfällt die Gesellschaft, weil dort alle alle in gleichem Maße lieben, und das bedeutet ebensoviel wie, daß alle alle hassen und jeder jedoch sich selbst am meisten – ist es nicht so? So fasse ich es wenigstens auf, wenn Sie sagen, daß in Persilia alle verhungert sind, weil die Stadt voller Essen war. Ich habe den reichsten Papa im Land, und deswegen welke ich dahin, in Jesu Namen, amen. Ich danke Ihnen für die Hühner, die Sie mir geschenkt haben, nur ein Genie kann einer Frau Hühner schenken. Mama ließ dem Hahn gleich den Kopf abhacken, und die Hennen starben, weil Jehova es so wollte. Kauft man nicht zwei Sperlinge um einen Pfennig, und dennoch fällt deren keiner auf die Erde ohne den Willen eures himmlischen Vaters – ist jemals im Erdenreich ein solcher Satz geschrieben worden? – Wenn Sie aber Papa erzählen, daß ich mit Ihnen gesprochen habe und daß in Italien die Tauben durchs Fenster geflogen kamen, als er Geige spielte, dann bringe ich Sie um. Ich bin ein Lügner wie alle Leidenden, alle meine Lügen sind Lügen von Leidenden, dennoch versuche ich, nur das zu lügen, was wirklich sein könnte. Der Filmschauspieler, den ich liebe, er heißt Valentino und ist leider vor zwölf Jahren gestorben, und der, der über den Atlantik fliegt, hat nie vorgehabt, sich scheiden zu lassen; es ist Lindbergh: ich habe sie auf einem Empfang bei Madame Tussaud in London kennengelernt, als ich klein war. Wo sind Sie, und wo ist Ihre Entenfarm, darf ich Sie besuchen?

Ihre Sie liebende
Bergrun Hjalmarson

Dieser an mich gerichtete Brief war von einem Ort zum anderen geschickt worden, ständig war eine neue Adresse über die alte geschrieben worden, bis er mich erreichte. Die Schrift des Briefs ähnelt Kupferstichen von Sprichwörtern und Palindromen in einem Übungsheft für Kinder: die gleichen Buchstaben einer wie der andere, sie könnten aus demselben Fach eines Setzkastens stammen.

Und obwohl diese Schrift gänzlich unkünstlerisch ist, ist sie dennoch die Schrift selbst, die Idee der Schrift. In dieser Schrift hat sich Leib und Seele des Schreibers versteckt, wenn nicht gar umgebracht, in einer abstrakten Form, die in ihrer Vollkommenheit an Spielerei grenzt.

„Hell scheint heute die liebe Sonne", sagte der Erzähler am Morgen, als er den Brief bekommen hatte und ins Wohnzimmer trat, um Kaffee zu trinken.

„Sie schimpfen darüber", sagte Kapitän Egil D. Grimsson. Er blätterte in den Briefen vor sich auf dem Tisch, während er frühstückte. Seine untere Gesichtshälfte sah wirklich aus wie die Unterseite eines Pferdehufs: der herabhängende Schnurrbart entsprach dem Huf und der Mund der Hornsohle: beides zeigte rechts und links nach unten. Ich kann nicht abstreiten, daß es manchmal hinter dieser eisernen Näherinnenbrille aufleuchtete, doch das nehme ich auf meinen Eid, daß, solange ich dort war, das Unterantlitz des Kapitäns sich nie zu einem Lächeln verzog. Ihm fehlte nur die Ausstaffierung Grocks, des ernstesten Menschen, den es je gegeben hat; dieser Mann hatte stets ein Kännchen Glyzerin bei sich, um sich heimlich das Gesicht einzureiben, damit er auf natürliche Weise weinen konnte, wenn etwas Spaßiges geschah. Kapitän Grimsson fügte hinzu: „Bei Sonnenschein kommt der Hering nie nach oben."

„Ja, ob es, genau betrachtet, nicht gescheiter ist, sich bei solcher Witterung auf Enten statt auf Hering zu verlegen?" fragte ich.

Der Kapitän machte große Augen, hörte auf, seine Post zu lesen, und sah mich über die Brille hinweg an.

„Wovon reden Sie?" fragte er.

„Von der Entenfarm", sagte ich.

„Was für einer Entenfarm?"

„Ich habe im Frühjahr auf dem Empfang in Reykjavik Ihren Schwiegersohn kennengelernt . . ."

Der Kapitän: „Auf was für einem Empfang?"

Der Erzähler: „Auf dem Empfang Bersi Hjalmarssons im Hotel Borg."

Kapitän EDG: „In der Regel darf ich die Empfänge bezahlen, zu denen Bersi Hjalmarsson einlädt."

„Sonst stimmt es doch aber wohl, daß Ihr Schwiegersohn Enten besitzt?" fragte ich.

Der Kapitän: „In meiner Gegend sagte man Anten."

„Ich frage ja bloß nach diesen Vögeln, weil Ihr Schwiegersohn mir seinerzeit vorschlug, ihm eine Entenfarm abzukaufen. Was für Enten sind es eigentlich?"

Der Kapitän: „Soweit ich weiß, sind es Wildenten."

Der Erzähler: „Meinen Sie Stockenten?"

Der Kapitän: „Nein, es sind echte Wildenten. Ich dachte, Wildenten kennt jeder."

„Um die Wahrheit zu sagen: ich habe nur von einer Wildente gehört", sagte ich, „und das ist die Wildente bei Ibsen; wenn ich mich nicht irre, war es eine Frau. Wenn man aber nicht weiß, was eine Ente ist, dann macht es selbstverständlich nichts aus, alle Enten der Welt Wildenten zu nennen. Ich frage, weil der Entenfarmer, Ihr Schwiegersohn, diesen Vorschlag gemacht hat, und da ich mitunter etwas mit Vögeln zu tun hatte, würde es mir Spaß machen, bei passender Gelegenheit diese Farm zu besichtigen."

Der Kapitän: „Ich habe mit diesen Vögeln nichts zu schaffen. Habe auch so genug um die Ohren. Der Junge hat sich diesen Sommer hier nicht sehen lassen, er hat jetzt wohl etwas anderes vor. Seit meiner Kindheit habe ich kein Entenei mehr gesehen. Es trifft sich aber gut, daß ich siebenundzwanzig Wechsel bei mir habe, die der Junge beim Kauf für diese Entenfarm ausgestellt hat. Das Unternehmen befindet sich jenseits des Passes am Klammbachsee. Mit einem Lastauto kann man sich bis dorthin durchschlagen. Sie können die erwähnten Wechsel gern übernehmen und die Anten erwerben."

Der Brief, den ich schrieb:

Djupvik, usw.

Liebes Fräulein Bergrun Hjalmarsson!

Etwas beklommen beginne ich damit, Ihren Vatersnamen mit zwei s zu schreiben, obwohl Sie selbst es nicht tun. Sie sind doch in keiner Weise der Sohn eines Hjalmars, sondern Bergrun Bersistochter. Nun möchten Sie aber nicht so heißen, und wer soll seinen Namen bestimmen, wenn nicht derjenige, der ihn führt? Deswegen verspreche ich Ihnen, Ihren Vatersnamen nie wieder mit zwei s zu schreiben.

Es tat mir leid, zu erfahren, wie es den Hühnern erging. Ich verstehe gut, daß Sie darüber etwas verbittert sind. Hier haben wir hingegen ein gutes Kino, das in der Tat das „Gute Kino" heißt und insofern einzig dasteht, als es noch keine Tonfilme bekommen hat. Doch darin ist man der Zeit voraus, daß man im Dachgeschoß einen Hühnerstall hat mit Gekräh und Gekakel in allen Kasus, Tempora und Modi an Stelle von künstlerischen Dialogen, Musik, Revolverschüssen und Sex. Wenn Sie hierherkämen, würde ich Sie ins „Gute Kino" einladen.

Ich vergaß zu erzählen, daß unter dem Kino eine Apotheke ist; von dort geht mit der Zugluft durch die Dielen ein starker Apothekengeruch aus, der gefährlich sein könnte, vergleiche die Dichterin Gudrun Zugluftstochter.

Ich darf auch nicht vergessen, Ihnen zu erzählen, daß ich meinen Plan, eine Entenfarm von einem gewissen Schwiegersohn und -vater zu kaufen, schon weit vorangetrieben habe; es sind sehr vertrauenerweckende Leute wie alle Schwindler. Diese Entenfarm besteht aus Wildenten wie bei Ibsen, und die Bank hat den Ankauf mit einem einfachen Wechseldarlehen unterstützt, das ich vielleicht übernehme. Ich glaube zu wissen, daß man dort ein prächtiges Schloß für den Entengrafen errichtet hat. Ich hoffe dieses Schloß als Zugabe beim Kauf der Enten zu bekommen. Ich bin sicher, es würde Ihnen Freude bereiten, ein solches Schloß zu betreten und die Wildenten schnattern zu hören wie in einem Drama von Ibsen.

Hier im Ort gibt es eine Ziege. Sie frißt Capstan-Zigaretten und gilt für ziemlich trunksüchtig; das Wiederkäuen soll sie verlernt haben.

Hochachtungsvoll mit herzlichem Gruß und dem Wunsch für gute Besserung.

Ihr ergebener Vogelhändler und Ihr Genie usw.

22

Eine Biergeschichte

Die Glasfabrik hatte es nicht so leicht. Der Direktor der Glasfabrik äußert sich wenig zuversichtlich. Das Glas hält nicht zusammen. Die Scherben werden auf einen Haufen geworfen. Der Haufen ist schon höher als die Fabrik. Der Haufen ist zu einem Berg geworden. Der Glasberg wird immer höher. Bisher haben alle Völker Glas herstellen können, wenn sie es nur versucht haben. Hier erscheint das erstemal in der Weltgeschichte ein Volk, das kein Glas herstellen kann.

„Ich fange an zu glauben, was Islandsbersi dir im Frühling auf dem Empfang im Hotel Borg prophezeite“, sagte ich. „Du wirst bestimmt weltberühmt.“

„Uns fehlt nur ein gewisser Stoff für das Glas", sagte der Mann. „Ich habe beim Althing wieder und wieder einen Zuschuß beantragt, um diese Zutat erwerben zu können; ich habe der Regierung wegen dieser Sache Dutzende von Briefen geschrieben; ebenso der Bank. Aber sie denken alle an den Hering, der doch ständig fehlschlägt. Jetzt macht Islandsbersi zum viertenmal Bankrott. Noch einmal müssen Althing, Regierung und Bank ihn retten, statt ihn unwiderruflich ins Gefängnis zu stecken. Und bei uns zerbricht weiter das Glas, weil wir das bißchen Zeug nicht bekommen, das wir brauchen, damit es zusammenhält."

Wenn die Aussichten auch trist waren, so gab es doch einen schwachen Hoffnungsschimmer. Wie schon oft schien der Ruhm von auswärts zu kommen. Diesmal von Schweden – vielleicht. „Wenn sie uns mit dem Stoff, den wir brauchen, aushelfen, tja, dann sollst du Glas zu sehen bekommen."

Er wendete sich in dieser Frage deshalb an mich, sagte er, weil ihm bekannt war, daß ich hier am Ort über eine kleine Druckerei verfügte und dieser Schuppen leer stand. „Würdest du", fragte er, „mir gestatten, bei dir im Schuppen ein paar Fässer mit diesem Stoff einzulagern, die ich erwarte, falls das Glück mir hold ist und das Schiff herankommt?" Ich hatte keinen Grund, diesem guten Mann nicht gefällig zu sein, der wie so viele seinen Schatz in einem Glasgefäß trug.

Ich werde jetzt diese Geschichte möglichst ohne Umschweife fortsetzen. Zunächst trafen bald darauf aus den Ostfjorden Meldungen über ein Schiff ein. Es wurde erzählt, das Schiff sei weder allzu groß noch auffällig; es sei schwarz gestrichen. Die Schiffer wollten einen Hafen ausmachen, der nicht auf der Karte stand. Die Ostfjorder rieten ihnen, auf Langanes oder auf Melrakkasletta im Norden zu suchen. Männer, die mit ihnen auf dem offenen Meer sprachen, erfuhren nicht, was sie geladen hatten. Die Besatzung kam den Leuten unheimlich vor.

Dann war von Schiff und Schiffern einstweilen nichts zu hören, und Vermutungen wurden laut, daß sie weit draußen auf dem Meer die Karte studierten. Später war zu erfahren, daß sie weit nördlich vor der Küste umhertrieben und Maschinenschaden hatten; sie brauchten lange Zeit für die Reparatur. Sie hatten keine Flagge gehißt, auch keinen Wimpel. Jemand rief sie auf norwegisch an und fragte, ob sie Bier an Bord hätten. Sie sagten, das sei der Fall, doch sei es nicht zum Verkauf; sie tranken ihr Bier selber.

Im Nordland lief jetzt das Gerücht um, draußen sei ein mit Bier beladenes Schiff, das eine Gelegenheit abpasse, die Ware an einem Ort anzulanden, der nicht auf der Karte zu finden sei; Bier ist in Island in Acht und Bann getan, und deshalb wird immer leise geflüstert, wenn diese schreckliche Flüssigkeit sich dem Lande nähert. Weiter wurde erzählt, die Schiffsleute hätten vor, das Bier im Nordland gemäß Übereinkunft mit einheimischen Mitwissern zu vergraben.

An dieser Stelle sehe ich mich vor die Notwendigkeit gestellt, im Interesse meiner Leser, die nach dem Jahr 1913 geboren sind, eine Zwischenbemerkung zu machen. In jenem Jahr trat in Island das Gesetz in Kraft, nach dem das nordische Getränk Bier, das hier von Anbeginn der Besiedlung bekannt war, den Isländern gesetzlich verboten war; statt dessen wurde ein Getränk eingeführt, das auf dem Flaschenetikett „Gefärbtes Zuckerwasser mit künstlichem Fruchtgeschmack“ genannt wird.

Es gehört nicht zum Anliegen dieser Blätter, diese sonderbare Erscheinung zu erklären; das ist für größere Gesetzeskommentatoren, als es der Schreiber dieses Buches ist, zu einer schwierigen Aufgabe geworden, sowohl im In- wie im Ausland. Doch muß man jeder Nation das Recht zugestehen, unbehelligt ihre speziellen Offenbarungen zu haben, gleich ob sie ihr oder andern verständlich sind.

Bemerkenswert ist die Tatsache, daß die Isländer weniger von diesem schrecklichen Naß tranken als irgendein anderes nach Sitten und Ursprung vergleichbares Volk, solange es erlaubt war. Man nimmt an, daß es in der Stadt Reykjavik höchstens fünf halbdänische Familien gegeben hat, in denen der Hausherr dieses Getränk zum Sonntagsbraten genossen hat. Das übrige wurde wie andernorts auf der Welt in Wirtshäusern getrunken, nicht zuletzt in nordischen Ländern, und niemand wurde gewahr, daß an dem Getränk etwas verkehrt gewesen wäre; es ist ja auch das einzige Getränk, mit dem sich Säufer nicht abgeben, und das rührt daher, daß es zeitraubend ist, sich damit in Selbstmordstimmung zu trinken; auch wenn sie zwölf Stunden am Tag dabei sitzen, werden sie nie recht betrunken, selbst wenn sie sich zwei Liter pro Stunde einhelfen. Ausländer sind der Meinung, daß die Isländer das Bier wegen seiner zu langsamen Wirkung des Landes verwiesen haben. Doch offenbar haben Frauen in Island seinerzeit das meiste dazu beigetragen, das Bier zu ächten. Frauenvereine haben sich seitdem stets scharf dagegen gewendet, wenn dieses Verbot gelockert werden sollte, obwohl niemals der Beweis dafür geliefert wurde, daß je eine isländische Frau sich Bier über die Lippe kommen ließ, seit das Land besiedelt wurde. Dennoch kann es sein, daß das Bier in gewisser Weise die Nebenbuhlerin isländischer Frauen gewesen ist. Ungezählt sind ergreifende Bittschriften wie auch herzzerreißende briefliche Notrufe von Bauersfrauen in Island, die dem Althing und anderen Institutionen und Ämtern zugingen, in denen diese Frauen die Behörden unter Tränen beschworen, das Land niemals in die Gefahr zu stürzen, in die sie durch die Gnade Gottes seit 1913 nie mehr geraten waren (und nachweislich auch nicht vor 1913).

Gegen Abend saßen wir am Fenster und spielten eins der sinnlosen Spiele, auf die Bersi Hjalmarsson so großen Wert legte, wahrscheinlich weil ihm solches gemeinsame Tun freundschaftliche Beziehungen zwischen den Menschen zu knüpfen schien, die er nicht missen wollte. Stand da nicht unten an der Treppe eine Gruppe auswärtiger Frauen vom Lande, fast alle nicht mehr die jüngsten. Einige trugen ihre Nationaltracht und einen Regenmantel darüber; ihre Zöpfe hatten sie hochgebogen und die Enden unter ihre Trachtenmütze gesteckt, eine flache Mütze mit einer langen schwarzen Troddel. Andere hatten rosaseidene Blusen und Pumphosen bis auf die Knöchel an, Schnürschuhe mit hohen Absätzen; auf dem Rücken trugen sie ihre Sättel.

Bersi: „Du bist Redakteur, Freund, geh hinaus und frage, was wir für diese Frauen tun können."

Ich ging hinaus, um mit den Frauen zu sprechen. Es waren Vertreter eines Frauenverbandes von vier Bezirken westlich der Helkunduheide. Sie waren zu einer dringend notwendigen Versammlung wegen der Bierfrage hierhergekommen. Man hatte sie sitzenlassen. Das Boot, das sie von hier abholen und nach Hause bringen sollte, hatte sie vergessen. Sie standen obdachlos da, im Stich gelassene Passagiere und deprimierte Phantasten; nach ihren eigenen Worten fehlte angesichts der kommenden Nacht nicht viel daran, daß sie vor Enttäuschung und Zorn Kommunisten würden.

„Das hat keinen Sinn“, sagte Bersi Hjalmarsson. „Es ist an der Zeit, daß man damit aufhört, Trollweiber in Island an der Nase herumzuführen. Wir bereiten diesen Frauen ein Fest.“ Dann drückte er auf den Klingelknopf für die Hoteldirektorin und rief: „Hnulla, Hnulla, Braten für fünfzehn!“

Jetzt wendete sich bei diesen Frauen das Blättchen: eben noch standen sie von Gott und den Menschen verlassen auf dem Platz, jetzt waren sie bei Islandsbersi, dem wahren Harun al-Raschid, zum Gastmahl eingeladen. Wie um sich auszuweisen, händigten sie uns ein Dokument aus, das in dem damals bei Frauen noch üblichen schicksalsschwangeren Ton gehalten war; sie wiesen darin auf das Entsetzen hin, das die Bevölkerung bei der Nachricht gepackt hatte, ein Schiff sei draußen vor dem Nordland gesichtet worden, beladen mit dem Getränk, das von Urzeiten an den Isländern das größte Unglück gebracht hatte, und es sei die Absicht der Ausländer auf dem Schiff, dieses Getränk an einer unbewohnten Stelle in der Nähe der nördlichen Häfen anzulanden; es galt für sicher, daß diese Schmuggler ihr Augenmerk auf Djupvik gerichtet hatten.

Wir hörten uns diese wichtige Botschaft an und setzten eine Miene auf, als wären wir sehr erstaunt; nur glaubte ich sicher zu sein, daß der Schüttelnerv in Bersi Hjalmarssons Bauch zu reagieren begann; dann wurde mir als dem Vertreter der Presse das Dokument zur Veröffentlichung übergeben. Der Duft von Beefsteak und Zwiebeln stieg den ideenreichen Frauen in die Nase, die bestimmt inzwischen hungrig waren, wie es bei Idealisten nicht ungewöhnlich ist; und während eines der Trollweiber das böse Schiff vor der Nordküste eingehend beschrieb, zog ihm der Großreeder eine Reihe Silbermünzen aus der Nase; das bereitete der Gruppe und allen im Hotel so große

Freude, daß niemand mehr an das schreckliche Schiff dachte.

„Woher kommen Sie, gute Frau, mit all diesem Silbergeld in der Nase?“ fragte Bersi Hjalmarsson.

„Ich bin aus Gudrunsstätten“, sagte die Frau. (Über dieses Gehöft gebraucht man im Lande diese Redensart: „An allem ist etwas auszusetzen, nur nicht an meinen Gudrunsstätten.“)

Es war alles genau wie in „Tausendundeine Nacht“. Als Bersi sich an die Wortführerin wandte und fragte, was sie und ihre Gruppe zum Braten trinken wollten, denn hier stehe alles zu Gebote, da sagte diese Alte aus Gudrunsstätten: „Uns kann man alles anbieten, nur nicht das Häßliche, das man nicht nennen darf.“

Nachdem die Frauen den Braten gegessen und Whisky dazu getrunken hatten, tanzten sie miteinander bis in die Nacht. Dann legten sie sich auf den Fußboden und die Bänke und schliefen sich aus; und das Boot, das sie am Abend vergessen oder vielleicht nur einen Maschinenschaden bekommen hatte, kam frühmorgens, um sie abzuholen.

23

Revolutionäre Situation

Eine Mittagsmahlzeit im Hotel Djupvik bestand oft aus Fisch und einer Suppe. Wenige Tage später, als wir uns an den Tisch setzen wollten, bemerkten wir, daß die Hauptstraße voller Leute war, unter denen eine gewisse Unruhe herrschte. Wir ließen uns dadurch nicht stören, sondern aßen das Fischgericht. Es dauerte jedoch nicht lange, bis von draußen Gesang und Musik zu hören waren, und bald darauf begann jemand mit einer Rede. Islandsbersi wurde neugierig, stand vom Tisch auf und spazierte hinaus. Bekanntlich wird in Island die Suppe als Nachtisch gegessen, und wir waren noch nicht weit damit gekommen, als nach Kapitän Egil D. Grimsson, Beauftragten und Inspekteur der Bank, gefragt wurde. Er stand auf und ging hinaus. Beide Wesire waren vom Tisch verschwunden. Wir Nullen ohne Namen, die sitzen geblieben waren, sagten kurz „gesegnete Mahlzeit", standen auf und gingen nach vorn in die Rezeption, um aus dem Fenster zu sehen. Draußen vor der Tür stand eine große Abordnung. Mittendrin Bersi Hjalmarsson; er hielt seinen Stock im Winkel von dreißig Grad, trug einen Anzug nach Art des Weltkapitalismus der City of London mit der dazugehörigen Melone auf dem Kopf; in der freien Hand hielt er die brennende Zigarette; er diskutierte mit der Abordnung. Die Diskussion wurde von lautem Gelächter begleitet.

Kapitän Egil D. Grimsson schritt die Treppe hinunter und nahm vor den Leuten den Hut ab, den er zu diesem Zweck mitgenommen hatte. Der Anführer der Gruppe richtete seine Worte an den Kapitän, und der Kapitän sah den Mann feierlich über seine Brille hinweg an. Das silberne Hufeisen bog sich fast zu einem Ring zusammen, während er sich die Botschaft folgenden Inhalts anhörte.

Werktätige Männer und Frauen, die zur Heringsfangsaison nach Djupvik kamen, waren wegen schlechter Fänge dem Hunger ausgesetzt, und nicht nur ganze Schiffsbesatzungen, sondern auch Handwerker, Techniker und Werkmeister aller Art; diese Leute sind in jeder Hinsicht betrogen worden, und wer nur irgend konnte, ging fort. Sie ließen ihre Arbeit liegen und warfen zornig ihr Werkzeug hin; keiner hatte mehr Geld in der Tasche, niemand hatte Lohn erhalten, viele hatten hier in der Fremde, weit von daheim, Schulden für Lebensmittel gemacht und ihre

Familien in anderen Landesteilen ohne Unterstützung gelassen; nirgends gab es Kredit für ein Essen, viele waren vor Hunger heruntergekommen; von überall aus dem Lande waren Mädchen mit großen Versprechungen gelockt worden, und die Nation müßte vor Schande blaß werden, wenn man deren Los bekanntmachte.

Dann wurde dem Kapitän ein piekfeines Dokument überreicht, das er feierlich entgegennahm (das Ganze erinnerte ein wenig an ein Pontifikalamt); er zog dann vor der Abordnung den Hut und kam ins Hotel zurück; als er über die Schwelle trat, murmelte er vor sich hin: „Was nicht ist, das ist nicht." Er hängte den Hut dorthin, woher er ihn genommen hatte, und betrat das Eßzimmer, um seine Suppe zu Ende zu essen. Ich setzte mich an meinen Platz und löffelte meine Suppe aus, die anderen Gäste waren nicht mehr da. Mir fiel auf, daß der Kapitän sich nicht die Mühe machte, den Brief mit dem Anliegen der Arbeiter zu öffnen, sondern ihn neben seinen Teller legte. Der Brief stak in einem vornehmen Umschlag, doch mir kam es sonderbar vor, daß er keine Adresse trug.

„Es wäre ganz interessant, zu erfahren, was darinsteht", sagte ich. „Vielleicht sollte ich den Text nach Reykjavik telegrafieren."

„Eilt nicht", sagte er. „Unnötig, nach Reykjavik zu telegrafieren. Ich weiß, was drinsteht. Ich brauche das nicht in Reykjaviker Zeitungen nachzulesen."

„Es dürfte nicht nur für Sie von Interesse sein, wenn die ganze Arbeiterschaft in Djupvik streikt und mitten in der Saison nach Hause geht."

Kapitän EDG: „Das geht keinen etwas an. Ich vertrete die Bank."

Ich fragte: „Wessen Vertreter war der Mann, der die Rede hielt und Ihnen das Dokument überreichte?"

Kapitän EDG: „Warum fragen Sie danach, junger Mann?“

„Die Leute möchten womöglich wissen, wer der Mann war, der das Anliegen der Streikenden vorbrachte“, sagte ich.

Kapitän EDG (als ob nichts wäre): „Es war jemand von der Bank.“

Ich leugne nicht, daß mich diese Mitteilung ein wenig verblüffte, doch nur so, daß mir unversehens herausrutschte: „Sie haben doch wohl nicht das Dokument selbst geschrieben?“

„Nein“, sagte der Kapitän und sah mich über die Brille hinweg fest an. „Sie irren sich. Ich habe das Dokument nicht geschrieben. Übrigens steht es Ihnen durchaus frei, den Brief zu öffnen und zu lesen, wenn Sie wollen.“

Im Umschlag befand sich ein leerer Bogen Papier, sonst nichts. Ich betrachtete das unbeschriebene Blatt genau auf beiden Seiten. Kein Buchstabe. Währenddessen sah mich der Kapitän mit unbekümmerter Miene an; er verriet keine Spur eines Lächelns. Da fiel mir plötzlich ein, daß ein wirklich großer Spaßmacher niemals lächelt. Die Hoteldirektorin kam herein, um nach dem Tisch zu sehen, als ich gerade den Brief aufmachte. Sie sah, wie ich ihn wieder in den Umschlag steckte. Sie verzog ein wenig das Gesicht. Ich sah sie an, doch sie blickte weg.

„Tja, was der lieben Vorsehung nicht alles in den Sinn kommt!“ murmelte die Frau vor sich hin. „Möchten die Herren mehr Fruchtsuppe?“

Wir dankten beide, und die Frau ging hinaus.

„Was meinte die Frau?“ fragte ich.

„Das war auf mich gemünzt“, sagte der Kapitän. „Doch ich mache mir nichts daraus. Wir leben alle aus Gnade. Die Frau auch.“

Der Funktionär der Partei ließ mir sagen, ich möchte schnell einmal hinüber ins Büro der Djupsild kommen und mit ihm eine Kleinigkeit besprechen. Da waren alle Prominenten versammelt, die am Ort erreichbar waren: Heringsgrossisten, Ölpreß- und Guanomeister sowie andere leitende Kader der Heringsölfabriken, die Beamten des Territoriums nicht zu vergessen; der eine war ein goldbetreßter, byzantinischer Bezirksvorsteher, der mit Gaumen-R sprach; der zweite ein Bürgermeister; der dritte so etwas wie ein Polizeipräfekt mit Vollmacht aus Reykjavik (er hatte zwei Polizisten unter sich), des weiteren ein echter Gemeinderatsvorsitzender mit verarbeiteten Händen und einer Adlernase. Obwohl sich dieses in einer der entlegensten Ecken der Welt zutrug, hatten alle einen schwarzen Anzug und ein weißes Hemd mit schwarzer Schleife an, die Kleidung, die mich früher veranlaßte, ins Haus zurückzukehren und mich wieder ins Bett zu legen, wenn am Morgen jemand derart ausstaffiert an mir vorbeiging. Der Funktionär der Partei saß auf einem Schreibtischstuhl, einem mit drehbarer Achse, und bewegte ihn in Halbkreisen, während er mit den Männern sprach. Als ich eintrat, machte er eine kurze Zwischenbemerkung und sagte: „Das ist die Presse." Es ist zu bezweifeln, ob die Männer verstanden, was er meinte. Wenigstens schien mein Stand als Vertreter der Weltpresse keinen sichtbaren Eindruck auf sie zu machen.

„Anscheinend haben wir es hier mit einer Revolution zu tun", sagte der Bezirksvorsteher mit dem Gaumen-R.

„So, ja, haben wir es?" sagte der Direktor von Djupsild und Funktionär der Partei. „Revolution nach rechts, oder was?"

„Ja, ist es nicht so", sagte der Bezirksvorsteher. „Oder vielleicht nach links. Ich bin Richter und deshalb in dieser

Frage unparteiisch. Habe mich nicht damit befaßt. Doch wenn es keine Rechten sind, dann sind es bestimmt Linke, denn so führen sich nur Rechte und Linke auf."

Vertreter von Djupsild, der Partei usw.: „Es könnten Zentralisten sein."

Bezirksvorsteher: „Ja, hast du das denn nicht selber angeordnet? Das möchte ich am ehesten glauben."

Funktionär der Partei: „Angeordnet was?"

Bezirksvorsteher: „Die Revolution."

Funktionär der Partei: „Ich habe keine Revolution angeordnet. Ich weiß nicht, wovon du redest. Weißt du es selber?"

Noch einmal wurde die bekannte Tatsache hervorgehoben, daß die Fischgründe hier vollkommen tot waren, keine absetzbare Ware wurde angelandet, alle Kassen leer; es war nicht einmal möglich, die Leute abzutransportieren, es sei denn, die Staatskasse bürgte für das Fahrgeld. Einige sagten, sie wollten zu Fuß über die Gebirge nach Süden, doch hätten sie nicht einmal Geld, um sich Proviant und Schuhzeug zu kaufen.

Funktionär der Partei: „Ich begreife. Die Leute werden von überall zur Arbeit hergeholt. Die meisten bekommen nichts zu tun. Die arbeiten, bekommen keinen Lohn. Jetzt ist es so weit, daß keiner etwas zu essen hat. Die Leute sind entschlossen, wegzugehen. Ist das nicht logisch? Was erwartet ihr?"

Die Versammelten sangen weiter ihre Klagelieder und kamen nicht vom Fleck. Die finanzielle Lage der Nation in künftigen Zeiten hing davon ab, ob die Produktionsanlagen parat oder nicht parat sein würden, wenn der Hering wiederkäme. (Einwurf von Djupsild: „Wer garantiert, daß der Hering wiederkommt?") Die Arbeiter scheinen nur an sich selbst zu denken, und das Auskommen der

Nation ist ihnen egal. (Einwurf von Djupsild: „Was geht uns das Auskommen der Nation an?") Nun wollten die Leute bedenkenlos alle diese halbfertigen Anlagen entlang der Küste verlassen, obwohl Egil D. Grimsson erklärt hatte, daß alle durch die Gnade der Bank gegen gelegentliche Erstattung seitens des Staats zu essen bekommen sollten. Der Gemeinderatsvorsitzende erwähnte, daß er und die anderen im Gemeinderat eigentlich schon zurückgetreten seien; das gleiche gelte vom Gemeindevorsteher, ihrem Unterkontoristen. Der Bezirksvorsteher sagte, und sein Gaumen-R kam ausgezeichnet heraus, daß er zwar gesetzlich bestallter Bezirksvorsteher und Amtsrichter in dieser Gegend sei oder „die liebe Obrigkeit", wie die Leute sagen, daß er aber im Interesse der Revolution nur eines tun könne, und das sei, tschüs zu sagen. „Wenn wir nicht mehr regieren können und gezwungen sind, dem Volk die Macht zu übergeben, dann ist meinem Amt die Grundlage entzogen; das sieht jedermann mit gesundem Menschenverstand, daß ich fix und fertig bin." Das gleiche sagten die Direktoren, ob sie nun private oder staatliche Direktoren waren: „Wir übergeben einfach die Betriebe den Leuten. Wir sagen einfach: seid so gut, bitte schön. Wenn es hier darauf ankommt, ob das eine logischer als das andere ist, dann ist es nach unserer Meinung am logischsten, daß du alles übernimmst", sagten sie zum Funktionär der Partei. „Du hast eine Weltmacht hinter dir. Was haben wir? Bürgschaft einer stinkgeizigen Bank in London, die die Kronen nur zu härtesten Bedingungen leiht. Jetzt sieht es so aus, daß wir für das nächste Darlehen unseren letzten Öre hergeben müssen, nämlich die Zolleinnahmen des Staats als Sicherheit."

„Mein Unternehmen Djupsild gebe ich nicht ab", sagte der Vorsitzende der Partei.

Die Direktoren: „Nimmst du unsere Vollmacht entgegen, mit diesen Leuten zu verhandeln? Möchtest du es übernehmen, diese Leute zu lenken?"

Funktionär der Partei: „‚Diese Leute', wie ihr sie nennt – sie haben mir keine Vollmacht erteilt, mit euch zu sprechen. Das sind eure Leute. Meine Leute, für die ich Vollmacht habe, haben ihren Streik gehabt, ihre Verträge abgeschlossen und ihr Geld bekommen. Ihr werdet euch selber mit euren Wildkatzen herumschlagen müssen."

Der Polizeipräfekt (ein Auswärtiger): „Tja, ich habe weder Mannschaften noch Ausrüstung, um hier am Ort Schlägereien und Totschläge zu verhindern."

Vertreter der Partei: „Ich werde dir meine Schrotflinte leihen, Freund." (Flüchtiges Lächeln.)

Der Bezirksvorsteher (setzt den letzten Rest von Autoritätsmiene auf): „Hier handelt es sich nicht um einen Spaß. Kein Zweifel daran, daß eine revolutionäre Situation vorliegt. Und der Ausgang ist ungewiß."

Vertreter der Partei: „Habt ihr euch überlegt, ob das angeht, stillschweigend seinen Posten zu verlassen oder mir Betriebe und Institutionen zu übergeben, die zu leiten ihr übernommen habt? Ihr seid doch entweder von einer legalen Mehrheit in eure Ämter gewählt oder von einer rechtmäßig eingesetzten Regierung angestellt. Was macht euch so kribbelig?"

Antwort: „Wir bitten um begrenzte Mitverantwortung der Arbeiter, um der schwierigen Lage Herr zu werden, die sich aus höherer Gewalt ergeben hat."

Der Bezirksvorsteher: „Also, wie ich bereits gesagt habe, die Situation ist revolutionär, das sieht jedermann mit gesundem Menschenverstand."

In Reykjaviker Zeitungen aus dieser Zeit kann man eine

Notiz lesen, die zwar nicht direkt von mir, der die Geschichte erzählt, abgefaßt ist, aber hinsichtlich ihres Ursprungs möchte ich meine Hände nicht absolut in Unschuld waschen. Darin heißt es: „Beamte und Großindustrielle in Djupvik, mit Ausnahme von Bersi Hjalmarsson, haben heute nachmittag bei den Wortführern der Arbeiter im Ort, die sich eiligst zur Abreise rüsten, vorgefühlt und ihnen angeboten, eine Katastrophenkommission zu bilden, d. h. eine Art Revolutionskomitee, zum Zweck der ‚Mitverwaltung' der kommunalen Betriebe und sogar der staatlichen Ämter, solange im Erwerbsleben gegen höhere Gewalten anzukämpfen ist. Die Antwort von seiten der Arbeiter dürfte negativ gewesen sein."

Am Abend blieben wenig Leute zu Hause, um so mehr waren auf der Straße; ziemlich viel Musik alla turca war zu hören, oder man rief Losungen oder hielt kurze Ansprachen, um vor sich und anderen die gemeinsamen politischen Beschlüsse zu bekräftigen. Dazwischen wurde Ziehharmonika gespielt und sogar getanzt. Zu Beginn des Abends wurde nicht auffällig viel getrunken, zumal der staatliche Monopolverkauf geschlossen und angeblich leer war, doch ging ein unklares Gerücht über illegale Vorräte um, die von sonstwo herankommen sollten.

In erstaunlich kurzer Zeit entstanden einfache Losungen als Reaktion auf die Lage. Als der Abend fortgeschritten war, bildeten Amateure militärische Marschkolonnen und sangen eins–zwei, eins–zwei; dazwischen riefen sie die Erwiderungen der Leute auf die Vorstellungen der Obrigkeiten:

Alle zugleich, Marsch –
Eins–zwei, eins–zwei.
Wir wollen keine Fabriken haben.
Eins–zwei, eins–zwei.

Wir wollen nicht den Ort verwalten.
Eins–zwei, eins–zwei.
Wir wollen nicht das Land regieren.
Eins–zwei, eins–zwei.
Wir wollen nicht die Welt beherrschen.
Eins–zwei. Halt! Kehrt!
Wir wollen arbeiten und unseren Lohn.
Eins–zwei, eins–zwei, usf.

24

Abend mit Pelzbauern

Die Lieblinge und das Hauptvergnügen von Islandsbersi, die Pelzbauern, wie er sie nannte, hatten nun endlich Ernst damit gemacht, „herauszulassen"; seit langem hatte sich dieser Ausdruck eingebürgert – er galt der schwebenden Drohung der Pelztiergesellschaft, die Käfige zu öffnen und die Raubtiere auf das Leben und die Natur des Landes loszulassen. Seither sind viele Jahre vergangen, da den Biestern erlaubt wurde, die Tierarten, die früher Hauptzierde und Kleinode des isländischen Biosystems waren, zu verfolgen und zu vernichten.

Heute waren die Pelzbauern in guter Stimmung. Sie brachten die letzten Kisten Südfrüchte, die sie noch von der Regierung hatten, um ihre Heringsschulden bei Bersi zu begleichen, denn sie waren sehr zuverlässige Leute. Sie sagten jedoch, mit solchen Dreckfrüchten sollte man die Regierung selbst füttern: Raubtiere wollten sie nicht und Kinder kriegten Bauchweh davon. Mit diesen Männern kam Sira Jon Blaumann, der gewohnheitsgemäß allen Behauptungen die Spitze abbrach: „Das sage ich nun vielleicht nicht, das könnte übertrieben sein, die guten Leute verdienen Nachsicht", das waren nach wie vor seine erlösenden Worte.

Diese Männer hatten jahrelang unermüdlich an das Althing, die Regierung und die Bank Eingaben gemacht und von diesen Stellen verlangt, den Minkfarmern Steuererleichterungen zu gewähren, die Beihilfen für die Minkzucht zu erhöhen und am liebsten zu gestatten, der Regierung jedes geworfene Minkjunge zu einem Preis zu verkaufen, der sich nach dem Ladenpreis von Pelzmänteln bei Harrod's in London richtete. Die Bauern sagten, daß die Antwort der Regierung auf diese Gesuche immer nur darin bestand, ihnen unaufhaltsame Lawinen von Goldfrüchten, Gelbfrüchten und Glutfrüchten zu schicken, denn ein schalkhafter Tierarzt in Reykjavik hatte der Regierung weisgemacht, diese Tiere müßten so etwas fressen, um zu gedeihen. Diese großartigen Namen für altbekannte Früchte wurden zur Erleichterung für die Bauern erfunden, die Anhänger des sprachlichen Purismus waren.

Ursprünglich hatte man sich Hoffnungen hingegeben, das Minkgeschäft werde die ökonomische Lage Islands verbessern und, wie es hieß, „Valuta einbringen", das heißt den Bewohnern ausländisches Geld verschaffen in Zeiten, da isländisches Geld wegen des Heringsfangverlusts u. a. m. so wenig wert war, daß die Wechsler in England lieber falsches als isländisches Geld kaufen wollten. Doch den isländischen Minkfarmern gelang es nicht, mit Ausländern ins Geschäft zu kommen. Der Minkhandel Islands wurde deshalb hauptsächlich von den Eigentümern der Tiere untereinander im Inland gemäß den Prinzipien der Verwandtschaftsheiraten betrieben. Selten hörte man, daß isländische Minkfelle zu einem Mantel verarbeitet wurden, geschweige denn in die Außenhandelsstatistik gelangten. Hingegen kreisten die Minkfarmen ständig unter den Minkfarmern, denn sie versuchten unablässig neue Methoden auszuhecken, einander im Minkhandel übers Ohr zu hauen. Bei diesem Spiel zogen die Einfältigeren stets den kürzeren und blieben mit Ausschußtieren und minderwertigem Kroppzeug sitzen, weil sie in ihrer Ahnungslosigkeit dem lieben Nächsten zu sehr vertrauten; es ist die alte Geschichte. Es ist eigentlich ein ähnliches Spiel, wie wir es seit undenklichen Zeiten zum Zeitvertreib gespielt haben; es heißt das Mützenspiel oder Versteck. Die Spieler sitzen um einen Tisch und lassen ihre Mützen unter dem Tisch kreisen. Derjenige ist Sieger, der die beste Mütze errät; er bekommt die Mütze, die jedoch nicht immer frei von Läusen ist.

Ich weiß nicht, wie ernst eigentlich Islandsbersi die Minkfarmer nahm; ich hörte ihn nie mit ihnen noch anderen über etwas von Belang sprechen; die Frage ist vielleicht eng verknüpft mit der, ob Islandsbersi überhaupt irgend jemanden ernst nahm. Doch offensichtlich war es ihm ein Genuß, zuzuhören, wie die Vorkämpfer des isländischen Wiederaufbaus über ihre Beziehungen zu ihrer Regierung dachten, die nach ihren Worten sehr intelligent und raffiniert war, doch nicht so intelligent und raffiniert wie sie selber, so wie die Leute über ihren Hütehund sprechen, dieses äußerst kluge Tier usw. Zwar war der zeitweilig ein bißchen ungehorsam und nicht immer ganz ohne Mucken, doch würde er sie nie in die Hacken beißen, sooft sie ihm auch einen Fußtritt gaben. Wenn die Pelzbauern ihre Früchte brachten, machte Bersi stets eine Kiste Whisky auf und traktierte sie, bis sie einschliefen. Selbst saß er bei seinem Glas außerhalb der Szene, einmal wie ein Zuschauer in der hintersten Reihe, ein andermal in einer Ecke wie einer, der sich eine Theaterkarte für die Galerie gekauft hat. Er beteiligte sich höchstens am Gespräch, um unverständliche Zeilen einer Strophe zu deklamieren oder den Leuten ein Rätsel aufzugeben; aber sein Schmerbauch wogte. Es kam vor, daß er das Lachen so lange zurückhielt, bis er schließlich platzte und lachte, daß die Tränen liefen, und er schließlich im Falsett kreischte wie ein Kind, das sich heiser geschrien hat.

An diesem Abend hatten die Leute in Djupvik an anderes zu denken, als tatenlose Saufgelage und entmutigende Graubärtezusammenkünfte in der Stube zu veranstalten. Die revolutionäre Situation, von der der Bezirksvorsteher gesprochen hatte, hatte auf der Straße ihren Höhepunkt erreicht, wenngleich die Sache komplizierter geworden war, als die Arbeiter es ablehnten, die Regierungsgeschäfte zu übernehmen. Die Minkfarmer waren für ihr Teil sehr stolz darauf, ihrer lieben Regierung eins ausgewischt zu haben, weil sie es ablehnte, den Minken eine Altersrente zu gewähren; sie konnten nicht verstehen, daß sich im Weltall noch andere Dinge zutrugen. Um zwölf Uhr Mitternacht blieb der Strom weg, wie es allemal bei Generalstreiks auf der Tagesordnung stand, so daß man zum Trinken nicht mehr gut genug sehen konnte. Ich steckte eine Kerze an.

Wie weiter oben nachzulesen, befand sich der brave Geistliche, Sira Jon Blaumann, wieder in Gesellschaft der Minkfarmer, er war wohl mit diesen Männern verwandt oder ihnen verpflichtet. Ein altes Sprichwort sagt, auf viele schwarze kommt mitunter ein weißer Rabe. Wenigstens war Sira Jon ein Mann, der meistens schwieg, außer wenn er jemanden in Schutz nehmen oder wahre sowie erlogene Behauptungen abschwächen wollte. Und nie habe ich gesehen, daß sich Sira Jon ein anderes Getränk zu Munde führte als das berühmte isländische Nationalgetränk „Gefärbtes Zuckerwasser mit künstlichem Fruchtgeschmack". Auch hörte ich nie, daß Bersi gegenüber diesem an Blausucht leidenden alten Mann dummes Zeug redete oder Grossistenwitze machte. Ich glaube, ihre sich stets gleichbleibenden Beziehungen bestanden nur darin, daß Bersi feierlich zu ihm trat und sagte: „Wenn Sira Jon zugegen ist, schweige ich", und daß er dann die blaue, gichtige Hand des Pfarrers ergriff und den Handrücken an seine Wange legte, wobei er diese schönen Zeilen aus einem Heringsbootslied deklamierte:

„Zur Welt kam Jesus in Nazareth,
ja, da wurde ich gänzlich beth."

Oberflächlich betrachtet, scheint es eine Nachahmung des lächerlichen Machwerks „In Bethlehem ist uns ein Kind geboren" zu sein, das in einer Kneipe entstanden sein könnte.

Ich kann mir vorstellen, daß Sira Jon nie drauf und dran war, eine Schlägerei anzuzetteln, doch das hatte er ausgerechnet mit mir an diesem Abend vor, als ich ihn mit Gewalt daran hinderte, um vierundzwanzig Uhr im Hotel Djupvik auf allen vieren den Fußboden im Vorzimmer Islandsbersis aufzuwischen, während die Gäste sich zum Aufbruch rüsteten. Als die Pelzbauern sich verabschiedeten, spuckten sie längst nicht mehr so große Töne.

Die Dienstmädchen waren natürlich – wie immer – nicht erreichbar, sondern auf jenen klassischen Männerfang gegangen, den nach landläufiger Meinung Dienstmädchen betreiben; oder sie waren einfach nach unten in ihr Kellerzimmer schlafen gegangen und ließen sich nicht herausklopfen. Eine Sache für sich war, daß die Pelzbauern auf dem Fußboden des Vorzimmers bei Bersi ihre Visitenkarte hinterlassen hatten; weit schwieriger aber war es, den Grossisten selber unterzubringen, so fest wie er im Sessel schlief. Wenigstens getraute ich mich nicht, ihn auf eigene Faust zu wecken und ihn ins Bett zu bringen.

Zum Glück war der Beauftragte der Bank, Kapitän Egil D. Grimsson, noch nicht zu Bett gegangen, obwohl es schon nach Mitternacht war; er hatte nur die Jacke ausgezogen und las Zahlen bei Kerzenlicht. Als ich in seine Tür trat, zog er sich die Jacke wieder an. Dann ging er mit mir nach unten.

„Es gibt einen Vorzug, den der Auswurf von uns Isländern vor anderen Nationen hat", sagte der Kapitän, als er in das Vorzimmer des Reeders trat und den Geruch bemerkte. „Isländer erbrechen nur Schnaps. Keine Nation verträgt Schnaps so schlecht wie Isländer. Wir wollen den Grossisten im Sessel sitzen lassen, solange wir hier saubermachen."

Wir fanden uns mit dem Los ab, das wir uns erwählt hatten, er im Auftrag der Bank, ich als Vertreter der Vogelhändler; uns kam zustatten, daß wir beide wohl einigermaßen frei von der menschlichen Schwäche waren, die man Humor nennt.

Als wir aufgeräumt hatten, wurde die Sache kompliziert, denn der Grossist schlief ebenso tief wie vorher. Wir hielten es nicht für ratsam, den mächtig schweren Mann aus dem Sessel zu hieven und ihn in sein Bett im hinteren Zimmer zu tragen. Doch wenn es uns gelänge, den Sessel mitsamt dem schlafenden Mann an das Bett des Barons zu schieben, das noch immer aufbereitet hier im Vorzimmer stand, obwohl der Baron sein Haupt längst in Amerika bettete, dann war der Fall erledigt. Und das gelang; mit Geschick konnten wir den Sessel an die Bettkante rücken und den schlafenden Mann, so schwer wie er war, in das Bett des Barons wälzen. Dort legten wir ihn einigermaßen ordentlich hin. Ich lagerte seinen Kopf so gut wie möglich hoch, denn mit guter Unterlage unter dem Kopf läuft man weniger Gefahr, zu ersticken, wenn es einen im Schlaf überkommt. Wir zogen ihm die Jacke und die Schuhe aus, öffneten den Kragen und lockerten die Hosenträger, deckten ihn mit einem Deckbett zu. Da fiel uns etwas ein, was wir fast vergessen hätten: atmete der Mann? „Ich würde das Herz abhören, wenn mein Gehör nicht nachgelassen hätte", sagte der Kapitän. Ich fühlte seinen Puls, und wenn er auch schwach war, kam ich zu dem Ergebnis, daß Bersi Hjalmarsson lebte, wenigstens in gewissem Grade. Der Kerzenstumpf war zu Ende, und im Kerzenhalter flackerten die letzten Reste des Dochts.

„Das sollte für heute abend genügen", sagte der Kapitän und tastete sich bei der Stromsperre hinauf in sein Zimmer. Ich hielt es nicht für angebracht, den bewußtlosen Islandsbersi allein zurückzulassen und für jede kameradschaftliche Hilfeleistung außer Reichweite zu sein, die man wohl von einem Freund erwarten konnte, wenn man krank und hilfsbedürftig in der Dunkelheit aufwachen sollte. Also ließ ich das Schnappschloß an der Tür zur Rezeption einrasten und begab mich in sein Schlafzimmer und legte mich in sein Bett; die Tür zwischen den Zimmern ließ ich offen, damit ich ihn hören könnte, falls er wach würde.

Als ich im Bett lag, schien mir der Radau der Betrunkenen im Ort nach Mitternacht lauter geworden zu sein und mit eingelagerten Pausen an- und abzuschwellen. Ich für mein Teil kann sagen, daß es mir stets gleich angenehm ist, bei Lärm auf der Straße, besonders im Ausland, abwechselnd ein bißchen einzunicken und wieder wach zu werden. Spektakel, der einen nichts angeht, verflicht sich mit dem leichten Schlummer in dem Augenblick, da die Träume sich ins Bewußtsein einnisten. Eine lange und komplizierte Abfolge von Ereignissen voller unbekannter Personen entsteht im Bewußtsein aus jenem berühmten Material, aus dem Träume bestehen – Wirklichkeit an verschiedenen Orten zugleich, alles im Bruchteil einer Sekunde, denn die Zeit hat aufgehört zu sein; weitgespannte Schicksale werden schneller als ein Blitz im Bewußtsein miteinander versponnen und verwoben – und man kommt wieder zu sich durch einen Schrei von draußen, vielleicht den Aufschrei eines Betrunkenen oder mindestens den letzten Seufzer einer nackten Frau, die ermordet wurden.

Mein Zustand war genaugenommen weder Wachsein noch Traum, auch nicht Wachtraum; ich zweifle, ob diejenigen, die wissen, was Trance ist oder Prophetie, der Meinung sein würden, daß mir dergleichen zugestoßen ist. Eine der Plagen des Mittelalters war der Alb, der den Menschen den Albtraum bereitete; einige sagen, weil sie vor dem Schlafengehen zuviel Fleisch gegessen hatten. Gelehrte diabologische Schriften sind über diesen Unhold verfaßt worden, und Maler haben Bilder von ihm gemacht. Brustkobold nannten die Leute in Island den Unhold. „Es legte sich auf mich", sagten alte Leute. „Hattest du vielleicht eine Offenbarung?" würde mancher fragen. Ich weiß nicht, was eine Offenbarung ist. Wenn ich überhaupt etwas hatte, dann war es höchstens eine Heimsuchung, wie es in der Sprache der Bibel heißt. Es wäre hingegen herzlos gewesen, wenn ich nach dem wahren Sachverhalt geforscht hätte; dabei ist es geblieben.

Ehe ich ins Bett ging, war das letzte, was ich tat, die Tür der Rezeption ins Schloß fallen zu lassen. Wie ich erwähnt habe, war es ein Schnappschloß und unmöglich, ohne Schlüssel hineinzukommen. Dennoch wachte ich davon auf, daß ich nicht allein war. Irgend jemand hob das Deckbett und schlüpfte in aller Eile zu mir ins Bett. Wie kam es, daß ich nicht gehört hatte, wie die Tür aufgeschlossen wurde? Wie kam es, daß jemand im Stockfinstern ohne Zögern die Räume des Grossisten durchqueren konnte, ohne sich an Stühlen zu stoßen oder nur das geringste Geräusch zu machen? Oder befand ich mich noch festverwickelt in Schicksalsfesseln mir unbekannter Traumgestalten? Vielleicht bin ich gar nicht aufgewacht? Und wenn ich wirklich aufgewacht bin, dann erst, als das Deckbett hochgeschlagen wurde und sich eine vollkommen nackte Frau über mich beugte; oder wenigstens hoffe ich, daß es so war. Und war es so, wie ich denke, dann fand sich meines Wissens seit dem Mittelalter kein Mann so verblüfft in der Umarmung eines Monstrums in Frauengestalt. Doch zum Glück, glaube ich sagen zu können, war der Gast seinerseits ebenso erstaunt, denn kaum hatte die Frau sich vorgetastet, als sie vor Schreck erstarrte und wenig schöne Worte gebrauchte.

„Was suchst du in diesem Bett", sagte sie. „Es ist verboten, daß Gäste in den Zimmern anderer schlafen."

„Bersi Hjalmarsson ist ein bißchen krank", sagte ich. „Ich bin bei ihm."

„Ich trage die Verantwortung für Bersi Hjalmarsson", sagte sie. „Du hättest eine tüchtige Tracht Prügel verdient."

„Ich werde gehen", sagte ich.

„Gehen?" sagte sie. „Denkst du, du kommst so leicht davon, das Schamgefühl einer ehrenwerten Frau beleidigt zu haben? Nein, du sollst mir das teuer bezahlen."

Sie biß mir in die Lippe, daß das Blut strömte.

„Nimm das!" sagte sie; und als ich mich aus ihrer Umklammerung herauswinden wollte, biß sie wieder zu, diesmal in den Hals unterhalb des Ohrs, was die Zähne hergaben – „und das auch noch!" fügte sie hinzu. „Und danke deinem Herrgott, daß ich dich nicht umbringe."

Plötzlich erscholl aus dem Ort heftiges, doch unregelmäßiges Geläut der Kirchenglocken, und die Frau sprang entsetzt aus dem Bett. Ich war frei. Ich tastete mich in der Dunkelheit zur Tür. Das unregelmäßige Gebimmel der Glocke ging weiter, während ich die Treppe hinauf in mein Zimmer schlich.

25

Ein neuer Staat, Aufstieg und Fall

In der Rezeption steht der Polizist mit der Mütze in der Hand und sagt guten Tag – „sind Sie nicht der Redakteur der Zeitung?"

„So sagt man, obwohl die Zeitung nicht erschienen ist, seit ich Redakteur bin."

„Nicht erschienen, nein, hm. Kommen Sie mit."

Der Redakteur: „Was Besonderes los?"

Der Polizist: „Och, das kann man eigentlich nicht sagen."

Wir gingen los. Er war zuerst wenig gesprächig, doch das änderte sich. Ich für mein Teil war nicht sicher, ob es sich für einen Festgenommenen gehörte, die Polizei zu verhören, doch konnte es kaum der Sache schaden, die Rede aufs Wetter oder gar die Fischerei zu bringen.

„Was?" fragte der Polizist. „Doch, alles in bester Ordnung. Daran fehlt es nicht. Ich wurde heute nacht um drei Uhr in den Schuppen gesperrt."

„Was für einen Schuppen, mit Verlaub?" fragte ich.

„Das Kittchen, das wir hier für Säufer haben."

Ich fragte, ob etwas vorgefallen sei.

„Ich wurde festgenommen", sagte der Polizist.

„Warum?"

„Du hast also nichts gehört?"

„Gehört, was?"

„Weißt du nicht, daß heute nacht um drei Uhr eine Revolution stattfand?"

„Wer hat sie durchgeführt?"

„Das ist noch nicht heraus", sagte der Polizist.

Redakteur: „War es eine Revolution, auf die es ankommt?"

Der Polizist: „Tja, worauf kommt es an, wenn eine Revolution gemacht wird?"

Frage: „War es eine umwälzende Revolution?"

„Darüber habe ich keine Meinung", antwortete der Polizist. „Doch der Bezirksvorsteher wurde festgenommen und wir Polizisten. Der Präfekt hingegen, der versteckte sich. Und alle Direktoren, die nicht betrunken waren, wurden ergriffen und in den Schuppen gesteckt. Sira Jon Blaumann wurde geweckt und festgenommen, als er gerade eingeschlafen war. Der Gemeinderatsvorsitzende wurde aus seiner Wohnung draußen auf dem Lande geholt und gefesselt in den Schuppen gebracht. Der Kommunist, der die Djupsild leitet, wurde in seinem Büro festgenommen. Thorarna Thjodgeirsdottir wurde ebenfalls gefesselt. Die Ziege aber war nirgends zu finden, wie sehr man auch suchte. Der Strom war ausgeschaltet. Die Hühner des Apothekers hingegen wurden mitten in der Nacht hinausgelassen."

„Alles ein bißchen spaßig, wenn es wahr wäre, sonst nicht", sagte ich.

„Du kannst mich für einen Lügner halten, wenn du willst", sagte der Polizist. „Doch um drei Uhr morgens war alles vorbei und die Revolution siegreich. Da läuteten sie die Kirchenglocken."

Redakteur: „Soll ich das so verstehen, daß wir hier und jetzt in einer revolutionären Gesellschaft leben?"

Der Polizist: „O nein, leider nicht. Wir wurden frühmorgens wieder rausgelassen. Um sechs Uhr waren sie wieder nüchtern, nirgends ein Tropfen zu bekommen, unmöglich, weiterzumachen."

„Hoffentlich niemand umgebracht?"

„Tja, das ist es eben! Zwei sind wenigstens tot. Sie wären vielleicht auch gestorben, wenn keine Revolution stattgefunden hätte; das ist noch nicht untersucht worden. Deshalb müssen wir mit Ihnen sprechen."

Die Ziege stand in Gedanken mitten auf der Straße und ließ den Kopf hängen; der Redakteur konnte nicht umhin, ihr zwei Capstan-Zigaretten als Prämie zu schenken und ihr zu gratulieren, daß sie die Revolution so blendend überstanden hatte. Es ist selten, daß Ziegen in Revolutionen mit dem Leben davonkommen.

Nun wird manch einer fragen, wer das alles in Gang gesetzt hatte, denn es schien doch so, daß die Leute am Abend keineswegs gewillt waren, das Land zu regieren, obwohl das Angebot bestand. Statt am Abend schlafen zu gehen, machte man in der Nacht eine Revolution. Der Grund war darin zu suchen, daß sich in Island allein die Betrunkenen ein Lebensziel stellen und sich wegen ihres Ideals keine Ruhe gönnen. Bei ihnen ist jeder Tag zu kurz, auch wenn sie des Morgens als erste aufstehen und des Abends als letzte schlafen gehen; diese Leute allein besaßen die Tatkraft, in Island eine Revolution zu machen. Die Nüchternen vegetierten irgendwo dahin.

Manchen schien schließlich die ganze Sache verfahren; nachdem die Reederei mit Kuttern, Heringskais, Fabriken und Gemeindeverwaltung der Allgemeinheit übergeben worden war und ihr zweifellos offenstand, die Macht zu übernehmen, wenn sie wollte – da suchte man sich herauszureden. Einige wollten diesen schweren Fehler korrigieren, doch sie hatten keinen Schnaps. Schnaps tritt bei uns an die Stelle gesunden Menschenverstands und alltäglichen Verhaltens. Laut Gesetz war das staatliche Monopolgeschäft für Spirituosen in Wartezeiten geschlossen. Jetzt war guter Rat teuer. Beim Arzt schlug man die wenigen Tropfen Weingeist heraus, die er besaß. Außerdem wurden die Kompasse der Boote im Hafen geleert; darin ist Gift. Denjenigen, die in das Monopolgeschäft einbrachen, gelang es, etwas von jener nach Chemie riechenden Flüssigkeit zu finden, welche der Staat zur Erquickung der Bevölkerung entwickelt hatte und die je nachdem Verwendung fand für Haarwasser, Napfkuchen, Schuhwichse, Karamellen, Scheuerpulver, Fruchtsuppe, Toilettenseife und „Gefärbtes Zuckerwasser mit künstlichem Fruchtgeschmack". Als andere Leute zu Bett gegangen waren, nachdem sie höflich abgelehnt hatten, die Macht zu übernehmen, machten sich jene bemerkbar, die ein Lebensziel und folglich den Mut hatten, eine Flüssigkeit mit ideologischem Gehalt einzunehmen, die einem helfen kann, wenn man das Land regieren soll. Hier trugen sich also Ereignisse in der revolutionären Geschichte der Welt zu, die keineswegs unbedeutender als andere historische Umwälzungen waren. Es kann nicht abgestritten werden, auch wenn es nirgends gedruckt steht, daß eine neue Republik unter einer revolutionären Regierung ausgerufen wurde. Dieser Staat stand drei Stunden lang in Blüte. Die Geschichte dieser Revolution während der drei Stunden, die der Staat bestand, ist nicht aufgezeichnet worden, und so dürfte dieses historische Ereignis zum erstenmal auf meinen Blättern das Tageslicht erblicken. Denn nichts ist nachweisbar und folglich nicht Geschichte, wenn es nicht schriftlich fixiert wurde. Vielleicht gibt eine Revolution als Neuigkeit nichts her und ist nicht der Aufzeichnung wert.

Sogar die Reykjaviker Zeitungen, die doch hinter kleinen Nachrichten her sind, erwähnten nie, daß in dieser Nacht auf der Welt eine neue Republik gegründet wurde. Sie erwähnten auch nicht, daß die Republik drei Stunden später fiel.

Nun beginnt der Bericht über den Anteil des Erzählers an diesen Ereignissen. Der Leser wird sich vielleicht daran erinnern, daß der Direktor der Kristall-AG in Djupvik, von dem Islandsbersi meinte, er besitze den höchsten Glasberg der Welt, mich gleich zu Beginn um Erlaubnis gebeten hatte, in meinem Druckereischuppen eine Ladung unterzubringen, die aus einem Zusatzstoff für Glas bestand, um sein Glas überhaupt haltbar zu machen. Da ich nun damit rechnete, daß vorläufig dort kein Druck vonstatten gehen würde, unter anderem weil die Druckerpresse im Ausland war, schien es mir nicht angebracht, dem armen Mann in dieser Sache Schwierigkeiten zu machen, und händigte ihm den Schlüssel zur Druckerei aus. Erst jetzt erfuhr ich aus dem Mund des Polizisten, daß der Direktor der Glasfabrik mit meiner besonderen Erlaubnis eine mysteriöse Ware in die Druckerei gebracht hätte. Diese Ware war eines Abends im Sommer hier in den Hafen transportiert worden, und man erzählte sich, daß es sich um ein schwedisches mit Bier beladenes Schmugglerschiff gehandelt habe. Das erwies sich als unzutreffend. Der Zollbeamte und der Arzt hatten die Fracht besichtigt. Dort war kein Bier zu finden, hingegen eine dunkelgraue Schmiere in Blechfässern für die Glasfabrikation. Diese Ware war in der Nacht ausgeladen und in der Druckerei untergebracht worden, und das Schiff war am Morgen in See gestochen.

Weiter ist folgendes zu berichten: Als es am Morgen nach der Revolution hell wurde, hatten viele wieder eine recht trockene Kehle, manche so sehr, daß sie nicht aus noch ein wußten. Da tauchte die Geschichte vom Schmugglerschiff wieder auf, das vor vierzehn Tagen klammheimlich eines Nachts an Land kommen und eine Unmenge Bier ausladen sollte; und diese Flüssigkeit wäre tatsächlich in der Druckerei des „Nordexpreß" gelandet. Die Druckerei war abgeschlossen, und die Fenster waren mit Brettern vernagelt, nicht weil dort „etwas Häßliches, das man nicht nennen darf", verwahrt wurde, sondern weil die Scheiben der Druckerei eingeschlagen worden waren, wie es mit menschenleeren Gebäuden zu geschehen pflegt.

Der Redakteur des „Nordexpreß" in Djupvik, Verfasser der alten Notizen, die hier zugrunde gelegt sind, traf nun dort zur Aufstehenszeit in Begleitung der Polizei ein, wie bereits gesagt. Der andere Polizist des Orts stand im Eingang der Druckerei und antwortete auf meine Frage, was hier los sei, damit, daß die Polizei auf einen Lastwagen und eine Persenning warte. In der Türöffnung lag quer über die Schwelle ein Toter mit dem Gesicht nach unten; wahrscheinlich war er jedoch mit dem Gesicht nach oben gestorben und erst später umgedreht worden. Innen vor der Schwelle lag noch ein Toter auf dem Rücken. Es handelte sich um junge Männer in Arbeitskleidung; ihr Haar war zerzaust, ihr Bart eine Woche lang nicht rasiert; ihr Mund stand halb offen, ihr Gesicht war blau mit halbgeschlossenen Augen; sie sahen aus, als hätten sie den Geist unter Qualen und Angst aufgegeben. Um den Mund herum waren beide schmutzig von der dunklen Schmiere, die sie zu sich genommen hatten, und von dem, was sie erbrochen hatten. Nach kurzer Zeit kam das Lastauto mit der Persenning.

Die Polizei rief einige zuverlässige Männer aus der schweigenden Zuschauermenge heran; sie sollten die Leichen in die Persenning hüllen und helfen, sie auf das Auto zu schaffen. Dann fuhren sie weg, ich weiß nicht wohin, und die Menge löste sich auf und zerstreute sich in alle Richtungen. Sie vergaßen mich. Ich blieb allein zurück, wie ein vernachlässigter Verwandter.

In den Archiven des staatlichen Rundfunks gelang es mir neulich, den Bericht zu finden, den sich der Rundfunk damals über diese Angelegenheit von mir für den Nachrichtendienst geben ließ. Anscheinend wurde nur ein Auszug aus meinem Bericht gesendet und der scheint redigiert worden zu sein. Dennoch kann man sich die Dinge zurechtreimen. Nach genauer Betrachtung bin ich der Meinung, daß ich das Bild, das sich mir als Redakteur des „Nordexpreß" beim Eintreffen in der Druckerei am Morgen nach der Revolution bot, nicht besser schildern könnte, auch wenn ich nach all diesen Jahren die Nachricht im modernen Erzählstil abfassen würde.

Telegramm des staatlichen Rundfunks an dem gewissen Tag an besagten Redakteur:

„Freundlichst telegrafiert dem staatlichen Rundfunk über ein schwarzes Schmugglerschiff, das in den nördlichen Häfen Bier auszuladen versuchte und zuletzt in Djupvik landete. Ist es richtig, daß Besatzung zusammen mit einheimischen Mitwissern das Schmugglergut bei Nacht heimlich an Land gebracht hat? Wer war Empfänger? Handelte es sich um ein wirkliches Schiff? Erklärt gütigst die Gründe für Ableben zweier Männer nach Biergenuß. War zutreffend in Nachrichtenbürotelegramm, daß im Bier Ammoniak in so großen Mengen vorhanden, ausreichend, um jedes Menschenkind in Europa umzubringen?"

Telegrafische Antwort:

„Schiff nicht schwarz, doch leicht fleckig, d. h. an einigen Stellen fehlt der Anstrich. Kann sein, daß es sich zuerst in falsche Häfen verirrt hat. Der Kapitän Schwede, ohne Kenntnis der isländischen Küste. Unsinn, daß es sich um irgendeinen Schmuggler gehandelt hat. Als er Djupvik endlich fand, meldete er sich auf vorgeschriebene Weise, und der Zoll stellte fest, daß die Fracht vollkommen legal war, Eigentümer Glasfabrik AG, Djupvik; sie wurde entladen und direkt in ein Lagerhaus gebracht, das die Glasfabrik zu diesem Zweck von dem rechtmäßigen Verwalter besagten Hauses gemietet hatte und das Eigentum der Stauergewerkschaft Djupvik ist. Dieser Stoff, vollkommen legal, dient der Glasproduktion, und sein Import ist hierzulande gemäß Aussage des Bezirksarztes keinen Einschränkungen unterworfen, und er wurde heute von einem Chemiker der Heringsölfabriken untersucht. Es ist ein Irrtum, daß dieses Material Ammoniak wäre, wie Telegramme des Nachrichtenbüros verlauten ließen, sondern Arsenik. Arsenik ist zwar eine ziemlich starke Chemikalie, besonders wenn es in großen Dosen eingenommen wird, aber gesundheitsfördernd, wenn es Arzneien richtig zugesetzt wird, z. B. ist es gut gegen Blutarmut, wenn es im passenden Verhältnis mit Eisen gemischt wird. Wenn auch behauptet worden ist, das Gift in Djupvik würde ausreichen, um jedes Menschenkind in Europa umzubringen, so ist das nicht versucht worden und deshalb ohne Beweis. Die Männer, die heute morgen im Eingang der Druckerei verschieden, hielten das Arsenik für Bier in fester Form und dürften zuviel von der Chemikalie auf einmal zu sich genommen haben." (Unterschrift, „Nordexpreß", Djupvik, usw.)

(Nachsatz: Ich kann mich nicht enthalten, hier abschließend den Telegrammwechsel abzudrucken, der zwischen dem „Landesverband der dörflichen Frauenvereine gegen den Bierimport nach Island" und dem Redakteur des

„Nordexpreß" in Djupvik stattfand.) Das Telegramm wurde aufgegeben, ehe meine Berichtigung an den staatlichen Rundfunk herauskam:

„Gudrunsstätten westlich der Helkunduheide, usw. Herr Redakteur, wegen einer schrecklichen Morgennachricht im Rundfunk heute, dahingehend, daß zwei Arbeiter im Redaktionsbüro der Arbeiterzeitung ‚Nordexpreß' in Djupvik einen Herzschlag durch Bier erlitten, gestatten wir uns zu erklären, daß wir wegen eines lebensgefährlichen Getränks, das unsere Männer und Söhne bedroht, von Entsetzen gepackt sind. Wir erwarten von Ihnen, daß Sie in Ihrer Zeitung einen ausführlichen Kommentar zu diesem furchtbaren Geschehnis bringen. Wir fordern im Namen der Gesundheit und Wohlfahrt des isländischen Volkes, daß diese fürchterliche Flüssigkeit in die Schadstoffdeponie in Akureyri geschüttet wird." (Unterschrift: 25 weibliche Namen.)

Telegramm der Zeitung „Nordexpreß", Djupvik, an die Vorsitzende des Frauenvereinsverbandes der Bierabstinenzlerinnen zu Gudrunsstätten westlich der Helkunduheide, über Akureyri:

„Sehr geehrte Damen, es war nicht Bier, sondern Arsenik. Hochachtungsvoll, Redakteur des ‚Nordexpreß', Djupvik."

Antwort vom Frauenvereinsverband, Gudrunsstätten usw.:

„An Herrn Redakteur der Zeitung ‚Nordexpreß', Djupvik. Gott sei Dank, daß es bloß Arsenik war. Die Leitung."

26

Engelskratzer

„Nein, warum ist deine Lippe so geschwollen, und was hast du am Hals?“ fragte Islandsbersi am Morgen, als ich nach dem Abenteuer in sein Zimmer trat.

„Das sind Engelskratzer“, sagte ich.

„Nun, ach so“, sagte er. „Brauchst nicht mehr zu sagen.“

Er war heiser und reichlich tief versackt, gab sich jedoch Mühe, die Augen aufzumachen; ich glaube, es hatte belebenden Einfluß auf seinen Schmerbauch, diese Engelskratzer zu sehen. Einstweilen gingen wir jedoch nicht weiter darauf ein. Er kam immer mehr zu sich, als ich ihm erzählte, in der Nacht sei ein Krieg geführt worden und eine Revolution habe stattgefunden und zwei seien tot; weiter sei ein unabhängiger Staat gegründet worden, der drei Stunden lang bestand und dann zusammenbrach, wie es andere Staaten getan haben und tun werden; sein Bauch begann zu schwappen.

„Krieg ist das Hauptvergnügen der Menschheit“, sagte er, „und wird es immer bleiben. Krieg ist very good im Rundfunk und vielleicht noch besser im Kino. Im Krieg geht es allen gut, die Nachrichten hören. Auch denen, die Weltgeschichte lesen. Gott sei gedankt, daß man Anarchist ist. Hingegen ist eine Revolution bloß ein Furz; am schlimmsten ist es jedoch, wenn sie gelingt und Großherzoginnen Nutten werden und die Nutten Großherzoginnen. Als ich vor Jahren in Rußland war und Hering verkaufte, ließen sich die Großherzoginnen mit Butter bezahlen und steckten sie unter die Röcke, um sie vor der Polizei zu verstecken. Ich komme gleich wieder auf die Beine, wenn du mir nur ein bis zwei Flaschen Whisky verschaffst zur Aufmunterung und einen Liter rohe Eier."

Als ich ihm diese Erquickung gebracht hatte und zusah, wie er ungefähr je einen halben Liter in sich hineinrinnen ließ, rutschte mir unversehens die kindliche Frage heraus: „Denkst du nie an deine Leute, Bersi?"

Bersi Hjalmarsson: „Von was für Leuten sprichst du?"

„Ich frage, denkst du nie an deine Jungen und an das schöne Mädchen, deine Tochter, die krank ist; und an die große Frau, die deine Frau ist? Du läßt sie mitten im Streit von Harmagedon allein."

Bersi: „Kennst du diese Leute?"

„Nein", sagte ich, „aber ich habe sie gesehen."

Islandsbersi in rauhem Baß: „Es ist kein Problem, für eine Familie zu sorgen. Jeder Jammerlappen und jeder Esel kann das. Die Familie kann sogar selber für sich sorgen. Ich habe nie eine andere Frau geliebt als meine Frau, und immer, wenn ich an meine Kinder denke, muß ich heulen."

„Das habe ich dich nicht oft tun sehen, Bersi", sagte ich.

Bersi (mit angemessenen Pausen zwischen den Sätzen): „Erzähle mir lieber etwas von dem Klamauk gestern abend. War es nicht ein verdammt feiner Klamauk? Was hast du gesagt, starben nur zwei? Großer Teufel, ist das wenig. Wären sie nicht sowieso gestorben? Schiet und Limonade! Hat jemand meine Zahnbürste gesehen? Wie freue ich mich darauf, tot zu sein und des Morgens nicht aufwachen zu müssen, um mir die Zähne zu putzen. Ich schulde meinen Heringsmädchen noch immer den Lohn für den Sommer 1919, dazu noch für all die anderen Sommer. Hast du vorhin Hnulla gemeint?"

„Ich? Nein. Soviel ich weiß, habe ich den Namen dieser Frau nie im Munde geführt."

„Ist sie denn nicht gekommen?" fragte er.

„Nicht daß ich wüßte. Wenigstens nicht, um mich zu treffen."

„Du hast aber Engelskratzer", sagte er. „Hast du ihre Zähne angesehen, ob sie dazu passen? Sie war Fangwärterin bei mir, als sie noch ein Mädchen war. Ihr Mann war auf meinem Boot, als er verunglückte. Sie sind die besten Eheleute. Wenn sie nicht dieses Hotel für mich so großartig in Ordnung hielte, könnte ich in Djupvik nicht Reeder sein. Hingegen liebe ich nur eine Frau und keine andere Frau, und das ist meine Frau. Doch Hnulla ist mir zwanzig Jahre lang zu Hilfe gekommen, wenn ich hilflos und müde bin, weit von meiner Frau weg und schlafe. Wenn sie mich geweckt hat, geht sie."

(Das Notizbuch, Fortsetzung.) Zwei Schiffe im Hafen, um Leute auf Staatskosten abzuholen. Die Gruppen gingen mit ihren Sachen an Bord; die einen trugen sie in einem Tuch, die anderen im Arm; manche hatten rein gar nichts, und die waren am fröhlichsten. Viele hatten blasse Wangen vom vielen Exportkaffee ohne Brot. Kein Vitamin C mehr. Nirgends ein Gläschen Schnaps, das Herz zu erfrischen. Zu Dutzenden standen die Guanofabriken längs der Küste, einige nur halb fertig, doch die Luft war von dem berühmten Gestank chemisch gereinigt, der in Djupvik Geld bedeutet.

Der Kapitän: „Sie geben mir Bescheid, wenn Sie diese siebenundzwanzig Wechsel übernehmen wollen."

„Herzlichen Dank, vielleicht überlege ich es mir bis morgen."

Der Kapitän: „Wenn Sie wollen, kann ich Ihnen die Farm sofort überschreiben. Sie geben mir bloß eine vorläufige Schuldverschreibung."

„Es ist für einen armen Vogelhändler nicht günstig, Schulden für Besitztümer zu garantieren, für deren Existenz er keinen Beweis hat“, sagte ich.

Der Kapitän: „Mir ist nie in den Sinn gekommen, Ihnen etwas aufzuschwatzen, junger Mann. Sie waren es, der mich gefragt hat. Andererseits nehme ich nicht an, daß wir in Reykjavik diese Wechsel bei Ihnen fällig werden lassen, auch wenn Sie sie übernehmen.“

Mir war ganz und gar nicht klar, wer die Person war, die mit „wir in Reykjavik“ bezeichnet wurde. Ich fragte den Kapitän, ob er sich bereit finden würde, später am Tage mich auf einem Lastwagen ins Klammbachtal zu begleiten, um die Entenfarm zu besichtigen.

„Ich fliege heute nach Reykjavik“, sagte der Kapitän. „Die ‚Sula‘ holt mich am Nachmittag ab.“

27

Das „Gute Kino“

Leider schlug am Morgen nach der Revolution der Whisky bei Islandsbersi die verkehrte Richtung ein; statt daß er sich vom Rausch wegtrank, wozu er normalerweise so an die zwei Flaschen Whisky benötigte, trank er sich aus einer frisch geöffneten Kiste wieder einen Rausch an und hatte gegen Mittag das Bewußtsein verloren. Gegen Abend kam er wieder zu sich und machte sich erneut ans Werk und trank bis zum Morgen, wo er wiederum das Bewußtsein verlor.

Am nächsten Tag traf gegen Mittag der Küstendampfer ein, und ich dachte daran, damit um die Insel herum nach Reykjavik zu fahren. Als ich aus meinem Fenster blickte, war nirgends ein Mensch zu sehen noch ein Laut zu hören.

War ich denn der Mann, wie er in der Literatur über Unglücke berühmt ist, der sich als einziger auf eine öde Schäre rettete, als das Schiff sank? Nein, die Ziege hatte sich auch gerettet. Das liebe Tier stand mitten auf dem Platz und ließ den Kopf hängen. Ein langer Winter ohne Tabak für eine Ziege stand bevor.

Das Dienstmädchen trat herein und sagte, unten sei ein Mädchen, das Bersi Hjalmarsson sprechen wolle.

„Was geht mich das an?"

„Er ist bewußtlos."

„Ich dachte, er hätte sich gestern vom Rausch weggetrunken."

Das Dienstmädchen: „Er hat sich heute nacht wieder einen Rausch angetrunken."

Wenn Gelähmte jemanden begrüßen, begraben sie dessen Hand tief in der ihren und wollen sie nicht loslassen. Das tat auch diese schöne Frau, die sich irgendwie auf zwei Krücken vom Schiff in diese Pracht von Hotel geschleppt hatte. Die meiste Kraft hatte sie in den Händen. Sie saß in der Rezeption auf einem Stuhl, hatte die Krükken über den Schoß gelegt und wartete. Ein leicht neckisches Lächeln leuchtete noch in diesen klarblauen Augen, als sie mich mit ihrer schweren Hand umklammerte. Doch das Lächeln wurde um so schwächer, je länger sie mich festhielt, bis es erstarb. Sie fragte: „Erkennst du mich nicht wieder?"

„Doch, möchte ich sagen, wenn du es bist, wie ich annehme . . ."

„Bergrun Hjalmarson."

Als sie ihren Namen geflüstert hatte, starrte sie mich erschrocken und enttäuscht an, weil sie einen falschen Mann begrüßt zu haben glaubte, nahm die Hand vom Mund und flüsterte:

„Nein, wir haben uns bestimmt nie gesehen. Entschuldigen Sie."

Dann wischte sie sich die Augen und sagte: „Laß mich mit meinem Papa sprechen."

„Er ist ein bißchen krank."

Bergrun Hjalmarson: „Krank, mein Papa! Das muß ein Irrtum sein. Mein Papa wird nie krank."

„Nicht gut zuwege, will ich sagen. Er hat heute nacht nicht geschlafen."

„Mein Papa ist nie so schlecht zuwege, daß er nicht mit seiner kleinen Begga spricht."

„Er ist müde. Es wäre schade, ihn zu wecken. Ich bin fast sicher, daß er morgen besser zuwege ist. Darf man Ihnen Frühstück anbieten?"

„Ich habe keinen Appetit. Nur meine Tabletten."

Sie trug eine Schultertasche an der Seite, holte aus ihr Tabletten heraus und bat um Wasser. Sie nahm Tabletten aus vielen Fläschchen. Mir schien sie müde zu sein, und ich fragte, ob sie sich nicht hinlegen möchte und ob ich ihr raten dürfte, ein Ei zu sich zu nehmen, wenn auch nur, um die Tabletten besser zu vertragen.

Sie sah mich lange verwundert an, bis sie sagte: „Ich esse keine Eier."

„Ich finde, ich habe dich enttäuscht", sagte ich.

„Nein", sagte sie, „aber ich ekle mich vor Eiern."

„Darf ich nicht die Frau des Hauses rufen, damit sie etwas Gesundes und Gutes für Sie zubereitet?"

„Sagen Sie mir jetzt ein für allemal die Wahrheit. Ist mein Papa tot? Hat sie ihn ermordet?"

Das Mädchen war eine von denen, die alles dankend abschlagen, was ihnen angeboten wird, jedoch ohne ein Wort das annehmen, was ihnen vorgesetzt wird. Schließlich ließ sie sich Tee geben, aß ein Ei und ein bißchen

Brot, und als ich aus dem Vorrat ihres Vaters Apfelsinen und Zitronen holte, tat sie sich daran gütlich, ohne sich darüber zu wundern, daß Südfrüchte in einem Land aufgetischt wurden, in dem so etwas nur Futter für Minke ist.

„Wäre es nicht gut für Sie, sich auszuruhen, bis Ihr Vater aufwacht?"

„Nein", sagte sie. „Wenn ich mich hinlege, möchte ich nicht wieder aufstehen."

„Geht es Ihnen nicht etwas besser, seit ich Sie im Frühjahr traf?"

„Warum fragen Sie danach? Ist es Ihnen nicht gleich? Ist es vielleicht schrecklich, mich zu sehen? Wer menschliche Gefühle hat, fragt nie, wie es anderen geht. In den ‚Eheleuten im Gottesgarten' und in der ‚Hungersnot in Persilia', da ging es allen schlecht. Das war, weil sie nicht krank waren. Ich habe zwei Krankheiten, sie halten einander am Leben, hoffentlich gehen sie auch aneinander zugrunde. Doch wenn ich bei Papa bin, dann bin ich glücklich."

„Ich danke Ihnen herzlichst, daß Sie wieder meine Bücher erwähnen. Und besonders Dank für Ihren Brief im Sommer. Er war wundervoll. Ich hoffe, Sie haben meine Antwort erhalten."

„Ich weiß, Sie sind enttäuscht, meine Krücken zu sehen. Im Frühjahr hielt ich die Krücken versteckt. Habe ich Sie betrogen? Ich achtete darauf, daß Sie von mir nur die Hände und die Augen sahen. Und das Haar, obwohl es gefärbt ist."

Ich ging einen Augenblick fort, ließ einstweilen ein Zimmer für sie herrichten, solange sie auf ihren Vater wartete, kam zurück und sagte, ihr Zimmer sei fertig.

„Wo ist Ihre Entenfarm?" fragte sie.

Ich sagte, ich hätte beinahe unlängst wegen dieser Farm

siebenundzwanzig Wechsel übernommen. „Wir fahren dorthin, sobald du willst."

„Später", sagte sie. „Vielleicht nie. Ich bin müde."

Ich erbot mich, ihr in ihr Zimmer hinauf behilflich zu sein.

„Du darfst mich nicht ansehen, während ich versuche aufzustehen", sagte sie. „Aber wenn es Treppen hinaufgeht, darfst du mich ein bißchen stützen."

Ich trug sie die Treppe hinauf, und sie hielt ihre Krükken in den Händen. Mir war es ein Rätsel, wie sie allein vom Küstendampfer bis hierher ins Hotel gelangt war. Ich sagte ihr, wenn sie sich ausgeruht habe, wolle ich sie ins „Gute Kino" einladen, es sei nicht weit von hier, außerdem könnten wir fahren. Ich sagte, ich sei im Sommer noch nicht dazu gekommen, ins Kino zu gehen, ich hätte keine Dame gehabt: „Ich bin sicher, ich habe insgeheim auf dich gewartet."

„Oi", sagte sie. „So sprechen meine Männer nie mit mir. Nein, nein, ich möchte nicht im Bett liegen, das ist der Platz, wo man stirbt. Bloß im Sessel sitzen und die Augen zumachen, und du gehst jetzt und kommst wieder, wenn mein Papa wach ist."

Ich bin der Meinung, daß das „Gute Kino" zu jener Zeit zu den besseren Häusern dieser Art in Europa gehörte. Im übrigen gestatte ich mir, auf einen Artikel zu verweisen, der weiter oben abgedruckt ist, von meinem Vorgänger in der Redaktion des „Nordexpreß". Dürfte ich jener Beschreibung eine kurze Biographie des Kinobesitzers hinzufügen? Er war ein netter Mann und hochgelehrter Apotheker. Er trug einen deutschen Namen, denn er stammte von den sogenannten „dänischen" Kaufleuten des vorigen Jahrhunderts ab; sie waren größtenteils deutsche Juden aus den dänischen Großherzogtümern (andernorts im dänischen Reich bekamen Juden keine Handelserlaubnis, außer in Island). Wenn auch Island der ärmlichste Teil des dänischen Reichs war, so war es dennoch reich genug dazu, daß biedere Juden aus Schleswig und Holstein bei uns ein Vermögen erwarben und in der nächsten Generation danach Beamte, Regierende und isländische Nationaldichter wurden. Diese Leute werden in Island für Dänen gehalten, obwohl sie keinen Tropfen dänisches Blut haben. Der alte Apotheker in Djupvik war ein Mensch folgender Art: Im Keller seines Hauses verkaufte er Ware, die irgendwelche lateinische Namen hatte; wenn er seine Kellertreppe emporgestiegen war, war er Kinooperateur und Spezialist im Wilden Westen, dem Traumland, in dem die Befangenheit in ihrer natürlichen Form erscheinen darf; statt daß wir schweigen und erröten, wenn wir einen Fremden sehen, schießen wir ihn nieder. Und wenn dieser Apotheker eine Treppe weiter hinaufstieg, dann bedeutete Hahnenbalken einfach das, was das Wort besagt, und er war zum Beherrscher der Vögel geworden, die aus Abfall den schmackhaftesten Gaumenbissen der Welt bereiten und eine Stimme besitzen, die von ferne der menschlichen Stimme ähnelt. Im Kino roch es schwach säuerlich nach Hühnermist.

Der Apotheker nahm vor uns sein schwarzes Seidenkäppchen ab und strich sich mit den Fingern einer Hand den seidenweichen, gelblichgrauen Bart, während er sich unser Anliegen anhörte. Er sagte, das Kino sei nur verabredungsgemäß geöffnet, da es schon so spät im Sommer sei; außerdem habe er schon die Leihfilme zurückgegeben, die nicht durch die Vorführungen zerrissen und abgenutzt seien, wie zum Beispiel den weltberühmten Film von Tom Dick und Myrna Loy. Doch habe er wohl den einen oder anderen beschädigten Streifen irgendwo aufbewahrt. Er sagte, wenn er versuche, solchen Ausschuß durchlaufen zu lassen, könne es passieren, daß er mitten im Stück reißt; doch hier gebe es den glücklichen Umstand, daß die Luke zum Dachboden offen sei, von wo man das Gekakel der Hühner hören könne, so daß wir Eheleute uns nicht allein auf der Welt zu fühlen brauchten.

„Gekakel?" fragte ich.

„Ja", sagte der Apotheker, „in den isländischen Sagas wird ‚Gekakel' nur vom Eierlegelaut der Hühner gebraucht."

Dieser Jude betrog keinen, er nannte einem Vorzüge und Mängel seiner Ware. Er half mir, Bergrun Hjalmarson in das Kino zu bringen; ich trug ihre Krücken. Er gab Bergrun Hjalmarson zweierlei herzstärkende Tabletten, die irgendwelche lateinische Namen hatten, und sagte, dieses Geschenk sei seine Quittung für ihre klaren Augen und ihr helles Haar; er sagte, es sei gut, die gelben Tabletten einzunehmen, wenn der Film zu aufregend würde; die grünen würden der Dame helfen, den Film bei den Teilen durchzustehen, wo er zu langweilig sei. Dann wies er uns Plätze in der ersten Reihe an und machte das Licht aus. An jenem Tag gab es keine weiteren Kinobesucher. Ich stellte die Krücken des Mädchens in die Reihe hinter uns. In der Dunkelheit barg das Mädchen ihr tränenüberströmtes Gesicht an meiner Schulter und seufzte: „Warum bekomme ich meinen Papa nicht zu sehen? Verheimlicht man etwas vor mir? Ist mein Papa vielleicht gestorben?"

Jetzt leuchtete die Filmleinwand auf, und ehe man's gedacht, erschien der brüllende Löwe der Metro-Goldwyn-Meyer-Gesellschaft. Ich fühlte die Tränen dieses paralytischen Wesens auf meinem bloßen Hals. Eine Weile war alles still, und ich gönnte dem Mädchen, ihren Kopf zu ruhen. Da krähte der Hahn, und das Mädchen erschrak.

„O Gott, ich vertrage kein Hühnergeschrei", sagte sie. „Es ist ekelhaft, entsetzlich! Allmächtiger Gott, steh mir bei..."

Der Anfang des Films fehlte, so daß er erst begann, als die Rothäute sich an das Haus heranschlichen. Sie kamen, um die vorbildliche Frauensperson zu kidnappen, die zufällig bei Tom Dick auf dessen Farm on the frontier die Nacht verbringen wollte. Am Abend hatte man für die Bedürfnisse des Gastes Sorge getragen, und Tom Dick geleitete das Mädchen nun mit angelsächsischer Höflichkeit zu Bett. Alles moralisch, doch vielleicht etwas unbefriedigend. Tom Dick sagt gute Nacht, macht die Tür hinter sich zu, geht. Das Mädchen macht sich vor dem Schlaf ein bißchen zurecht und geht zu Bett. Das Mädchen ist glücklich. Das Mädchen beginnt zu träumen. Plötzlich steigt ein schrecklicher Mann durchs Fenster; ein Indianer. Das Mädchen wird wach und kämpft mit dem Indianer. Der Indianer überwindet das Mädchen. Der Indianer knebelt das Mädchen und springt mit ihr aus dem Fenster. Die anderen Indianer helfen ihm, sie zu fesseln, und legen dann das gefesselte Mädchen vor ihn aufs Pferd, quer über den Sattelknopf. Los, los, Staubwolken.

Am Morgen, als Tom Dick dem Mädchen guten Morgen sagen wollte, griff er ins Leere. Das Mädchen war geraubt. Das war lange vor der Zeit des Spaghettifilms; darin sind die Indianer gute und die Weißen schlechte Menschen. Wurde vor dem Aufkommen des Spaghettifilms ein Mädchen gestohlen, so von Indianern. Nun ließ Tom Dick die Pferde holen. Dann bekamen sie Peitsche und Sporen zu spüren, die Verfolgung begann. Mehr Staubwolken.

„Ich bin so müde, darf ich jetzt zu meinem Papa?" fragte Bergrun Hjalmarson.

„Sollen wir nicht sehen, wie es ausgeht?" fragte ich.

Um sie zu trösten, legte ich ihr den Arm um die Schulter und ließ sie sich an mich lehnen, zur Sicherheit.

„Bist du denn ein schlechter Mensch?“ flüsterte das Mädchen verzweifelt. „Ich hoffte, du würdest mir helfen. Ich dachte vielleicht, daß vielleicht ...“

Schließlich kam es dahin, daß die Indianer begriffen, daß die Verfolger schnellere Pferde als sie hätten und daß sie das Mädchen nicht auf die Dauer gefangenhalten könnten, sondern selber getötet werden würden. Also steigen sie ab und begießen das nackte Mädchen mit einer dunklen Schmiere, wohl eine Art Öl, womöglich Teer, wälzen sie dann in Federn, Erde und trockenem Laub, bis sie wie eine Vogelscheuche aussieht. Einige werden zum Feuerschlagen abkommandiert. Sie befehlen dem Mädchen zu tanzen, bis das Feuer brennt; sie wollen sie bei lebendigem Leibe verbrennen. Das Mädchen beginnt zu tanzen. Die Indianer bilden einen Kreis um sie und verhöhnen sie mit wilder Grausamkeit, während sie tanzt; zum Glück sieht man jedoch im Stummfilm nur ihre Fratzen. Die Feuermacher sind bald soweit. Das Mädchen tanzt noch immer.

„Reich mir meine Krücken, ich will versuchen, alleine wegzukommen“, sagte Bergrun Hjalmarson.

28

Die Entenfarm

(Tagebuchfragmente, aufgezeichnet an jenem Tag in der Entenfarm am Klammbachsee.) Es ist noch nicht Herbst und doch nicht mehr Sommer, sondern eine Jahreszeit, die keinen Namen hat. Mag sein, daß es nur den Unterschied im Wetter gibt, den Kapitän Egil D. Grimsson macht: gute oder schlechte Witterung für den Fischfang; die Frage ist zu überlegen. Nachdem man das Mädchen in die Klinik gebracht hatte, die an das Haus des Arztes angebaut und für verunglückte Fischer gedacht ist, bat ich den Mann mit dem Kastenauto, mich zum Klammbachsee zu fahren; ich wollte dort eine Entenfarm besichtigen, die mir dort auf der Heide angeboten worden war und die ich, wenn ich mich recht erinnere, bereits hier im Tagebuch erwähnt habe. Dieser See hat viele Windungen und würde lang, wollte ihn einer strecken. Die Ufer, die kleinen Inseln und die Abhänge, die zum See abfallen, alles ist mit Heidekraut, kniehohen Weiden und Birkengesträuch bewachsen; dazwischen stehen vereinzelt Bäume, wenn man sie so nennen darf, ungefähr mannshoch; sie haben zwar nur eine Wurzel, doch selten nur einen Stamm, und recken aus der Erde krumme Finger über anderes Gebüsch. Ich habe mich vergewissert, daß hier ein Haus gebaut worden ist. Es ist aus bewehrtem Beton und in der Form nicht unähnlich dem Schloß von Versailles, nur daß es nicht dicht ist und mit Wellblech gedeckt. Erde und Geröll aus dem Fundament sind an manchen Stellen höher als das Haus selbst. Sosehr ich auch suche, finde ich nirgends die Entenfarm, welche der Bank als Sicherheit für ihre Darlehen gehört. Hatte ich wirklich erwartet, daß diese Entenfarm existierte, und wenn ja, weshalb? Ein Glück, daß ich nicht mit einer Frau hergefahren bin. Dennoch ist hier ein geeigneter Biotop für Enten; ich brauche nicht lange, um einige Exemplare zu erblicken, zwei oder drei Arten, mit halbwüchsigen Jungen. Diese Vögel sind es gewiß gewesen, die der Entenfarmer meinte, als er mit mir über seine Wildentenfarm sprach und sie verkaufen wollte; doch sehe ich jene Ente nicht, Anas fera, die am ehesten Wildente heißen könnte, wenn man aus dem Lateinischen übersetzt. Warum lieh ich jenem Dummkopf mein Ohr, der mir eine Entenfarm verkaufen wollte und keine Ahnung hatte, was eine Ente ist? Weshalb schrieb ich Bergrun Hjalmarson über diese Entenfarm? Wollte ich das Mädchen bezirzen? War ich am Ende der schlechte Mensch, von dem das Mädchen hoffte, ich wäre es nicht?

Wie ich nun im Gesträuch am See entlanggehe, erblicke ich im Sand am Rand des Wassers drei tote Enten, zwei sorgfältig nebeneinandergelegt und die dritte darüber, als ob ein adretter Jäger es getan hätte. Zwei Bergenten und eine Reiherente. Ich konnte keine Verletzung entdecken und mir nicht erklären, wie sie getötet worden waren. Als ich nun weiter am See entlangging, fand ich wieder zwei Enten kurz hintereinander, denen der Kopf abgehackt war; dann noch weitere. Wer erlaubt sich, Enten den Kopf abzuhacken? Der Frevel ist noch nie begangen worden. Diese Art Strandgut nahm kein Ende, so weit ich am See entlangging.

Die Erklärung fand sich recht bald. Ich beobachte eine Ente, die ahnungslos über den Wasserspiegel gleitet. Plötzlich wird das Wasser um den Vogel unruhig, und indem er einen Angstschrei ausstößt und mit den Flügeln zu schlagen versucht, ist er schon versunken. Ungefähr eine Minute lang ist keine Bewegung zu bemerken, doch dann wird es wieder unruhig, diesmal dicht am Ufer. Ein zottiges Tier taucht mit einer Ente im Maul auf und legt sie tot an Land. Das ist also das Biest, das die Isländer zum Tier der Südfrüchte auserkoren haben. Notabene: Unter Wasser schwimmen Minke auf dem Rücken und packen mit ihren Krallen den Vogel von unten und ziehen ihn in die Tiefe, bis er erstickt ist; selbst aber können sie den Atem sehr lange anhalten. Dann kommen sie mit ihrer Beute an die Oberfläche und schwimmen an Land und fressen sie dort, wenn sie hungrig sind; anderfalls beißen sie ihr sicherheitshalber den Kopf ab. Wenn viele Minke zusammen jagen, stapeln sie ihren Fang sorgfältig auf dem Ufer. (Tagebuchfragmente zu Ende.)

Als ich am Abend von meiner Fahrt zur Entenfarm zurückgekehrt war und den Fahrer bezahlt hatte und Bergrun Hjalmarson in der Klinik für verunglückte Fischer besuchen gehen wollte, da war sie gestorben. Nur ein Zimmer und ein Vorraum, das war das ganze Hospital, doch für seine Zwecke gewiß groß genug. Ich wurde gebeten, nicht in das Krankenzimmer zu kommen, sondern im Vorraum zu warten. Die Krücken lagen quer auf einem Stuhl.

Von drinnen waren hin und wieder schwache Geräusche, leise Anweisungen und geflüsterte Bemerkungen zu hören; Betten oder Tische wurden gerückt. Bald danach wurde die Tür geöffnet, und der Arzt kam als erster heraus, ihm folgte die Krankenschwester auf dem Fuße. Sie erblickte die Krücken, nahm sie an sich und ging mit ihnen ins Krankenzimmer zurück. Bersi Hjalmarson hatte sich rasiert, hatte aber verschwiemelte Augen und war blaurot im Gesicht; er blickte geradeaus, sah mich nicht und erkannte mich nicht, bis ich mich bemerkbar machte und ihm die Hand reichte, da wußte er, wer ich war. Er flüsterte dumpf und heiser, so daß man es kaum hörte: „Das war noch ein Schlag. Jetzt kommen keine mehr."

Die Krankenschwester kam wieder aus dem Krankenzimmer; sie hatte die Krücken verwahrt.

Islandsbersi: „Ich habe Durst. Ist was zu trinken da?"

„Nur kaltes Wasser", sagte das Mädchen.

„Ja, kaltes Wasser", sagte Bersi.

Er setzte sich auf einen Stuhl, während er wartete, und trank dann wenigstens drei oder vier Glas kaltes Wasser. Dann seufzte er und sagte: „Kaltes Wasser ist das beste."

Er sah mich wieder halbverwundert an und sagte heiser: „Hör mal, was tust du eigentlich hier? Kanntest du dieses Mädchen? Wußtest du, wer sie war?“

„Das kann man nicht sagen“, sagte ich.

Islandsbersi: „Es war meine Tochter. Ich bin ihr Vater. Ich war es, der für sie Geige spielte. Sie war gekommen, um mich zu besuchen.“

Über dieses Thema wechselten wir keine weiteren Worte. Ich begleitete ihn zum Hotel Djupvik. Er ließ sich von mir stützen, denn ihm fiel das Gehen schwer.

29

Ende der Heringsgeschichte. Zwei Verse

In „Meine Heringsgeschichte“, gegen Ende, gebraucht Kapitän Egil D. Grimsson folgende Worte über den Heringssommer in Djupvik, von dem hier berichtet wurde: „Es war eines der verheerendsten Jahre in der Geschichte der Heringsfischerei, das große Krachjahr in Kopenhagen 1920 nicht ausgenommen“; jene Frühlingstage sind auf meinen Blättern kurz erwähnt worden. Über andere Heringssommer in Island kann ich aus eigener Erfahrung leider keine Auskunft geben, denn gleich nachdem meine Redakteurszeit in Djupvik damals im Herbst beendet war, verließ ich wieder das Land zu einem langen Auslandsaufenthalt.

Egil D. Grimsson sagt, dieser Sommer sei der vierte gewesen, in dem Bersi Hjalmarsson vollkommen Bankrott gemacht habe, und es gebe keinen Grund, zu verheimlichen, daß damals im Aufsichtsrat der Bank die Rede davon war, diesen Schwindler, so wurde er genannt, zum Teufel zu jagen. In jenem Herbst hörte man auf, Bersi Hjalmarsson wiederzugrüßen oder ihn eines Blickes zu würdigen, wenn er in der Bank auftauchte. Sogar Pförtner und Schalterdamen kannten diesen Mann nicht. Selbstverständlich wäre nichts leichter gewesen, als ihn zu unbestimmtem Aufenthalt an einen ungenannten Ort zu verbannen. Doch das tun die Isländer mit ihren Großen nur gezwungenermaßen. Hingegen haben die Isländer schon immer über solche Leute Spottverse improvisiert, und Bersi Hjalmarsson ging hinsichtlich solcher Geschenke nicht leer aus. Diesen Herbst wurde ein Vers gedichtet. Er lautet so:

(Nach der Skagafjorder Weise)

Islandsbersi hat es schwer,
Bankkredit ging flöten.
Viermal durft' er pleite gehn,
Jetzt ist er in Nöten.

(Weiter wörtlich aus „Meine Heringsgeschichte".) – Meiner Ansicht nach war Bersi Hjalmarsson ein verschlossener und eigensinniger Mensch, dessen Gedanken, über welche Dinge auch immer, niemand kannte, schreibt Egil D. Grimsson, auch richtete er sich in keiner Sache nach dem Rat anderer Leute, mit Ausnahme seines Kundschafters und Kontaktmanns in der Geschäftswelt, der weiter oben in meinem Buch erwähnt ist, Gottesen. Es ist nicht abzustreiten, daß Gottesen eine sonderbare Type war. Von vielen wurde er Bersis Hofnarr genannt, und man meinte, daß der Reeder unbedingt einen Gaukler um sich haben mußte, der ihn beim Trinken bediente und bei Anfällen von Trübsinn nach dem Whisky auf andere Gedanken brachte. Dieser Meinung möchte ich mir noch einmal gestatten zu widersprechen.

Wie bereits gesagt, Gottesen war ein halber Isländer; er stammte angeblich aus Hofsos, war jedoch als Däne in Kopenhagen geboren und ging dort zur Schule; er gelangte früh nach Island, und trotzdem war es, als gäbe es da ein Band, das ihn stets mit Kopenhagen und den Nordlandhäfen verknüpfte. In gewisser Weise kam er gut voran und hatte sich in verschiedenen Ländern mit Spekulationen auf eigene Rechnung abgegeben, bevor er in die Fänge von Iceland Bear & Co. in Djupvik geriet. Obwohl Islandsbersi nie den Versuch machte, Gottesen anders vorzustellen als mit „der Baron, der Lulu-Fado tanzt", glaube ich nicht ganz, daß er im heringslosen Sommer den Baron nach Amerika geschickt hat, dort den genannten Tanz zu tanzen, erst recht nicht, um ihn für Weibergeschichten im Hotel Djupvik zu bestrafen. Die beiden Burschen führten immer etwas im Schilde, wenn sie so taten als ob. Etwas anderes ist es – doch das berührt meine Geschichte nicht – daß Gottesen später wegen Landesverrats verurteilt und zeitlebens aus Island ausgewiesen wurde, als erster Mensch in der Geschichte des Landes.

Ich meine sogar, daß es diesem Mann zu verdanken war, daß Nordsild & Co. an den unwahrscheinlichsten Orten im Ausland Auswege fanden, wenn die Firma sowohl in Island wie in Skandinavien in der Klemme saß. Zum Beispiel: Im Krach von 1920 waren sie emsig damit beschäftigt, drei ungeheure Pontons aus Beton zu kaufen, die seit dem Krieg in Holland gelegen hatten; Bersi ließ sie während des Sommers nach Island ziehen und versenkte sie an der Küste von Djupvik, wie bereits in meinem Buch mitgeteilt. Die Pontons dienten dann als Fundamente für große Heringskais, die Bersi dort anlegte und die noch zur Quelle seines großen Reichtums werden sollten. Sowohl in Djupvik wie in der Bank war man geneigt,

Leute nach ihrem Besitz an Heringskais einzuschätzen. Mitten im großen Krach von 1920 habe ich selber gehört, daß Gottesen irgendwo in den Besitz geheimer Berechnungen gelangt war, die besagten, daß in beiden kommenden Jahrzehnten dreihundert Millionen Tonnen des berühmten Nordlandherings im Meer nördlich und östlich von Island vorhanden seien. Soweit mir bekannt, sind diese Zahlen bisher nicht angefochten worden. Jetzt, da die Nordlandrasse ausgerottet ist und aus jenen Gegenden keine großen Schwarmmeldungen mehr zu erwarten sind, werden viele Menschen sagen, daß dieser schöne Fisch ein wahres Prachtgeschenk gewesen ist, ja eines der größten, das der himmlische Vater dieser Nation gegeben hat.

Mit Instrumenten, die erst später bekannt wurden, wurde es möglich, tags wie nachts überall im Meer den Hering zu orten. Der Radar sieht und der Sonar hört durch die Meerestiefen; letzterer ist jedoch am wunderbarsten, denn er vernimmt in buchstäblichem Sinne den Schwanzschlag des Fisches in den Tiefen.

Diese Erfindungen und der Ausbruch des Krieges fallen nämlich auf ein und denselben Tag, denn wie eh und je wird alles aufgewendet, wenn Menschen umgebracht werden sollen, obwohl sich jeder einschränkt, um sie weiterleben zu lassen und gute Leute ihre Steuern trotz des Protestes ihres Gewissens entrichten. Jetzt war also das Gewissen zur Hand, selbst bei den Großen der Welt; jetzt feilschte man nicht um den Preis des Djupviker Herings. Es fehlte Dung für die Gemüsegärten der Welt: Hering war ein vorzüglicher Dünger und ein ausgezeichnetes Schweinefutter, damit die Schützen Speck essen konnten, bis sie selber niedergeschossen würden; nicht zu vergessen die unaufhörliche Nachfrage nach jedem Gramm Fett; und Heringsöl wurde zu höchsten Preisen für die Sprengstoffindustrie gekauft, wo man begonnen hatte, Nitrate aus Eiweißen herzustellen. Es traf sich gut, daß entlang der Nordküste neue, halbfertige Heringsölfabriken zu Dutzenden standen, in Rufweite voneinander wie die Bastionen der Chinesischen Mauer; sie wurden jetzt in Windeseile fertiggestellt und Dutzende neue dazu errichtet; und nicht nur im Norden des Landes, sondern auch im Osten und Westen. Diese teuren Anlagen aus Stahl und Beton, ausgerüstet mit allen Maschinen, schossen wie Pilze aus dem Boden, scheinbar von selbst, ohne Mühe; und jetzt hatten alle Geld. Diesen gewaltigen Fabriken ist jetzt, wo dieses geschrieben wird, beschieden, in alle Ewigkeit verrottet, zerborsten und verrostet dazustehen, manche an Orten, die gänzlich verödet und untergegangen sind, wie Djupvik; andere auf freiem Gelände als Denkmal der Nordlandrasse, die auf ewig verschwunden ist.

Die Heringsgeschichte Bersi Hjalmarssons ist noch nicht aufgezeichnet worden; sie ist nicht meine Heringsgeschichte außer an den Stellen, wo sich unsere Fäden zufällig berühren. Manchmal scheint mir, daß ich in diesem Text seinen Namen öfter erwähne, als es sein sollte. Nach diesem so heringsarmen Sommer, von dem hier berichtet wurde, gab ich die mir von der Bank übertragene Kontrolle der Heringsreederei in Djupvik ab.

In ausländischen Zeitungen hat gestanden, daß Bersi Hjalmarsson wegen seiner Bankrotte ein mehrfacher Verbrecher in Island gewesen sei. Dem möchte ich widersprechen. Ich weiß sehr wohl, daß Bankrotteure im Ausland gewöhnlich lange Zuchthausstrafen erdulden müssen. Trotz seiner vier wirklichen Bankrotte, von denen der vierte der größte war, wurde Bersi nie angeklagt noch verurteilt, sondern in irgendeiner Form oder unter einem Vorwand von seiten der Bank erneut eingesetzt. Irgendwie gewann sich dieser Mann trotz allem Vertrauen. Die Bevölkerung hatte ihn gern wie einen Helden, vergleichbar etwa mit dem starken Grettir Asmundarson. Niemand wünschte ihm Böses, nicht einmal die, denen er jahrzehntelang den Lohn schuldig geblieben war. Doch am treuesten hielten die zu ihm, die ihn am besten kannten. Er besaß eigentümliche Seelenkräfte, welche die Menschen für ihn begeisterten, wo er auch hinkam, und doch habe ich darüber streiten gehört, ob er wirklich lesen und schreiben konnte. Jedenfalls wurde nie beobachtet, daß er sich etwas notierte. Sein Gedächtnis war so beschaffen, daß er sein Leben lang keine Person noch die Adresse eines Mannes oder einer Frau vergaß, denen er Entgelt für Arbeit oder Hilfeleistung schuldete, selbst wenn es geringfügige Beträge waren aus jenen Jahren, in denen er der ärmste Mann in Island war – wenn es möglich ist, *das* von einem Mann zu sagen, der während der ganzen Zeit, in der er auf der Höhe des Lebens stand, Millionen über Millionen mal weniger als null besaß. Dem Namen nach wurde ihm zugeschrieben: die größte Heringsfangflotille des Nordlands, viele Heringsölfabriken, die meisten und größten Heringskais; außerdem unzählige Werte an anderen Orten. Doch ich bezweifle, ob in all diesen Jahren auch nur an einem Tage ein Öre so lange in seiner Tasche steckenblieb, daß er ihn am Abend sein eigen nennen konnte.

Aber im Jahr nach der großen Heringsflaute wendete sich wegen gleichzeitigen Anwachsens des Fangs und Absatzes von Hering das Schicksal Bersi Hjalmarssons so, daß sich in wenigen Wochen solche Summen auf der Kreditseite seines Kontos anhäuften, daß das Verhältnis zwischen Debet und Kredit eine Form annahm, wie sie vordem in der Geschichte der Bank unbekannt war. Das war jedoch nur der Beginn jener Riesenprofitperiode, die jahrelang in wachsendem Maße anhielt, während die neuen Fangmethoden und -geräte die Gründe des Nordlandherings leer fegten. Nach wenigen Jahren hatte Bersi alle seine Schuldverpflichtungen aus früheren Zeiten bis auf den letzten Öre beglichen, bis hin zu den ausstehenden Löhnen seiner Heringsmädchen vom Sommer 1919, und im buchstäblichen Sinne seine früheren Bankrotte aufgearbeitet. Schließlich entbehrte das Spiel jener Leidenschaft, die dem Hasardeur das Würfeln so verlockend macht. Eines schönen Tages stand Bersi vom Spieltisch auf, machte seinen Besitz zu Geld und verließ die Spielhölle auf Nimmerwiedersehen. Er war für immer aus dem Land verschwunden, niedergedrückt vom größten Reichtum, der sich je in Island in eines Menschen Händen angesammelt hatte, und, wie manche meinten, ein vor Glück gebrochener Mann.

Ich erinnere mich an den ersten Herbst der Hochkonjunktur, als ich Islandsbersi in der Austurstræti begegnete. Er war eben aus Djupvik gekommen.

„Nein, sei mir gegrüßt, lieber Djöful", sagte er, denn er nannte mich nie anders. „Wie geht's, wie steht's, Alter?"

„Och, alles erträglich", sagte ich. „Und bei dir?"

„Ich war baff, als ich heute morgen in die Bank kam", sagte er. „Mir fiel plötzlich auf, daß alle mit dem Kopf nickten wie Esel. Ob sie mich wohl grüßen wollten? Sogar der Pförtner und das Schalterfräulein schienen mich ungefähr so zu kennen wie die alte Frau, die monatlich einmal kommt, um ihren Zehner aufs Sparkonto einzuzahlen: Bin ich verloren oder was?"

Er wollte unbedingt, daß ich mit ihm ins Hotel Borg ginge, um mit ihm ein Glas Whisky zu trinken; am Ende schlug ich ein.

Als Bersi drei Whisky und ich einen halben intus hatte, sagte er plötzlich:

„Hör mal, lieber Djöful, oben am Skagafjord gibt es einen Kerl, weißt du, der macht sich einen Spaß daraus, über uns hier im Süden Verse zu dichten. Jetzt hat er diesen über mich gedichtet:

(Nach der Skagafjorder Weise)

Hart er boxte wie noch nie,
Den großen Meister fand er,
Viermal ging er in die Knie,
Beim fünften Male stand er."

Als Bersi die letzte Zeile, „beim fünften Male stand er", herausgebracht hatte, schlug er unversehens mit solcher Kraft mit der Faust auf den Tisch, daß die Gläser hochhüpften, und ich möchte sagen, sogar die Whiskyflasche, ja, es fehlte nicht viel daran, daß die alte Klapperschlange drinnen im Herzbeutel Egil Djöful Grimssons ebenfalls zu hüpfen begann.

30

Haus in England

Telegramm aus England, englischer Text: „Ihre Anwesenheit, länger oder kürzer je nach Disposition, um Erinnerung an vergangene Zeiten aufzufrischen, wäre hier sehr erwünscht. Flugticket für Sie hin und zurück per Post. Heidwig Skaldegrimsen."

Ach, war es wohl eine alte Dänin, der ich einen Vogel verkauft hatte und die jetzt nach London gezogen war; und hatte der Vogel aufgehört zu singen oder Zucker zu fressen? Von der Art wenigstens waren die Anliegen und

Ersuchen, die mir am häufigsten aus der weiten Unermeßlichkeit der Welt entgegenflatterten. Eine Aufforderung, die Erinnerungen von Leuten mit einem so sonderbaren Namen auffrischen zu helfen, das war etwas Neues. Ein Telegramm dieser Art bewirkt, daß einem Meisterwerke von Verfassern in den Sinn kommen, die eine Vorliebe für die Polizei haben; sie beginnen damit, daß Mörder ihr Opfer an einen unbekannten Ort locken, wo sie dem armen Kerl auflauern; über den Kopf haben sie einen schwarzen Strumpf gezogen und sind voller Tatendrang. Das große Genie Simenon, dem nachgesagt wird, er habe aus Interesse an der Tätigkeit dieser Menschen nahezu tausend Bücher geschrieben und habe sich Telefonbücher aus Australien und anderen fernen Orten kommen lassen, um sich mit Personennamen für all diese Bücher zu versorgen, ich glaube, er hätte lange suchen müssen, wenn nicht gar auf anderen Planeten, um einen so sonderbaren Namen wie diesen zu finden, Komposition wie Orthographie betreffend. Im ersten Augenblick wirkte dieser Name auf mich wie der Ulk eines betrunkenen Gymnasiasten. Er war keinesfalls geeignet, einem nüchternen Menschen ein Lächeln abzugewinnen.

Am nächsten Morgen kam der Brief mit dem Flugticket hin und zurück. Um den Verdacht loszuwerden, ich könnte ein bißchen wunderlich geworden sein, kramte ich im Papierkorb, holte das zusammengeknüllte Telegramm heraus und glättete es wieder, und wahrhaftig, da stand dieser groteske Name. Ich hatte ihn nicht geträumt.

In den Büchern Simenons kam nie etwas anderes vor, als daß das Opfer in die Falle tappte, sonst wären es kaum so viele Bücher pro Monat geworden. Gewisse Umstände brachten es mit sich, daß ich eine Zeitlang einer der komischen halbisländischen Halbschriftsteller war – aber ein vollkommener Vogelhändler –, die nahe der Grenze zwischen Schleswig und Jütland hängengeblieben sind. Die Fahrt von Hamburg nach London ist nämlich kürzer, wenigstens zeitlich, als der Weg vom Bahnhof in Kopenhagen nach Vanlöse, wo meine alten Eheleute wohnten; ich habe sie doch wohl schon früher in diesen Blättern erwähnt. Vielleicht waren sie nach England gezogen und riefen mich jetzt, um gemeinsam Erinnerungen an vergangene Zeiten aufzufrischen.

Heidwig Skaldegrimsen war von der Sonne kaffeebraun gebrannt bis tief in die Runzeln und unter ihrem krumpligen Fähnchen aus blauem Leinen so mager, daß man an einen gerupften Vogel denken mußte; die kleinen gewölbten Muskeln dieser vollerwachsenen Frau spannten sich bei ihren schnellen und elastischen Bewegungen wie die eines maskulinen Mädchens.

Es war in einer Vorstadt, wo reiche Leute offensichtlich schon seit langem ihre Gärten gepflegt hatten. In einem ausgedehnten Park, in dem die Bäume verhältnismäßig dicht standen und die Blätter hängen ließen, weil man vielleicht längere Zeit nicht dazu gekommen war, nach den landesüblichen strengen Regeln Ordnung zu schaffen, dort stand, hinter den Bäumen versteckt, ein gelbgraues Backsteinhaus im Tudorstil. An diesen Häusern streben alle Linien nach oben, falls sich nicht unerwartet über einer Tür oder einem Fenster ein Bogen mit Friesen zeigt; es kommt auch vor, daß eine Menge schmaler Giebel und steiler Turmdächer auf dem Haus ein wahres Tohuwabohu bilden. Innen waren die Wände bis zur halben Höhe getäfelt; in den Mauern waren viele mit Schnitzereien und Stuck verzierte Nischen. In der Halle, in der es wegen des geschnitzten Tafelwerks und der farbigen Scheiben dunkel war, konnte ich klägliche Töne eines Saiteninstruments vernehmen, während mir die Frau ihre Lebensgeschichte erzählte. Sie sprach mit amerikanischem Akzent, der nicht frei von Rachen- und Nasenlauten war, jedoch nicht zu dem verhaßten „western drawl“ gerechnet werden konnte; sie sagte, sie sei Dänin oder sogar Isländerin, jedoch in den Vereinigten Staaten geboren. In ihrer Jugend in Amerika habe sie sich für isländische Sagas begeistert und sie im Elternhaus in isländischer Sprache gelesen. Sie hatte noch nie gehört, daß zwischen Dänisch und Isländisch ein Unterschied besteht, und meinte, ich hätte nicht recht, als ich sagte, die Bücher, die sie im Elternhaus gelesen hatte, seien wahrscheinlich in dänisch gewesen. Sie sagte, sie lebe und sterbe einzig und allein für isländische Helden und habe sich von Kindesbeinen an als Isländerin betrachtet und sich als Schwester Egil Skallagrimssons bezeichnet. Als sie Künstlerin wurde und Bilder zu malen begann, legte sie sich einen Künstlernamen zu, als wäre sie die Schwester Egil Skallagrimssons, Heidwig Skaldegrimsen. Ich konnte es nicht unterlassen, ihr zu bedeuten, daß es noch besseres Isländisch sei, sich Heidwig Skallagrimsdottir zu nennen, sie aber bestritt es mit dem Argument, daß das Isländisch, das sie aus den Sagaausgaben ihres Vaters in Texas gelernt hatte, richtiges Isländisch gewesen sei und sie zur Spezialistin darin gemacht habe, altisländische Sagahelden zu malen. Daß es richtiges Isländisch gewesen sei, habe sich einmal erwiesen, als Bersi Hjalmarsson wie schon öfter in Amerika war: da stellte sich heraus, daß sie das größte lebende Genie in der Anfertigung von Gemälden altisländischer Sagahelden war. Sie verstand von Anfang an jedes „isländische“ Wort, das Bersi Hjalmarsson von sich gab. Zu den Anliegen Bersis in Amerika gehörte es, Gemälde auffrischen zu lassen, die als Geschenke für einige der größten Millionäre und Generale dortzulande geeignet waren. Von da an stieg die Nachfrage nach Gemälden von Leif dem Glücklichen und Egil Skaldegrimsen so sehr, daß die Frau eine Sagawerkstatt errichten und eine Menge Leute einstellen mußte. Aus diesen Gründen geriet ihr eigentlicher Name gänzlich in Vergessenheit, und sie wurde nie mehr anders genannt als die große isländische Sagakünstlerin Heidwig Skaldegrimsen. Unter diesem Zeichen siegte sie; dieser Name war nicht mehr zu ändern, sie war Pragmatistin.

Ein riesiger alter Mann sitzt in einem tiefen Sessel mit einer Geige auf den Knien und einem Bogen in der Hand: Bersi Hjalmarsson. Sein Gesicht war abgezehrt, die Wangen schlaff, sein Teint schwarzblau. Seine Augen aber hatten mit den Augen bedeutender Tiere gemeinsam, weder blaß noch trübe zu werden, solange das Leben währt. Von Anbeginn an war es meine felsenfeste Überzeugung, daß Bersi Hjalmarsson meinen Namen nicht wußte noch ihn sich merken würde, auch wenn er ihn gesagt bekäme. Doch als ich dort im Tudorhaus in einem englischen Garten zu ihm trat und ihn begrüßte, legte er die Geige und den Bogen beiseite und reichte mir die Hand wie einem Bekannten, den man fast einen Monat lang nicht gesehen hat, und sagte dabei: „Nein so was, nun ist es lange genug her, daß wir miteinander Käseblatt gespielt haben! Wo sind die Karten?"

„Sollte ich wirklich glauben, daß du mich nach all diesen Jahren noch kennst?"

„Was denkst du, Junge", sagte er. „Wir, die wir Freunde fürs Leben sind. Schreibst du nicht meine Biographie? Ich müßte ein wenig mit dir reden, doch jetzt habe ich vergessen, was es war. Aber das macht nichts. Du mußt geben, ich habe zuletzt gegeben."

Als wir eine Weile gespielt hatten, legte er plötzlich die

Karten auf den Tisch; es war ihm eingefallen, was er sagen wollte.

„Ich schulde dir Geld", sagte er. „Ich muß es dir endlich zurückzahlen. So was Dummes! Ich habe allen alles ausgezahlt, nur dir nicht. Ich schulde dir fünfunddreißig Kronen. Hier ist meine Brieftasche. Nimm, was dir gehört. Dann noch die Zinsen, wieviel ist es? Ich habe das Rechnen verlernt. Multipliziere so oft, wie du willst. Nimm, was du findest: 35 Pfund, 350 Pfund, 3500 Pfund. Und denke daran, womit die Biographie beginnt: Kohlrüben. Das ist mein Anfang; das bin ich. Und denke daran, daß ich nur diese eine Frau liebte. Sie war im Himmel, wo immer sie war, und ich in der Hölle, wo immer ich war. Weißt du, daß sie gestorben ist?"

„Kürzlich?" fragte ich, doch er konnte sich nicht genau erinnern, ob sie vor zehn oder zwanzig Jahren gestorben war. Vielleicht war sie erst gestern gestorben.

„Sie ist immer gerade eben gestorben, seit sie starb", sagte er. „Schreib bitte, daß ich nur diese eine Frau liebte und meine Kinder, die alle schon lange tot oder Hochseefischer sind, außer Bergrun. Heb ab! Ich muß geben. Wo ist der Whisky?"

Heidwig Skaldegrimsen brachte Whisky und Gläser und sagte auf dänisch, das sie mit Akzent sprach, wir hätten bis zum Lunch eine halbe Stunde Zeit für den Appetitanreger.

Islandsbersi schaute der Frau nach, als hätte er nicht alle fünf beisammen, und versuchte sich an etwas zu erinnern.

„Was ist das eigentlich für ein Weib, das sich ständig hier herumtreibt?" fragte er schließlich.

Ich sagte, ich sei sicher, daß diese Frau sich sehr um ihn kümmere und er von Glück sagen könne, eine so gute Frau um sich zu haben.

„Es ist furchtbar trist hier oben auf dem Paß, seit Djupvik leergefischt ist“, sagte er.

„Es gibt aber doch noch den Klammbachsee“, sagte ich.

„Hör mal“, sagte er. „Erinnerst du dich an Bergrun?“

„Ja“, sagte ich.

„Sie ist tot“, sagte er. „Das ist ihre Geige.“

Er reichte mir die Geige und sagte, es sei eine von diesen unsterblichen Geigen, die man nicht mit Gold aufwiegen könne. Wenn auch die ganze Nordlandrasse wiedergekommen wäre, so könnte man dafür nicht eine solche Geige kaufen. „Darf ich dir einen Ton vorspielen?“

Er klemmte die Geige unter die Wange und strich mit dem Bogen über die Saiten.

„Das mache ich nicht gut genug“, sagte er. „Es ist nicht gleich, was für ein Ton es ist. Es gibt einen einzigen Ton, auf den es ankommt. Ich will noch einmal probieren.“

Er probierte lange, war aber nie zufrieden.

„Hör mal“, sagte er schließlich. „Weißt du noch, wie sie Sira Jon Blaumann Handschellen anlegten? Es gab früher viele amüsante Burschen. Sammel sie bitte für mich und laß Wachsfiguren von ihnen anfertigen, damit sie unsterblich werden. Ich habe es Bergrun versprochen, als sie zwölf Jahre alt und ich mit ihr in London war. Wir müssen Wachsfiguren von allen Großen des Landes haben. Entschuldige, daß ich so magenkrank geworden bin, daß ich nicht lachen kann.“

„Wachsfiguren, tja, ich fürchte nur, das ist etwas, wovon ich nichts verstehe.“

Islandsbersi: „Du fährst einfach nach London. Dort ist ein Mann, der Wachsfiguren anfertigt. Wenn wir bloß noch wüßten, wie sie hießen. Da war nun zum Beispiel Sira Jon Blaumann, keiner kann ihn vergessen. Hör mal, warum war er so blau?“

„Er wird zyanotisch gewesen sein, man nennt es Blausucht. Um die Wahrheit zu sagen, ich habe ihn ganz und gar vergessen. Ich kann mich nicht erinnern, daß er jemals den Mund auftat."

„Wenn er irgendwo dabei war, sagte ich auch nichts", sagte Bersi. „Ich war beth. Du solltest die Geschichte Jon Blaumanns schreiben, wenn du mit meiner Biographie fertig bist. Und nun möchte ich dich bitten, für mich einen Scheck über hunderttausend Pfund für die Wachsfiguren auszufüllen. Ich kann nicht mehr schreiben. Ich unterschreibe bloß die Schecks. Sie kennen mein Zeichen in London. Prost für die Rüben. Gott sei mit den Rüben."

„Prost, Bersi Hjalmarsson!"

„Wen wollte Bergrun in diesem Wachsfigurenkabinett haben?" fragte ich, nachdem wir uns zugetrunken hatten.

Islandsbersi: „Das will ich dir sagen. Sie wollte Rudolph Valentino und Charles Lindbergh. Wir nehmen sie zur Erinnerung an Bergrun; und dich als den Biographen ihres Vaters. Und Sira Jon Blaumann. Hör mal, kam sie, um dich zu treffen? Oder wollte sie ihren Vater aufsuchen? Und wie hieß doch noch dieser Teufel da aus der Bank, den wir so sehr mochten? Er muß dabeisein. Und der Bolschewik vom See Kleifarvatn. Und Gotti, ihn darf man nicht vergessen; er war der größte Mensch, in zwei Ländern zusammengenommen, und zog nie die Gamaschen aus. Er war der einzige Spezialist in Lulu-Fado, den es in der ganzen Welt noch gab. Er wußte auf die Unze genau, wieviel Tonnen im Jahr 1920 die Nordlandrasse ausmachte, und wir fingen sie restlos, jede Flosse. Jetzt soll Gotti wegen Landesverrats im Zuchthaus sitzen. Schiet und Limonade! Ich möchte prost sagen und sehen, ob mir nicht ein paar mehr einfallen, während dieser Tropfen durch die Kehle rinnt."

„Wir dürfen Bergrun selbst nicht vergessen“, sagte ich.

„Das ist wahr“, sagte er und griff zur Geige. „Wir lassen Karten und Whisky beiseite. Jetzt will ich versuchen, diesen Ton herauszubekommen. Für Bergrun.“

Er saß lange mit der Geige auf dem Schoß und zupfte an den Saiten und versuchte, den besonderen Ton zu finden, der an Bergrun Hjalmarson erinnerte.

Sommer 1972

Inhalt

Bitte beachten Sie
die folgenden Seiten:

Halldór Laxness

Das wiedergefundene Paradies
Ullstein Buch 20103

Atomstation
Ullstein Buch 20115

Auf der Hauswiese
Ullstein Buch 20138

Das Fischkonzert
Ullstein Buch 20307

Die Litanei von den Gottesgaben
Ullstein Buch 20388

Erich Kästner

ein Ullstein Buch

Fabian
Ullstein Buch 102

Die Konferenz der Tiere
Ullstein Buch 256

Die verschwundene Miniatur
Ullstein Buch 544

Der kleine Grenzverkehr
Ullstein Buch 593

Drei Männer im Schnee
Ullstein Buch 2986

Der Zauberlehrling
Ullstein Buch 3291

Skandinavische Literatur bei Ullstein

Knut Hamsun

Im Märchenland
Ullstein Buch 20133

Die Novellen (2 Bde.)
Ullstein Bücher 20172
und 20173

Halldór Laxness

Das wiedergefundene Paradies
Ullstein Buch 20103

Atomstation
Ullstein Buch 20115

Auf der Hauswiese
Ullstein Buch 20138

Das Fischkonzert
Ullstein Buch 20307

Die Litanei von den Gottesgaben
Ullstein Buch 20307

Selma Lagerlöf

Der Weg zwischen Himmel und Erde
Ullstein Buch 20105

Jerusalem
Ullstein Buch 20163

Anna, das Mädchen aus Dalarne
Ullstein Buch 30150

ein Ullstein Buch